Bis der LETZTE Vorhang fällt

MAIN Verlag

Klimaneutral
Druckprodukt
ClimatePartner.com/14701-2007-1003

Printausgabe, erschienen 2020
1. Auflage

ISBN: 978-3-95949-400-7

www.main-verlag.de
www.facebook.com/MAIN.Verlag
order@main-verlag.de

Druck: Eisermann Media GmbH

Bibliografische Information der Deutschen Nationalbibliothek:
Die Deutsche Nationalbibliothek verzeichnet diese Publikation in der Deutschen Nationalbibliografie; detaillierte bibliografische Daten sind im Internet über http://dnb.d-nb.de abrufbar.

JENNIFER HECK

Bis der LETZTE Vorhang fällt

QUEER

Kapitel 1

Die Londoner Underground war eine Welt für sich. Jeden Tag saugte sie Millionen von Menschen ein, nur um sie einige Kilometer entfernt wieder auszuspucken. Abgekapselt vom Tageslicht herrschten hier andere Regeln. Hektik, lautes Hupen, auffordernde Rufe – nichts half den Reisenden, schneller voranzukommen. Sie waren gezwungen zu warten. Vereinzelt, im Pulk, in den Rushhour-Zeiten manchmal aneinandergereiht wie Sardinen in einer Büchse.

Und wenn sie die Sardinen waren, dann waren wir die hungrigen, schwarzen Kater, die sich die dicksten Fische aussuchten. Wir lebten im Schatten Londons, nicht beachtet von den Durchschnittsbewohnern, außerhalb ihrer Wahrnehmung. Außerhalb ihrer Kontrolle. Wir hatten unsere eigenen Regeln.

Ich lehnte mich in dem unbequemen Metallsitz zurück, verschränkte die Hände hinter dem Kopf und beobachtete die Menschen auf dem Bahnsteig. Die meisten standen in respektvollen Abständen zueinander. Nachzügler des Berufsverkehrs. Ein Mann im Anzug und mit Aktenkoffer tappte von einem Fuß auf den anderen, blickte immer wieder auf seine Armbanduhr, ein sicherlich teures Modell, vielleicht sogar eins aus der Schweiz. Seitdem der Brexit verkündet worden war, erfreuten sich diese Uhren wieder großer Beliebtheit. Unsereins könnte vom Preis vermutlich ein paar Monate lang leben.

Zwischen den Anzugträgern und Frauen in schicken Kostümen wuselten die Touristen. Gut zu erkennen, da sie meist im Rudel auftraten, in ihren »I love London«-Shirts, mit Rucksäcken, die sich so leicht öffnen ließen, und Gürteltaschen, in die sie all ihr Geld stopften. Während sich die Anzugmenschen in gedämpfter Lautstärke miteinander unterhielten, brüllten sich die Touristen in ihren fremden Sprachen an, überzeugt davon, dass sie ohnehin niemand verstehen konnte.

Eines hatten sie gemeinsam: Ihre Köpfe ruckten von der Anzeige rechts oben, die die nächste Bahn ankündigte, nach unten aufs teure Smartphone.

Die wenigsten waren gerne an diesem Ort, betraten das unterirdische Reich nur, um schnellstmöglich nach Hause, zur Arbeit oder zur nächsten Sehenswürdigkeit zu gelangen. Wir hielten uns hier aus anderen Gründen auf. Die Rushhour war unser Moment. Zu keinem anderen Zeitpunkt konnten wir uns wie Schatten, nahezu unbemerkt, zwischen den Menschen bewegen, in Hosentaschen und Rucksäcke greifen, ohne erwischt zu werden.

»Und, reicht es?«

Ich sah zur Seite. Skinner saß neben mir im Schneidersitz, die Zungenspitze fuhr über die trockenen, dünnen Lippen, während er angestrengt die Scheine in seiner Hand zählte. Die flinken Finger waren verdeckt vom schwarzen Rucksack und durch die Jungs, die um ihn herumstanden und sein Treiben vor den Überwachungskameras und den Passanten abschirmten. Das blonde Haar fiel ihm ins Gesicht, klebte an der schweißnassen Stirn. So tief unter der Erde war die Luft stickig und schal. Sie gab einem das Gefühl, tiefer einatmen zu müssen, um genügend Sauerstoff aufnehmen zu können.

Skinner atmete tief durch, lehnte sich zurück.

»Und?«, fragte ich neugierig.

»Nicht genug.«

»Fuck.«

Es war nicht immer einfach. Die Leute trugen weniger Bargeld mit sich, besonders die reichen. Kreditkarten waren zwar nicht schlecht, Skinner kannte da jemanden, der uns Geld für jede gestohlene Kreditkarte gab, doch es lohnte sich nicht wirklich.

Max stöhnte. »Das heißt, wir müssen noch mal ran?«

»Ganz ehrlich, der kann uns doch mal! Nur weil er von einem Tag auf den anderen die Miete erhöht, kann er nicht erwarten, dass …«

»Halt die Klappe, Tony«, unterbrach mich Skinner scharf. »Natürlich kann er das. Wegen Mario haben wir die Wohnung. Wenn du nicht bereit bist, was dafür zu tun, kannst du gern zurück in dein Loch in Hackney kriechen.« Herausfordernd hob er die gepiercten Augenbrauen.

Ich verdrehte die Augen. »Chill, Skinner. Ich wollte nur …«

Max trat genervt gegen den Mülleimer. »Dann müssen wir verfickt noch mal los, hm? Sollen wir uns aufteilen?«

Ich seufzte, schloss für einen Moment die Augen. Es war bereits Abend, mein Magen verlangte nach Essen. Ich hatte keine Lust, erneut loszuziehen.

»Oder wir lassen's für heute und nehmen morgen früh die Rushhour mit.«

»Yo, als ob du auftauchen würdest. Das letzte Mal waren Nando und ich verdammt noch mal allein.«

Max funkelte mich an. In der letzten Zeit ging er mir echt auf den Sack. Ständig ging er mich wegen irgendeines Kleinkrams an.

Bevor ich etwas erwidern konnte, schüttelte Skinner den Kopf. »Keine Chance, Mario will das Geld bis heute Abend.«

Ich schnaubte. »Und damit kommt er am Tag davor.«

Skinners blaue Augen funkelten. »Ich sag's euch, der will uns testen. Wir müssen ihm zeigen, dass er uns mit so was nicht unter Druck setzen kann.«

Mich setzte diese spontane Mieterhöhung definitiv unter Druck. Mario war Anführer der *Hail Sibini*-Gang und hatte in gewissen Kreisen verdammt viel Einfluss. Gerade in unserem Viertel sollte man sich besser nicht mit ihm anlegen, vorausgesetzt, man wollte weiter in Ruhe in Clerkenwell leben. Generell war es gefährlich, ihn und sein italienisches Temperament zu unterschätzen, wenn es um die Zahlung der Miete ging.

»Ey, das ist ein verschissenes, kleines Drecksloch, der soll sich nicht so haben!«, brummte Nando.

Keiner von uns widersprach. Denn es *war* ein verschissenes, kleines Drecksloch, in dem wir hausten. Das änderte jedoch nichts daran, dass es seit ein paar Monaten *unser* Drecksloch war. Zu fünft in einer kleinen Dreizimmerwohnung zu leben war wahrlich kein Luxus, doch immerhin hatten wir unser eigenes Reich. Freiheit. Weg von den Eltern, den Sozialarbeitern und endlich nicht mehr allein. Wir waren eine Familie. Und all das verdankten wir Skinner. Er hatte die Abmachung mit Mario getroffen. Er war es, der dafür sorgte, dass wir unsere Rechnungen bezahlten. Er hielt uns zusammen.

Skinner stopfte das Geld zurück in seine Hosentasche, stand auf und warf Nando den Rucksack zu.

»Jungs, hört zu, wir machen es so: Nando und Tony übernehmen die Circle-Line. Olli, Rocket und ich die District-Line. Sobald wir genug Kohle haben, treffen wir uns zu Hause. Klar so weit?«

Passenderweise fuhr in diesem Moment die nächste U-Bahn ein und Skinner, Olli und Max stiegen ein.

Seufzend streckte ich mich und ließ einen Rückenwirbel nach dem anderen knacken. Das tat gut.

»Venga! Mach schon«, drängelte Nando.

»Jaja«, murrte ich. »Hör verdammt noch mal auf, Spanisch mit mir zu reden!«

Nando hatte einen nervösen Tick. In der U-Bahn saß er weit vornübergebeugt, knabberte an seinen Fingernägeln, ließ den Blick unruhig von rechts nach links zucken und zappelte ständig mit dem rechten Fuß. Er verhielt sich, als wäre er auf der Flucht.

Ich lehnte mich im Sitz zurück. Es war ohnehin schwierig, mit ihm unterwegs zu sein, ohne aufzufallen. Die Cornrows, eng geflochtene Zöpfe, die er seit Neustem trug, das viel zu lange T-Shirt mit dem Aufdruck *Thug Life*, die tief sitzende Jeans und die Jacke mit Fellkapuze – alles an ihm schrie geradezu nach Getto. Eine Frau warf ihm einen misstrauischen Blick zu und drückte, ob bewusst oder unbewusst, ihre Handtasche enger an sich.

Nando war der Jüngste von uns, gerade mal siebzehn. Er hatte nicht viel Erfahrung, was das Leben im Schatten betraf, war noch nicht lange Mitglied unserer kleinen Gang. Sein Vater war abgehauen und hatte seine Mutter mit drei Kindern zurückgelassen. Sie hielt die Familie mit ihrem Putzjob so gut es ging über Wasser, aber es reichte vorne und hinten nicht. Nando sorgte dafür, dass zusätzliches Geld in die Familienkasse kam – auch wenn er sich dabei manchmal verdammt dämlich anstellte. Skinner hatte ihm vor ein paar Monaten den Arsch gerettet, als er im Tesco beinahe beim Stehlen eines Joghurts erwischt worden wäre. Ein verdammter Joghurt! Der Spanier war zwar flink, jedoch nicht besonders schlau. Allerdings hatte er das Herz am rechten Fleck und war loyal. Das war eine Eigenschaft, die man bei unseresgleichen selten fand. Er musste aber noch viel lernen.

Ich drückte ihm grinsend das Knie auf den Boden. »Alter, komm mal ein bisschen runter.«

Mit gerunzelter Stirn ließ er den Blick zu meiner Hand wandern. Ich zog sie schnell wieder weg.

Der Spanier räusperte sich, lehnte sich nach vorne und stützte die Ellenbogen auf seinen Knien ab. »Was denn? Ich bin vollkommen ruhig!«

»Sicher.« Ich sah mich im Abteil um. Viel war nicht los. Weiter vorne saß eine Gruppe Touristen, doch ihre Rucksäcke lagen vorbildlich auf ihren Schößen. Ansonsten gab es noch einen alten Mann und ein paar Jugendliche. Hier gab es nicht viel zu holen. Erst nach einigen Augenblicken bemerkte ich, dass Nando mich immer noch musterte.

»Was?«

»Stimmt es?«

Ich seufzte. »Stimmt was?«

»Bist du schwul?«

Meine Augenbrauen schossen nach oben. Die Frage kam überraschend. Hatte er deshalb so komisch reagiert, nur wegen meiner Hand auf seinem Knie? Dachte jeder Hetero, dass ein Schwuler, nur weil er ihn berührte, ihn anmachen wollte?

»Hast du ein Problem damit?« Ich ließ meine Stimme absichtlich herausfordernd klingen, sah ihm fest in die Augen. Ihm sollte klar sein, dass ich es nicht dulden würde, wenn er sich über mich lustig machen wollte.

Doch Nando zuckte nur mit den Schultern. »No, amigo. Mir ist das scheißegal. Ich wollte nur wissen, ob es stimmt. Hab's von Rocket gehört und der erzählt viel, wenn der Tag lang ist, eh?«

»Hmm.« Ich brummte zustimmend. Dann hatte der Junge in der kurzen Zeit, die er bei uns war, zumindest schon etwas gelernt. So dumm ich es fand, dass Max sich neuerdings Rocket nannte, in Bezug auf sein Mundwerk stimmte es. Es war raketenschnell, ohne dass der Verstand mithalten konnte.

»Also stimmt's?«

»Ja«, antwortete ich kurz angebunden. Ich hatte keine Lust, das Thema zu vertiefen.

Nando nickte langsam. »War sicher hart, eh?«

»Was?«

»Na, es zu sagen. Ich mein, bei uns in der Gegend …«

Ich zuckte mit den Schultern. »Skinner steht hinter mir. Außerdem hatte ich keine Lust, länger ein Geheimnis draus zu machen. Ist doch echt scheißegal.«

Das war gelogen. Eigentlich hätte ich es gerne länger für mich behalten, doch Max hatte mich erwischt, als ich aus einem Schwulenclub gekommen war. Leugnen war zwecklos gewesen.

»Aber ich hasse es echt, wenn Witze darüber gemacht werden.«

Nando nickte langsam. »Claro que si. Ich mach keine, versprochen.«

Ich streckte mich gähnend, zeigte damit, dass das Thema für mich abgeschlossen war.

»Hier geht nichts mehr.« Mittlerweile hatten selbst die Touristen die U-Bahn verlassen. Zurück blieben nur der alte Mann und ein paar halbstarke Jugendliche. Keine gute Beute.

»Lass uns *Monument* raus.«

Ich stand auf, ging zur Tür. Nando kam mir nach, er fing schon wieder an herumzuzappeln.

»Du denkst zu viel nach«, murmelte ich. Das war anfangs auch mein Problem gewesen. Man durfte nicht zu viel darüber grübeln, was alles passieren konnte. Je mehr man das machte, desto höher war die Wahrscheinlichkeit, dass auch tatsächlich etwas schiefging. Das hatte ich bereits früh lernen müssen.

Nando kaute lautstark Kaugummi. »Ich brauch echt das Geld. Wenn wir heute nur die Miete bezahlen können, gibt's nichts, was ich meiner familia bringen kann.«

»Skinner und die anderen sind auch noch unterwegs. Das wird schon.« Ich nickte dem jungen Spanier zu. »Wie läuft's in der Schule?«

Nando verdrehte stöhnend die Augen. »Por dios! Du klingst schon wie meine madre. Fernando, Fernando, levántate y ve al colegio!«

Auch wenn ich kein Wort Spanisch verstand, grinste ich trotzdem. Doch es war mir ernst. Nando war der Einzige von uns, der noch zur Schule ging, der Einzige, der etwas aus seinem Leben machen konnte. Keiner von uns hatte einen richtigen Job, geschweige denn einen Schulabschluss. Wir hatten in der realen Welt keine Chance. Ich blickte hinaus in die kalte graue Londoner Unterwelt. Nur hier unter der Erde konnten wir wie Könige sein. Wir beherrschten diese Gegend. An guten Tagen verdienten wir in einer Stunde mehr als ein verdammter Handwerker im Monat.

Ich zog mir die schwarze Kappe tief ins Gesicht, sprang auf den Bahnsteig, kaum dass sich die Türen geöffnet hatten. *Monument* war eine der größten Haltestellen. Eine lange Unterführung führte zur *Bank Station*, von der aus man weitere Linien erreichen konnte. Ein Knotenpunkt, an dem viele Reisende unterwegs waren.

»Auf geht's.« Ich zwinkerte Nando zu. Wir eilten durch die Unterführung, taten so, als müssten wir dringend eine Bahn erreichen. Dabei stießen wir immer wieder gegen Leute, rannten durch Reisegruppen – es war ein einfaches Spiel, hin und wieder in Jacken- und Hosentaschen zu greifen. Nicht immer erfolgreich, aber als wir an der *Bank Station* ankamen, hatten zwei Geldbeutel und ein Smartphone ihren Besitzer gewechselt.

»Das war gut«, keuchte Nando. Wir grinsten, Adrenalin rauschte durch unsere Adern, wir fühlten uns lebendig.

»Komm.« Ich stieß ihn an.

Es hieß, immer in Bewegung zu bleiben. Skinners zweite Regel, neben seinem Lieblingsspruch: Immer wachsam bleiben!

»Sollen wir zurück in die Wohnung? Wir haben genug, eh?«

Auf dem Bahnsteig war nicht viel los. Lautes Lachen ließ mich herumfahren. Weiter hinten, kurz vor den Rolltreppen, saß eine Gruppe junger Leute. Zwei Mädchen und ein Junge. Der Junge saß auf der Bank und hielt sich den Bauch. Er war nicht fett, aber eindeutig pummelig, und lachte so laut, als würde er erwarten, dass die ganze Welt mit einstimmte. Die Mädchen standen um ihn herum, eine von ihnen erzählte lebhaft eine Geschichte, gestikulierte wild mit den Händen. Der Junge antwortete erneut mit schallendem Gelächter. Es kümmerte ihn nicht, dass er über den kompletten Bahnsteig zu hören war, als würde er es genießen, die Aufmerksamkeit auf sich zu ziehen.

Doch da war etwas an seinem Lachen, das etwas in mir weckte. War es Abscheu? Neid? Oder etwas anderes? Ich konnte es nicht so recht definieren. Dieser Junge hatte eine besondere Ausstrahlung. Er wirkte glücklich, redete sorgenlos auf seine Freundinnen ein, immer wieder unterbrochen von schallendem Gelächter. Er stand gerne im Mittelpunkt – und das, obwohl er dick und eindeutig schwul war. Das erkannte sogar ein Blinder mit Krückstock, allein an den affektierten Bewegungen. Er schien es nicht zu verstecken, sondern wirkte frei und unbeschwert. Neben ihm stand ein Rucksack, unbeachtet, etwas von ihm entfernt. Wie unachtsam. Sehr unachtsam …

»Nando, warte. Für heute sind wir noch nicht fertig.«

»Qué?«

Ich packte ihn am Arm und zog ihn um die Ecke, aus dem Blickfeld der Gruppe, die uns sowieso nicht beachtete.

»Qué diablos?«

»Mach deine Jacke zu – und zieh dir in Gottes Namen die Hose etwas hoch.«

»Spinnst du?«

»Na, mach schon. Du musst zumindest ein bisschen anständig aussehen.« Ich nahm meine schwarze Kappe und setzte sie Nando auf den Kopf. Das machte es nur bedingt besser, verdeckte aber immerhin die Cornrows. Er sah noch immer zu sehr nach Getto aus, doch für einen kurzen Augenblick sollte er für Ablenkung sorgen können.

»Bist du jetzt vollkommen loco, eh?«

»Siehst du den Rucksack dahinten?« Ich deutete mit dem Kopf zur Gruppe.

»Qué …?« Ein Leuchten trat in Nandos Augen. »Ahh.«

»Na also.« Ich nahm eine London-Karte, auf dem auch ein Plan der U-Bahn gedruckt war, aus der hinteren Tasche von Nandos Rucksack und drückte sie ihm in die Hand.

»Du bist spanischer Tourist, hast deine Leute verloren und willst zum Tower. Frag die Gruppe dort drüben nach dem Weg.«

Nando seufzte genervt. »Dein Ernst?«

»Du musst sie ablenken. Lock sie von der Bank weg – aber nur ein kleines Stück. Sie sollen mich nicht bemerken.«

»Vale. Aber du weißt, dass ich so was hasse, eh?«

Ich grinste. »Und es interessiert mich einen Scheiß. Tu's einfach.«

»Vale.« Er drehte den Schirm der Kappe nach hinten, wollte loslaufen.

Ich packte ihn kurz am Arm. »Und sei freundlich. Versuch zu lächeln.«

Der Spanier verdrehte die Augen. »Ich weiß, wie das geht. Wir können die Rollen gerne tauschen, eh?«

»Zisch ab.«

Während Nando langsam auf die Gruppe zuging, den Blick immer wieder verwirrt zur Bahnanzeige schwenkend, lief ich etwas hinter ihm, die Kapuze meines Hoodies tief ins Gesicht gezogen. Ich ging langsam, tat so, als würde ich etwas auf meinem Handy lesen, dabei beobachtete ich aus den Augenwinkeln, wie er auf die Gruppe zutrat.

»Hola.« Nando lächelte unsicher. Er war gar kein schlechter Schauspieler. »Hablan …«, er räusperte sich, »Hablan español? Ich suche Gruppe. Tower Hill. Wo?« Er trat einen Schritt zurück, sah zur Anzeige. Wenn er so lächelte, konnte er richtig hinreißend aussehen. Die Mädels sprangen sofort darauf an.

»Du willst zum Tower Hill?«

Nando nickte und trat noch einen Schritt zurück, lotste die Mädels damit in seine Richtung. Bisher machte er das sehr gut, ich schob mich unbemerkt an ihnen vorbei.

»Du bist auf dem falschen Bahnsteig. Das hier ist die Bank Station, hier fährt nur die Central Line.«

»Central Line?«

Auch der pummelige Junge stand nun auf. Er war größer, als ich gedacht hatte, ich überragte ihn nur um wenige Zentimeter.

»Du musst zur Monument Station, dort kannst du die Circle oder District Line nehmen, beide halten am Tower Hill.« Seine Stimme klang tiefer, nun, wo er sich etwas beruhigt hatte und nicht mehr lachte. Sie war aber immer noch sehr laut und selbstbewusst.

Nando deutete wieder zur Anzeige. »Aber … Bahn?«

Der Junge schüttelte den Kopf. »Das ist nicht die richtige. Komm, ich zeig's dir.«

Ich warf einen Blick zurück. Zu viert beugten sie sich über Nandos Plan.

In diesem Moment fuhr ratternd die nächste U-Bahn ein. Ohne zu zögern, schnappte ich mir den Rucksack und rannte die Rolltreppe hoch. Keine Schreie oder Rufe ertönten hinter mir. Das war ja schon fast zu einfach gewesen. Niemand hatte etwas bemerkt, sie waren zu sehr damit beschäftigt, einem Fremden zu helfen.

Kapitel 2

Das Finanzviertel bestand zum Großteil aus hohen, uralten Gebäuden, die teilweise denkmalgeschützt waren. So auch die Bank of England, nach der die Bank Station benannt war. Die Säulen am Eingang erinnerten an ein römisches Pantheon. Ich mochte diesen Architektur-Stil, er war so voller Detailreichtum und Imposanz. Neben all den Häusern, die in den Himmel reichten, fühlte man sich selbst auf einmal mickrig und klein. Das war vermutlich auch exakt das, worauf das Bankenviertel abzielte: die armen Menschen einzuschüchtern. Das Publikum hier bestand hauptsächlich aus reichen Menschen und Touristen. Eine Edelboutique reihte sich an die nächste. Alles hier schrie: Geld, Geld, Geld!

Es regnete in Strömen. Das kalte Wasser saugte sich augenblicklich in meinen Pulli und ließ mich wünschen, ich hätte eine wärmere Jacke angezogen.

Immer in Bewegung bleiben. Auch wenn niemand meinen Diebstahl bemerkt hatte, durfte ich mich nicht ausruhen, schon gar nicht in einem so gut überwachten Viertel wie diesem. Ich lief an der Wellington-Reiterstatue vorbei, überquerte rasch die Straße, den Rucksack dabei locker über die Schulter geworfen, und passierte einige Edelboutiquen, auf der Suche nach einem Ort, an dem ich auf Nando warten konnte. Doch so wie ich aussah, konnte ich mich schwer in diesen Läden blicken lassen, ohne aufzufallen. Also lief ich bis zum Leadenhall Market. An diesem Tag hatte ich keinen Blick für die imposanten überdachten Markthallen, sondern steuerte direkt auf Waterstones zu. Keiner vermutete einen Dieb in einer Buchhandlung.

Dumpfe Wärme und der staubige Geruch von Büchern schlugen mir entgegen. Ich schob die Kapuze vom Kopf, strich mir durchs stoppelkurze, feuchte Haar, erlaubte mir endlich wieder aufzuatmen. Nun, da ich zur Ruhe kam, verließ das Adrenalin meinen Körper und Müdigkeit befiel mich. Zwei Stufen auf einmal nehmend ging ich hoch in den ersten Stock, ließ mich in einen der Ledersessel fallen. Vorher zog ich noch das Handy aus der hinteren Hosentasche. Das Display war gesprungen, doch das Smartphone funktionierte einwandfrei, darum ignorierte ich den Schaden.

Zwei neue Nachrichten. Eine von Molly, meiner Freundin aus Kindertagen, und eine von Nando. Die von Molly lag schon zwei Wochen lang ungelesen in meinem Postfach, die neue von Nando interessierte mich mehr.

Bin draußen. Wo steckst du??

Ich tippte schnell eine Antwort, schrieb, dass er herkommen sollte.

Dann zog ich endlich den Rucksack heran. Er war dunkelblau, aus robustem Material und von der Marke Eastpak. Ein gutes Modell, sah noch relativ neu aus und war bestimmt nicht billig gewesen. Er hatte auch ein ordentliches Gewicht. Mein Puls beschleunigte sich wieder, Aufregung stellte sich ein. Was ich wohl darin vorfinden würde? Ich zügelte meine Neugier, zog zuerst den Reißverschluss des vorderen Fachs auf und jubelte innerlich. Jackpot. Der Geldbeutel lag drin. *Dummer, pummeliger Junge, jetzt hast du nicht mehr so viel zu lachen.* So etwas trug man immer am Körper, das wusste jeder – vor allem ein gutes Portemonnaie aus echtem Leder.

Zunächst schaute ich nach dem Geld. Etwas mehr als fünfzig Pfund – nicht schlecht. Die Kreditkarte steckte ebenfalls darin, neben Personalausweis, Führerschein und Bibliotheksausweis. Ich zog den Pass heraus. Scott Mullinger hieß er also. Er war ein knappes Jahr jünger als ich, gerade erst achtzehn geworden.

Ich steckte den Geldbeutel zurück und war gespannt, was dieser Scott sonst noch alles mit sich herumtrug. Das Gewicht kam eindeutig von den drei Büchern, dicke Wälzer, allesamt über Shakespeare. *How Shakespeare Became Shakespeare*, *Shakespeare's Theatre* und *Playing Shakespeare: An Actor's Guide*. Ich verzog unweigerlich das Gesicht, ich hatte Shakespeare schon während der Schulzeit gehasst. Alles klang wie Englisch und trotzdem hatte man keine Ahnung, was der Kerl einem eigentlich sagen wollte. Dem Einband zufolge waren alle Bücher Eigentum der Perry-Bibliothek an der Londoner South Bank Universität. War Scott Mullinger Student? Ich hatte keinen Studentenausweis gesehen.

Ein großer Umschlag beinhaltete einen Haufen bedrucktes Papier, ich überflog nur die ersten Zeilen. Noch mehr Shakespeare. Der Text einer Rolle namens *Puck* war mit einem neongrünen Textmarker angestrichen. War er Schauspieler?

Etwas tiefer im Rucksack fand ich einen weiteren Umschlag, weder beschriftet noch versiegelt. Ich zog einen Stapel Portraitfotos in verschiedenen Größen hervor. Scott hatte ein hübsches Gesicht, gerahmt von kurzen, braunen Locken. Mein Blick wanderte sofort zu den braunen Augen, aus denen mir eine gewisse Naivität entgegenstrahlte – aber auch Gutmütigkeit und etwas, das ich nicht sofort zuordnen konnte – Schalk? Die leicht hochgezogenen Augenbrauen ließen ihn selbstbewusst wirken, ja sogar fast schon arrogant. Die zu einem Lächeln verzogenen Mundwinkel umgab etwas Trotziges, Herausforderndes. Er hatte volle, einladend geschwungene Lippen.

»Ich hoffe, es hat sich wenigstens gelohnt.«

In meinem Leben war ich noch nie so zusammengezuckt. Die Fotos fielen zurück in den Rucksack. Nando stand mir gegenüber. Zwei Sekunden ließ ich verstreichen, um meinen wummernden Herzschlag zu beruhigen, ehe ich ihm antwortete: »Der Depp hat seinen Geldbeutel drin gehabt. Fünfzig Pfund. Nicht schlecht, was?«

Wie lange hatte ich das Foto des Kerls angestarrt? Hatte Nando etwas mitbekommen? Er ließ sich zumindest nichts anmerken.

»Gut.« Der Spanier setzte sich in den Sessel mir gegenüber, eine Mitarbeiterin des Buchladens sah ihn im Vorbeigehen missbilligend an.

»Wir schließen bald«, ließ sie uns wissen.

»Sind gleich weg. Keine Sorge, guapa.« Nando zwinkerte ihr zu.

Die Buchhändlerin warf uns noch einen pikierten Blick zu, dann stöckelte sie davon.

»Sonst was Interessantes?«

»Ne, nur Mist. Bücher und so ein Kram.«

Nando hob die Augenbrauen. »De verdad? Das ist alles? Na ja, der Rucksack sieht immerhin neu aus.«

»Den behalte ich«, sagte ich schnell. »Ich brauch einen neuen.«

»Eh, warum kriegst du ihn? Ich hatte schließlich den meisten Ärger.«

»Du hast nur den dummen Touristen gespielt. Ich hab das ganze Risiko getragen.«

»Sí, aber du musstest dir nicht das Geheule der Schwuchtel anhören, als er bemerkt hat, dass sein Rucksack weg ist.«

»Haben sie dich verdächtigt?«

Nando winkte ab. »Die haben nichts gerafft. Der Dicke wollte mich sogar noch zum richtigen Gleis bringen. Was für ein idiota!«

Ich nickte langsam.

»Sonst ist echt nichts drin? So wie der rumgeheult hat, dachte ich, keine Ahnung, es müsste was Wichtiges sein.«

»Ne, echt nur Bücher und Fotos. Aber ich wäre auch angepisst, wenn ich meinen Geldbeutel mit fünfzig Pfund verlieren würde.«

»No, ich glaub nicht, dass es ihm ums Geld ging.«

Auf der Stirn des Spaniers bildeten sich Furchen. Dachte er etwa, ich würde etwas vor ihm verbergen?

Ich lachte. »Glaubst du etwa, er hatte Goldbarren dabei? Ehrlich, der heult bestimmt nur wegen der Bücher. Oder der Fotos.«

»Was für Fotos?« Ein diabolisches Grinsen tauchte auf seinem Gesicht auf. »Von nackten Männern? Willst du sie mir deshalb nicht zeigen, eh? Willst du sie für dich?«

Ich rollte stöhnend mit den Augen. »Nein, du Volltrottel, es sind Portraitfotos. Ey, und du hast versprochen keine Witze zu machen.«

Nando lachte schallend. »Sorry, amigo. Wird nicht wieder vorkommen.«

»Das will ich hoffen.«

Ich hätte ihm einfach den Rucksack zeigen können. Doch aus irgendeinem Grund wollte ich ihn nicht aus der Hand geben. Ich holte noch mal Scotts Portemonnaie hervor, zog die Geldscheine heraus. Zusammen mit dem Inhalt der anderen kamen wir auf knapp hundert Pfund. Nicht schlecht für die kurze Zeit. Ich stopfte alles in einen der anderen Geldbeutel, warf ihn Nando zu.

»Hier, bring das zu Skinner. Ich entsorge den Rest.« Ich klopfte auf den Rucksack.

Die Verkäuferin, die uns bereits vorhin komisch angeschaut hatte, unterhielt sich nun mit einer Kollegin und blickte immer wieder misstrauisch zu uns.

»Wir sollten schauen, dass wir von hier verschwinden.«

Nando hievte sich aus dem tiefen Ledersessel. »Heißt das, du kommst nicht mit?«

»Ich komm später nach. Will mal wieder nach meinem Alten schauen.«

Der Spanier nickte verständnisvoll. Er war der Einzige aus der Gruppe, der noch eine feste Bindung zu seiner Familie hatte. »Immerhin kriegen Sasha und Ramon heute was Ordentliches zu essen. Vielleicht bestelle ich ihnen Pizza oder so.« Er grinste, ganz der stolze große Bruder.

»Und wir haben das Geld für Mario.«

»Der alte italienische Halsabschneider.«

Ich seufzte. »Ich hoffe nur, Skinner lässt sich von dem nicht in noch mehr reinziehen. Ehrlich, mir ist der Kerl nicht geheuer. Er hat Einfluss. Wenn du den einmal auf dem falschen Fuß erwischst, bist du weg vom Fenster. Skinner sagt, er kannte damals sogar Bert ›Battles‹ Rossi.«

»Aha, und das soll mich jetzt beeindrucken, eh?«

»Rossi war einer der letzten Gangster der alten Schule, er arbeitete mit den Kray-Zwillingen. Frag Skinner, er kann dir alles erzählen.«

»Mmpf. Wenn ich Geschichtsunterricht will, gehe ich in die Schule.«

Ich verdrehte die Augen. »Solltest du sowieso. Mach nicht denselben Fehler wie wir alle.«

»Sí, madre.«

Ich verpasste Nando einen Schlag auf den Hinterkopf. Er lachte.

Draußen schiffte es noch immer, der Kapuzenpulli war binnen Sekunden wieder mit Wasser vollgesogen. Ich hasste dieses miese Herbstwetter.

Nando hob fragend die Augenbrauen. »Sehen wir uns später?«

»Sicher. Ich hab nicht vor, bei meinem Dad zu pennen.«

Es stank nach kaltem Zigarettenrauch, Alkohol und ungewaschenem Mensch. Eben jener Mensch lag wie immer auf der Couch. Schnarchend. Kurz betrachtete ich ihn angewidert. Er trug nichts weiter als eine Jogginghose und ein Unterhemd, das seine weißen Tage längst hinter sich hatte. Das fettige braune Haar klebte ihm in der Stirn. Ich ließ den Blick durch die vermüllte Wohnung wandern. Es war kalt hier drin, vermutlich funktionierte die Heizung mal wieder nicht – oder er hatte die Rechnung nicht bezahlt. Wäre auch nichts Neues.

»Hi, Dad«, murmelte ich, machte aber keine Anstalten, ihn zu wecken oder auch nur zu versuchen, etwas Ordnung in das Chaos der Wohnung zu bringen. Das hatte ich schon vor langer Zeit aufgegeben. Wenn Dad es nicht schaffte, die leeren Pizzakartons zu entsorgen, sondern stattdessen neues Leben in ihnen züchtete, dann sollte er das tun. Es ging mich nichts mehr an.

Immerhin rührte er mein Zimmer nicht an. Es sah noch genauso aus, wie ich es verlassen hatte. Das Bett war ordentlich gemacht, die wenigen Bücher in den Regalen sortiert und die Schreibtischplatte leer geräumt. Nichts stand unnötig herum – ich war kein großer Freund von Deko. Mit ein paar Ausnahmen hatte sich das Zimmer, seit ich es vor fünf Jahren bezogen hatte, nicht mehr verändert. Nur die Staubschicht und einige Schrammen in der Wand, die ich in einem Wutanfall mal mit einem Messer bearbeitet hatte, zeugten von vergangener Zeit.

Auf dem Schreibtisch lag ein Brief, das weiße Papier stach direkt ins Auge, bildete einen starken Kontrast zum dunklen Holz der Tischplatte. Ich musste die Handschrift nicht anschauen, um zu wissen, von wem er war. Ich schnaubte verächtlich. Sie gab einfach nicht auf. Sie war es, die gegangen war und mich im Stich gelassen hatte! Sofort tauchte in meiner Erinnerung das Bild ihres weinenden Gesichts auf, am Ende unseres letzten Streits. Verärgert schüttelte ich den Kopf. Ich wollte nicht darüber nachdenken.

Ungelesen wanderte der Umschlag in die oberste Schreibtischschublade, wo er auf einen kleinen Haufen Gleichgesinnter traf – alles Briefe von meiner Mum, alle ungelesen. Mit einem *Rumms* schob ich die Schublade zu, schloss meine Mum wieder aus meinem Leben, aus meinen Gedanken aus.

Ich setzte mich aufs Bett, stützte den Kopf in die Hände. Warum war ich zurückgekommen? Ich sollte dieses alte Leben endlich endgültig hinter mir lassen, nicht mehr zurückblicken. Und doch kehrte ich immer wieder in diese Wohnung zurück, prüfte, ob Dad noch atmete, ließ die Briefe meiner Mum in der Schublade verschwinden.

Müde ließ ich mich nach hinten auf die weiche Matratze fallen und starrte an die Decke. Fühlte mich leergesaugt und erschöpft. Wie jeden Tag. Wie jeden verdammten Tag. Ich wünschte mir einen Knopf, mit dem ich die Gedanken ausschalten konnte. Gedanken, die mir sagten, wie nutzlos und irrsinnig mein Leben doch war, was für ein mieses Stück Scheiße ich war. Nur leider wurden sie nur noch lauter, wenn man nach dem Aus-Schalter suchte. Ich hatte mein Leben versaut, bevor es überhaupt richtig angefangen hatte. Jetzt war ich nichts weiter als ein verdammter Taschendieb. Eines Tages würde ich entweder im Gefängnis landen oder erstochen auf der Straße liegen. Das waren meine Perspektiven. Ich befand mich in einem Strudel, aus dem ich nicht mehr herausfand.

Wütend presste ich mir die Faust gegen die Stirn. Solche Gedanken brachten nichts, sie halfen mir nicht weiter. Schwungvoll setzte ich mich auf. Ich war nicht hier, um wie ein kleines Kind über die Vergangenheit zu heulen. Sie war auch nicht besser. Damals, als Mum und Dad sich nächtelang angeschrien hatten. Als er zu trinken begann, nachdem er seinen Job verloren hatte. Als er sie das erste Mal im Suff geschlagen hatte. Ich wollte diese Vergangenheit nicht zurück. Mum war wenigstens rausgekommen aus diesem Scheißleben. Und mich zog es immer wieder an diesen Ort zurück, an dem alles begonnen hatte schiefzugehen.

Der Rucksack lag neben dem Bett, dort, wo ich ihn achtlos hingepfeffert hatte. Er war noch genauso schwer wie vorhin. Ich hatte den Inhalt nicht wie geplant weggeworfen. Warum nicht? Tja, das war mir auch nicht so ganz klar.

Ich stülpte den Rucksack um, ließ alles aufs Bett fallen. Die drei Shakespeare-Bücher, der Umschlag mit den Fotos und das Skript fielen heraus. Zudem noch ein weiterer Umschlag, den ich zuvor noch nicht entdeckt hatte.

Neugierig nahm ich ihn in die Hand. Er war an Scott Mullinger adressiert.

Es war ein komisches Gefühl, einen fremden Brief zu öffnen, einen kurzen Moment lang beschlich mich ein schlechtes Gewissen. Doch ob ich ihn nun las oder nicht, es würde nichts ändern. Letztendlich würde er sowieso im Müll landen. Rasch überflog ich den Text – und stutzte. Das war die Einladung zu einem Casting. Für ein Musical namens *Eugenius!*. Scott Mullinger war also tatsächlich Theater- und Musicaldarsteller – und das nicht nur hobbymäßig. Ungläubig schüttelte ich den Kopf, aber irgendwie passte es. Das selbstsichere Auftreten, die laute, sonore Stimme, generell diese Präsenz, die er hatte. Ich konnte ihn mir durchaus auf einer Bühne vorstellen. Er wirkte so, als würde er sich dort wohlfühlen. Aber hatte er überhaupt eine Chance in diesem Business? Sahen Schauspieler nicht immer perfekt aus, hatten die perfekte Figur? Es war nicht so, dass er stark übergewichtig war, aber er hatte schon ein paar Pfund zu viel auf den Rippen. Noch einmal zog ich die Fotos aus dem Umschlag, auf denen mir Scott selbstbewusst entgegengrinste. Er wirkte so zufrieden mit sich. Da lag dieses lebenslustige Funkeln in seinen Augen, das mich irgendwie faszinierte. Er war schwul und übergewichtig – und er schien gut damit klarzukommen. Ich bemerkte, wie in mir eine Mischung aus Bewunderung und Neid aufstieg, und warf das Foto weg. Was zum Teufel war los mit mir? Warum löste dieser Junge so viel in mir aus?

Ich wollte den Brief zusammenknüllen und wegwerfen – doch ein Satz ließ mich zögern. *Nur bei Vorlage dieses Schreibens können Sie am Casting teilnehmen.*

Das Schreiben, das Scott nicht mehr besaß, weil ich es ihm gestohlen hatte. War er deshalb so aufgeregt gewesen, als er gemerkt hatte, dass sein Rucksack weg war? Ging es ihm um diesen Brief, um dieses Vorsprechen oder wie auch immer man das nannte? Ich seufzte. Wer verschickte im Zeitalter der Digitalisierung so etwas überhaupt noch per Post? Eine E-Mail war viel sicherer. Verdammte Scheiße. Ich steckte das Papier zurück in den Umschlag. Vermutlich hatte er bei diesem Casting ohnehin keine Chance – oder?

Ich schüttelte entschieden den Kopf. Es war nicht meine Schuld, dass er den Brief dabeigehabt und nicht auf seinen Rucksack geachtet hatte. Er war sein eigener Fehler. Willkommen in der Wirklichkeit, Scott Mullinger. Das Leben war eben manchmal einfach ein Arschloch.

Kapitel 3

Schnell sprintete ich die Treppe hoch, froh, endlich wieder im Trockenen zu sein. Scheiß Wetter! Mein Pulli tropfte, es bildete sich bereits eine kleine Lache auf dem Boden. Ungeduldig trat ich von einem Fuß auf den anderen, klingelte Sturm.

»Hast du keinen Schlüssel?«

»Hab ihn vergessen.«

»Du kommst spät.« Skinner lehnte sich mit verschränkten Armen gegen den Türrahmen. Unser Anführer war etwas kleiner als ich. Wir beide waren nicht besonders kräftig gebaut, trotzdem war ich stärker, hatte ihn erst im letzten Monat beim Armdrücken besiegt. Eine Niederlage, die er nur schwer verkraften konnte. Wir wurden aus der Bar geworfen, weil er angefangen hatte, Gläser an die Wand zu werfen – zum Spaß natürlich, er wollte niemanden verletzen. Doch ich kannte ihn schon lange genug, um zu wissen, dass sich eine Niederlage, verbunden mit Alkohol, bei ihm nicht gut vertrug. Skinner wollte immer gewinnen, immer der Beste sein, immer weiter hoch hinaus.

Ich schlüpfte aus dem nassen Pulli. »Hat Nando nicht gesagt …«

»Doch, hat er«, unterbrach mich Skinner und musterte mich abschätzend. »Du siehst fertig aus.«

Er grinste schief. Spitzbübische Grübchen tauchten in seinen Wangen auf, ließen sein kantiges Gesicht weicher aussehen. Ich mochte es, wenn er lachte oder lächelte. Es kam viel zu selten vor.

»Ich fühle mich auch ziemlich fertig«, gab ich seufzend zu.

Seit ich bei meinem Dad gewesen war, saß ein pochender Schmerz in meinen Schläfen. Eigentlich wollte ich meine Ruhe, doch gleichzeitig fürchtete ich das Alleinsein. Die fiesen Gedanken wussten genau, wann man schwach und angreifbar war. Was ich brauchte, war Ablenkung. Weder wollte ich an den Jungen mit dem lauten Lachen denken noch an den Brief im Rucksack, der noch immer in meinem alten Zimmer lag. Warum konnte ich ihn nicht einfach wegwerfen?

Entschieden schob ich mich an Skinner vorbei. Unsere Wohnung bestand aus einem großen Wohnzimmer, in dem sich auch die schmale Einbauküche und der Esstisch befanden, sowie zwei Schlafzimmern, die wir unter uns aufteilten. Laute Rap-Musik schallte mir aus dem Wohnzimmer entgegen, begleitet von einer kalten, dichten Rauchwolke. Ich verzog das Gesicht. Ich hasste es, wenn sie drinnen rauchten.

»Macht doch verdammt noch mal das Fenster auf«, fuhr ich die anderen zur Begrüßung an, riss das Fenster auf und funkelte Max an, der noch eine Kippe in der Hand hielt. Ich ließ mich aufs Sofa zwischen Nando und Olli fallen.

»Warum so schlecht drauf?« Nando hob fragend die Augenbrauen.

»Ich kann es nicht leiden, wenn alles nach Rauch stinkt! Den Geruch bekommt man nie wieder raus.«

Und er erinnerte mich zu sehr an mein anderes Zuhause. An meinen nutzlosen Dad …

»Du musst dich nicht gleich wie eine verfickte Diva aufführen«, zischte Max.

»Halt's Maul!«, schoss ich zurück.

Vor ein paar Wochen hätte mich keiner von ihnen eine Diva genannt. Doch jetzt, da alle wussten, dass ich schwul war …

»Klappe! Alle beide!«, rief Skinner aus der Küche.

»Ist doch wahr«, murrte Max.

»Was macht dein Vater?« Skinner kam zurück, warf mir eine Dose Bier zu.

»Schnarchen«, antwortete ich kurz angebunden. Mir war nicht nach reden. Mein Kopf war zu prall gefüllt mit Bildern, Worten und Gefühlen, ich sehnte mich nach Leere und Ruhe. Mit geübter Handbewegung öffnete ich die Dose, trank eilig ein paar Schlucke und verzog angewidert das Gesicht. Das Bier war lauwarm.

»Was ist denn das für eine Pissbrühe? Funktioniert der Kühlschrank schon wieder nicht?«

»Ist wohl endgültig hinüber.«

Ich stöhnte. »Na super. Funktioniert überhaupt etwas in dieser Bruchbude?«

»Nope.« Skinner ließ sich in seinen Sessel fallen. Die meisten unserer Möbel hatten wir vom Sperrmüll, sie waren wie der Rest der Wohnung: dreckig und alt.

Seufzend legte ich die Füße auf den Tisch.

»Gute Arbeit übrigens. Nando hat uns von eurer Aktion erzählt.«

Ich zuckte mit den Schultern. »Der Touristen-Trick funktioniert immer.«

»Und diese dicke Schwuchtel war echt dumm, eh?« Nando lachte. »Ihr hättet ihn sehen müssen. Dass der nicht in Tränen ausgebrochen ist, hat echt noch gefehlt.«

Ich presste die Lippen zusammen. Ich hasste es, wenn sie dieses Wort benutzten. *Schwuchtel.* Unweigerlich fragte ich mich dann, ob sie mich auch so nannten, wenn ich nicht dabei war.

Skinner fuhr sich durchs straßenköterblonde, strähnige Haar. »Mario war übrigens sehr beeindruckt. Guter Job, Jungs.«

Ich schnaubte. »Ich hoffe, er kommt jetzt nicht ständig mit solchen Ideen.«

»Besser«, erklärte Skinner. »Er hat gesagt, wir sollen langsam anfangen, größer zu denken.«

Max setzte sich auf. »Was meinst du?«

In Skinners Augen lag ein aufgeregtes Funkeln. »Na, er hat doch recht. Wir wollen nicht auf ewig Kleinkriminelle bleiben, die knapp über dem Existenzminimum in so einer Bruchbude leben, oder?«

Nando kratzte sich am Kopf. »Du hast etwas vor, hm?«

Unser Anführer grinste verschwörerisch. »Mario will uns mehr miteinbeziehen. Anscheinend ist er mit den Blackies nicht mehr so zufrieden. Wundert mich nicht, so versoffen wie die sind.«

Ich verschränkte die Arme. »In was miteinbeziehen?«

»So genau hat er es noch nicht gesagt. Nur, dass da richtig viel Kohle auf uns wartet.«

»Yes! Das klingt schon mal gut!« Max reckte eine Faust in die Luft.

»Ey, ich bring aber niemanden für den um. Damit das klar ist.« Nando schüttelte vehement den Kopf.

Skinner verdrehte die Augen. »So weit wird's nicht kommen. Es geht nur um kleine Gefälligkeiten. Schätze Kurierdienste oder so was.«

»Ich dachte, mit Drogen wollen wir nichts zu tun haben?«

Das waren zumindest seine Worte vor einigen Monaten gewesen.

Jetzt zuckte er mit den Schultern. »Nahezu alles von Marios Imperium basiert auf dem Verticken von Crack und Heroin. Wenn wir unseren Fuß in die Tür reinbekommen, ist doch gut.«

Ich hatte ein ungutes Gefühl. Es war eine Sache, illegal in dieser Wohnung zu leben und Mario dafür zu bezahlen, aber es war etwas anderes, für einen Kerl zu arbeiten, der Beziehungen zur Mafia und zu den Hardcore-Gangs in London hatte. Wir waren keine richtige Gang, nicht im herkömmlichen Sinne. Nicht wie die Hoxton Boys oder die London Fields Crew, berüchtigte Gangs aus Hackney, die ganze Territorien besetzten und mit Messern und Schusswaffen gegen andere verteidigten. Wir waren kleiner, unabhängiger. Noch konnten wir uns frei zwischen den Vierteln bewegen, ohne stets damit rechnen zu müssen, erstochen zu werden.

Ich runzelte die Stirn. »Geben wir dadurch nicht unsere Unabhängigkeit auf?«

Nando nickte. »Sí, gehören wir dann zu den *Hail Sabinis*?«

»Nein, aber wir gewinnen an Einfluss und Ansehen, versteht ihr das nicht? Wir steigen auf.«

»Es könnte Probleme mit den Blackies geben«, gab Olli zu bedenken.

Mit fünfundzwanzig Jahren war er der Älteste, ein Jahr älter als Skinner. Olli hatte die meiste Erfahrung mit Gangs, steckte schon seit seiner Jugend in diversen Bandenkriegen. Ich hatte die wulstigen Narben auf seinem Oberkörper gesehen. Er sprach nicht viel darüber, aber er hatte schon einiges mitgemacht.

Auch jetzt hatte er einen guten Punkt gemacht. Die Blackies waren eine kleine Bande, ihr Gebiet grenzte an unseres. Ryan Akintoda, der seit Neustem den einfallsreichen Beinamen Skullsmasher trug, arbeitete schon seit einiger Zeit für Mario. Seiner Gruppe gefiel die Abmachung zwischen Skinner und Mario nicht. Besonders Ryan schien sich von Skinner bedroht zu fühlen. Wenn wir jetzt noch in das Business des Italieners einstiegen …

»Bei den Blackies ist viel heiße Luft. Die sind nicht viel größer als wir. Was die können, können wir schon lange. Außerdem ist Mario auf *mich* zugekommen, nicht umgekehrt. Es ist nicht unser Problem, wenn er kein Vertrauen mehr in die Blackies hat. Das ist unsere Chance.«

»Ich bin dabei«, sagte Max sofort. Ich schnaubte leise. Ihm ging es mehr darum, sich an den Blackies zu rächen, als für Mario zu arbeiten. Im letzten Winter hatten sie ihn übel zusammengeschlagen, die Narbe unter seinem linken Auge war heute noch zu sehen.

»Yo también.« Nando zuckte mit den Schultern.

Olli hatte die Stirn weiterhin in Furchen gelegt. »Du musst wissen, was du tust, Skinner.«

Dessen Blick lag nun auf mir. Was hatte ich schon für eine Wahl?

»Na klar bin ich dabei.«

Skinner grinste breit. »Dann ist es abgemacht.« Er sprang auf. »Darauf müssen wir anstoßen.«

Ich presste die Lippen zusammen. Ziemlich sicher hatte er Mario bereits zugesagt, bevor es überhaupt zu dieser Diskussion gekommen war, aber ich sagte nichts. Letztendlich vertraute ich ihm. Er war unser Anführer, er kannte sich am besten aus.

Ich trank das warme Bier aus, zerknüllte die Dose und warf sie in die Ecke, wo sie scheppernd gegen ein paar Artgenossen stieß. Die Wohnung hier war nicht nur eine Bruchbude, sondern auch eine Müllhalde. Aber was konnte man erwarten, wenn fünf Jungs auf engstem Raum zusammenlebten?

Wir stießen mit schottischem Whiskey an, den Skinner für einen besonderen Moment aufgehoben hatte.

»Auf eine glorreiche Zukunft voller Geld, teurem Fusel und nackten Mädels – oder nackten Kerlen!« Skinner zwinkerte mir zu.

Ich stürzte den Inhalt meines Glases schnell hinunter. Der Whiskey schmeckte dunkel, torfig, brannte sich durch meine Speiseröhre. Widerlich! Ich füllte nach.

»Yo, was läuft heute noch?« Max zerdrückte die Reste seiner Kippe im Aschenbecher.

»Ich bin raus.« Olli stand auf. »Ich hab versprochen, bei Cherry vorbeizuschauen.«

»Ey, hat die Alte dich wieder unter der Fuchtel?« Max verdrehte die Augen.

Olli hatte eine On- und Off-Beziehung mit einer Table-Dance-Schönheit, die auf den vielsagenden Namen Cherry hörte.

»Klappe, Rocket! Sie will das Kind behalten!«

Sofort schossen ein paar Augenbrauen in die Höhe. Die Nachricht, dass Cherry schwanger war, hatte vor ein paar Wochen eingeschlagen wie eine Bombe. Doch dass sie das Baby behalten wollte, war eine Neuigkeit.

»Sorry, Kumpel, das wusste ich nicht«, beeilte sich Max zu sagen.

»Krass Mann, du wirst Vater.« Skinner nickte anerkennend.

Olli zuckte nur mit den Schultern und erwiderte nichts. Ich fragte mich, was in ihm vorging. Er war niemand, der viel über seine Gefühle redete. Auch jetzt glich sein Gesicht einer unbeweglichen Maske. Ein Kind mit Cherry. Ich wollte nicht pessimistisch klingen, aber ich konnte mir nicht vorstellen, dass das gut gehen würde.

Max überbrückte die entstandene Stille mit einem Räuspern.

»Ich geh im Blacksmith einen abfeiern. Kommt jemand mit? Charlie bringt sicherlich wieder ein paar scharfe Chicas mit.« Er warf Nando einen eindeutigen Blick zu.

»Sí, bin dabei!« Der Spanier nickte.

»Skinner?«

»Passe. Rhia kommt später vorbei.«

Max wackelte anzüglich mit den Augenbrauen. »Auch nicht schlecht.«

»Eh Tony, kommst du auch mit?« Nando sah mich fragend an, zog bereits seine Jacke über die Schultern.

Ich zögerte. Lust zu feiern hatte ich schon – allerdings nicht in einem Heteroschuppen.

»Kannst auch gerne hierbleiben.« In Skinners Augen blitzte es, als er wölfisch grinste.

Spielte er auf jene Nacht vor einigen Monaten an? Damals, wir waren beide stockbesoffen, wollte er unbedingt, dass ich ihm einen blies. Danach hatten wir nie darüber geredet.

Ich schüttelte den Kopf. »Ne, ich geh auch weg. Aber nicht ins Blacksmith.«

»Qué? Du kommst nicht mit uns?«

Ich vergrub die Hände in der Tasche. »Sorry, ich geh woandershin.«

»In einen Schwulenclub, hm? Tanzt ihr da im rosa Tutu?«

Es fehlte nicht viel und ich hätte Max eine geballert, doch ich besann mich auf etwas Besseres. Ich sah ihm direkt in die Augen. »Oh nein, wir ficken dort – und zwar richtig hart.«

Es war herrlich, Max einen Moment lang sprachlos zu erleben. Arschloch. Ich ließ ihn und Nando stehen.

Ein frischer Wind wehte durch die Straßen, doch immerhin hatte es aufgehört zu regnen. Der Winter näherte sich in raschen Schritten, nicht mehr lange und er würde die Stadt in eisiger Umarmung umfangen halten. Auch wenn die lauen Sommernächte durchaus etwas für sich hatten, waren mir kalte, dunkle Nächte lieber. Zum einen waren deutlich weniger Menschen draußen und zum anderen konnte man die Dunkelheit zu seiner Verbündeten machen. Ich mochte die Anonymität, die Schatten und Nebelschwaden, die durch die Straßen waberten.

Meine zügigen Schritte auf dem Pflaster hallten in der Stille der Nacht nach. Ich hatte die Kapuze tief ins Gesicht gezogen, wollte nicht erkannt werden. Durch jahrelange Erfahrung wusste ich, welche Orte man in der Dunkelheit besser mied, welchen Leuten man lieber auswich. Ich kannte die unsichtbaren Grenzen, die die Viertel unter den verschiedenen Gangs aufteilten.

Kribbelige Nervosität rauschte durch meine Adern – wie immer, wenn ich mich auf diesem Weg befand. Ich ließ mich nicht oft an solchen Orten blicken, doch heute hatte ich das Gefühl, als würde ich es brauchen. Ich musste endlich wieder einen klaren Kopf bekommen.

Mittlerweile gab es in ganz London haufenweise Schwulenclubs und Bars. Es war nicht schwer, das zu finden, wonach man suchte. Nach einer kurzen Fahrt mit der U-Bahn war ich da. Ich stand vor einem kleinen Club mit dem klangvollen Name *Pink Glove*. Ehe ich es mir anders überlegen konnte, ging ich hinein. Wie immer spielten sie eine Mischung aus Indie und Elektronik, auf der Tanzfläche tummelten sich die Kerle wie bunte Fische. Mir war nicht nach Tanzen, ich wollte etwas anderes. Und so ging ich direkt nach hinten, in den Darkroom. Die dunklen Gänge waren in schummriges, pinkes Licht getaucht. Aus manchen Ecken ertönte heiseres Stöhnen. Alle meine Sinne waren wachsam, mein Körper angespannt, mein Schwanz pochte in der Erwartung, was bald kommen würde.

Eine Weile wartete ich, zwei ältere Männer schickte ich weiter. Dann kam ein dünner Junge in meine Richtung, schmales Gesicht, flackernde Augen. Unsicher, recht hübsch.

»Ich ähh …« Er hatte eine helle Fistelstimme.

»Nicht reden«, herrschte ich ihn an und zog ihn zu mir in die Dunkelheit.

Er küsste mich ungeschickt, stieß mir seine Zunge in den Mund und stöhnte dabei laut. Mit einer Hand versuchte er mir die Kapuze vom

Kopf zu schieben. Ich packte ihn bei den Schultern, schob ihn nach unten. Er verstand schnell. Leises Klappern durchbrach die Stille, als er meinen Gürtel öffnete, begleitet von meinem erwartungsvollen Keuchen. Er brauchte mehrere Anläufe, bis er endlich die Knöpfe meiner Hose geöffnet und sie mir samt Boxershorts von den Hüften gezogen hatte. Der Kerl, er musste etwa in meinem Alter sein, vielleicht etwas jünger, sah erwartungsvoll zu mir auf. Ich griff in sein blondes Haar und zog ihn näher an meinen Schwanz.

»Ähh, nur mit Gummi …«

»Dann mach«, brummte ich.

Es dauerte kurz, dann endlich umschloss er mich mit den Lippen. Leise aufstöhnend lehnte ich den Kopf zurück. Im Blasen war der Fremde eindeutig besser als im Küssen. Auch wenn ich versuchte, es zu unterdrücken, entwich mir ein lang gezogenes Stöhnen.

Das Bild eines Jungen mit braunen Locken tauchte vor meinem inneren Auge auf. Der Schalk blitzte in den großen Augen. Wie es wohl wäre, wenn er mir mit diesen vollen Lippen …?

Der Orgasmus überrollte mich schneller als gedacht, der Fremde sah dabei mit blauen, von Lust verhangenen Blick zu mir auf.

Das war falsch. Das alles fühlte sich plötzlich furchtbar falsch an.

Ich stieß den Kerl von mir, er fiel unsanft zu Boden. »Was zum Teufel?!«

Ich rollte eilig das Kondom von meinem Schwanz, zog mir Boxershorts und Hose hoch.

»Wie wär's mit einem Danke«, giftete der Kerl und spuckte geräuschvoll aus.

Ich wollte nichts mehr hören, wollte ihn nicht mehr sehen. In meinem Kopf rauschte es. Ich rannte davon.

»Arschloch!«, hörte ich noch, doch dann war ich schon weg, taumelte aus dem Club, nur fort aus dieser kleinen Enklave.

Kapitel 4

Was zur Hölle war nur los mit mir? Ich saß auf der Treppe vor dem Wohnblock, in dem mein Dad hauste. So früh morgens war nicht viel los. Nur der Wind pfiff um die Häuser, ließ mich frösteln. Ich hatte lediglich Pulli und eine dünne Jogginghose an, viel zu wenig für einen kalten Novembermorgen. Doch ich genoss es zu frieren, hatte das Gefühl, es belebte mich. Im warmen Bett hatte ich es nicht mehr ausgehalten, nachdem ich mich stundenlang hin und her geworfen hatte.

Ich nahm einen tiefen Zug von der Zigarette und blies den Rauch langsam aus. Nach dem Fiasko am vergangenen Abend war ich nicht in die WG zurückgekehrt, sondern hatte die Ruhe eines eigenen Zimmers gebraucht. In der WG hätten mich Fragen, Scherze und generell die Geräusche anderer Menschen erwartet. Mir war nicht nach Reden, mir war nicht einmal nach Denken. Ein penetrantes Pochen an meiner rechten Schläfe erinnerte mich daran, dass ich kaum geschlafen hatte.

»Tony?«

Ich sah auf. Ein Fahrrad kam mit quietschenden Reifen vor der Treppe zum Stehen. Ein Mädchen mit langen blonden Haaren saß darauf.

»Molly«, erwiderte ich ruhig. Es war ewig her, seit ich sie das letzte Mal gesehen hatte.

Sie sprach es aus. »Ist ja ewig her, dass ich dich das letzte Mal gesehen habe. Du lässt ja gar nichts mehr von dir hören.«

In ihrer Stimme lag ein unterschwelliger Vorwurf.

Ich zuckte mit den Schultern, nahm einen weiteren Zug.

»Wie geht es dir?«

»Gut.« Ich räusperte mich. »Kann mich nicht beklagen. Dir?«

»Auch. Das Studium läuft gut so weit.«

Ich nickte. Molly hatte es als eine der wenigen geschafft, der Hölle der Sozialwohnungen in Hackney zu entfliehen. Ein Stipendium ermöglichte ihr ein Grafikdesignstudium am Camberwell College of Arts. Sie lebte jetzt in einer WG in Kennington auf der anderen Seite der Themse.

»Was machst du hier?«

»Versorge meine Mum mit Lebensmitteln.« Sie deutete auf ihren Korb. »Und du? Wohnst du wieder hier?«

Ich schnaubte. »Wollte nur schauen, ob der Alte noch atmet.«

Molly lächelte leicht. »Tut er anscheinend.«

Ich zuckte mit den Schultern. »Er kann's nicht lassen.«

Ein Schweigen entstand zwischen uns. Es war lange her, dass wir beide unzertrennlich gewesen waren. Ich blickte in ihr hübsches Gesicht mit den Sommersprossen und dachte an die Zeit zurück, als noch alles möglich gewesen war. Wir hatten beide geträumt, eines Tages diesem Loch zu entkommen, reich und bekannt zu werden. Sie hatte es geschafft. Zumindest hier rauszukommen. Der Rest würde sicherlich nicht lange auf sich warten lassen.

»Hängst du immer noch mit diesem Skinner ab?«

»Klar, ich wohn bei ihm. Er und die anderen sind jetzt meine Familie«, murmelte ich, starrte dabei an ihr vorbei, die Straße entlang.

»Pass auf, worauf du dich da einlässt.«

Ich verdrehte die Augen. »Sicher.«

Es war Molly anzusehen, dass sie mehr dazu sagen wollte. Sie erinnerte sich jedoch auch an den Streit vor gut einem halben Jahr. Dem Tag, an dem wir zusammen in ihrer neuen Wohnung saßen und sie mir riet, mich von meinen Freunden fernzuhalten. Dabei hatte sie keine Ahnung davon, wie mein Leben gewesen war, bevor ich Skinner getroffen hatte. Molly und ich hatten uns schon lange davor auseinandergelebt. Mochte sein, dass sie meine erste und einzige feste Freundin gewesen war, die erste, die gewusst hatte, dass ich schwul bin – sogar noch vor mir. Sie hatte trotzdem kein Recht dazu, mir vorzuschreiben, wie ich zu leben hatte.

Sie entschied sich für einen Themenwechsel. »Zeichnest du noch?«

Ich dachte an das verfranzte Notizbuch, das ich ständig in der Hosentasche mit mir herumtrug. Nur noch selten holte ich es heraus, doch es war immer da, bereit, sich die weißen Seiten mit Bleistift, Kuli oder Kohle füllen zu lassen.

»Manchmal«, erwiderte ich ausweichend.

»Du solltest es nicht aufgeben. Du hast Talent, Tony.«

Ich zerdrückte die Zigarette auf der Treppenstufe. »Klar, deswegen hast ja auch du das Stipendium bekommen.«

Molly presste kurz die Lippen aufeinander. »Das hast du mir immer noch nicht verziehen, hm? Dass ich es geschafft habe und du nicht.« Ihre blauen Augen blitzten wütend. »Weißt du, auch du könntest mehr aus deinem Leben machen, wenn du es nur versuchen würdest.«

Ich seufzte genervt. »Ach, komm schon.«

»Echt jetzt, Tony. Du suhlst dich im Selbstmitleid. Alles nur, weil deine Mutter den Absprung geschafft hat und hier rausgekommen ist und dir das nicht gepasst hat.«

Ich sprang auf. Das musste ich mir jetzt nicht anhören. Ohne ein weiteres Wort ging ich die Treppen hoch.

»Manchmal glaube ich echt, du hast jeglichen Blick für das Gute im Leben verloren, Anthony. In deiner Welt ist alles rabenschwarz«, rief sie mir noch hinterher.

Ich ließ die Eingangstüre krachend ins Schloss fallen.

In meinem Magen brodelte ein wütendes Feuer. Ich begann auf und ab zu gehen, versuchte mich wieder zu beruhigen. Genau aus diesem Grund hatte ich den Kontakt zu Molly abgebrochen. Weil sie mir immer solche Sachen an den Kopf warf. Sie wusste nicht, wie es sich anfühlte, niemanden zu haben, keinen Rückhalt von der Familie. Sie wusste nicht, wie es sich anfühlte, immer kurz am Ziel vorbeizuschrammen, wie es sich anfühlte, verloren zu sein.

Ich ließ mich aufs Bett fallen, vergrub kurz das Gesicht in den Händen. Vor allem hasste ich es, dass sie meist recht hatte mit dem, was sie sagte. So verdammt recht.

Hatte ich wirklich den Blick für das Gute im Leben verloren?

Vermutlich schon. Ich sah zu dem blauen Rucksack neben dem Schreibtisch. Scotts Rucksack, den ich geklaut und ihm damit die Chance genommen hatte, an diesem Musical-Casting teilzunehmen. Ich hatte nicht nur den Blick für das Gute verloren, ich bestahl auch die Guten. Was, wenn dieses Casting für Scott den Durchbruch bedeutet hätte? Was, wenn ich ihm wegen fünfzig Pfund die Karriere zerstört hatte?

Ich sprang auf, begann wieder auf und ab zu gehen wie ein Tiger in seinem Käfig. Knurrend raufte ich mir die Haare. Warum konnte ich diese Gedanken nicht einfach abstellen? Warum erreichte mich ausgerechnet jetzt das schlechte Gewissen? Das hatte ich doch schon vor langer Zeit abgestellt.

Und doch verspürte ich in mir das Verlangen, etwas zu ändern. Einen neuen Schritt zu wagen. Ich schnappte mir den Rucksack und verließ die Wohnung.

Dunkle Gemäuer rauschten an mir vorbei, dann und wann flackerte ein Licht auf in der Londoner Unterwelt.

Ich war doch verrückt. Die Wut in mir hatte sich gelegt, hatte Platz für eine äußerst kribbelige Nervosität gemacht. Ich war mir nicht sicher, welches Gefühl mir lieber war.

Automatisch begann ich an meinen Nägeln zu kauen, beobachtete die Leute um mich herum. Dieses Mal nicht, um ein nächstes Opfer zu finden. Dieses Mal war ich aus demselben Grund mit der U-Bahn unterwegs wie die meisten von ihnen. Ich hatte ein Ziel, einen Ort, an den ich wollte.

Ich stieg an der *Borough Station* aus. Grauer Himmel empfing mich, gemeinsam mit einem beißenden Wind. Immerhin kein Regen. Ich ließ den Blick über die Kreuzung schweifen. In dieser Gegend war ich nicht oft. Mir gegenüber stand eine alte Kirche, wie man sie häufig in London antraf, hohe Torbögen und gebaut aus rostroten Klinkersteinen.

Ich seufzte. Was zum Teufel machte ich hier? Aber zum Umkehren war es zu spät. Ich drehte der Kirche den Rücken zu und lief die Straße entlang.

Google Maps half mir dabei, zu finden, was ich suchte. Scott Mullinger lebte in einer schmalen Straße, ohne viel Verkehr. Vereinzelt standen Autos vor den Reihenhäusern, die nahtlos ineinander übergingen. Typisch grau-braun, eins glich dem anderen. Langsam ging ich die Fassaden entlang. Bei dieser Stille schien jeder meiner Schritte doppelt so laut durch die Straße zu hallen.

Ich sollte wirklich umkehren. Ich sollte …

Da war sie. Die Nummer vierzehn. Hier wohnte er. Sehr bedächtig ging ich die Treppe hoch, stand unschlüssig vor der schwarzen Tür. Auf dem

Klingelschild standen drei Namen, einer davon war Mullinger. Ich war also richtig. Worauf wartete ich dann noch?

Ich bückte mich, wollte den Rucksack vor der Tür ablegen, doch die sprang genau in diesem Moment auf. Ein Schrei ließ mich zusammenzucken. Keine Ahnung, wer einen größeren Satz nach hinten machte, Scott oder ich. Ich wäre fast die Treppe hinuntergeflogen, hätte ich nicht rechtzeitig das Geländer erwischt.

»Jesus, hast du mich erschreckt.« Der Junge fasste sich an die Brust und lachte schallend. »Ich hab fast einen Herzinfarkt gekriegt.«

Ich konnte ihn nur anstarren. Er sah genauso aus wie auf dem Foto. Das Lachen klang ebenso laut und mitreißend wie auf dem Bahnsteig, kurz bevor ich ihm den Rucksack geklaut hatte. Apropos! Den hielt ich noch immer in der Hand. Auch Scotts Blick wanderte langsam nach unten. Seine Augen weiteten sich.

»Ist das … ist das etwa meiner?«

»Ich äh … ich hab ihn in einem Mülleimer an der *Bank Station* gefunden.«

Wurde ich gerade tatsächlich rot? Warum gab es dafür keinen verdammten Ausschalter. Peinlich!

Ich reichte Scott den dunkelblauen Rucksack. Am besten haute ich gleich wieder ab, bevor der Kerl noch weitere Fragen stellen konnte.

Doch Scott schien gar keine zu haben, stattdessen zog er mit einem schnellen Ratsch das hintere Fach auf und brach in Jubelschreie aus.

»Sie sind noch da.« In der Hand hielt er den Umschlag mit den Fotos, die er sofort herauszog und erleichtert seufzte.

Dann hatte er sich tatsächlich deswegen so aufgeregt, nicht wegen der Casting-Einladung? Ich musste ihn ziemlich erstaunt angesehen haben, denn er brach in lautes Gelächter aus.

»Das klingt ziemlich verrückt, was? Da bringst du mir meinen Rucksack zurück und alles, was mich interessiert sind die Fotos. Aber hast du eine Ahnung, was es gekostet hat, die drucken zu lassen?« Er fächerte sich theatralisch Luft zu. »Und noch viel wichtiger, hast du eine Ahnung, wie lange es gedauert hat, bis wir ein Foto hatten, auf dem ich nicht aussehe wie die Meerhexe Ursula?«

»Meerhexe Ursula?«

»Na, die aus dem Disneyfilm Arielle. Mein Alter Ego.«

Dunkel erinnerte ich mich an den Kinderfilm. War die Meerhexe nicht böse?

Scott schien mir meine Verwirrung anzusehen, denn er winkte ab. »Vergiss es, ich bin ein komischer Mensch. Aber hey, das ist echt wahnsinnig toll, dass du extra vorbeigekommen bist, nur um mir meinen Rucksack zu bringen. Ehrlich, du bringst mir den Glauben an die Menschheit zurück. Dass es noch so ehrliche Finder gibt …« Er schüttelte den Kopf.

Ich presste die Lippen aufeinander, trat ein paar Stufen nach unten. *Wenn du wüsstest.* »Ach, ich war eh gerade in der Gegend.«

»Hier?« Er deutete in die leere, einsame Straße und lachte. »Das glaube ich kaum. Ein ehrlicher Finder und dann auch noch ein bescheidener. Weißt du was? Ich lade dich auf einen Kaffee ein.«

Ich winkte ab, trat einen weiteren Schritt zurück. »Ach was. Musst du nicht, ehrlich. Ich hab das gern gemacht.«

»Klar muss ich das.« Er zog die Eingangstür hinter sich zu, schloss rasch ab und strahlte mich an. »Oder hast du gerade was Besseres zu tun?«

Ich biss auf meine Unterlippe. Nein, hatte ich natürlich nicht. Auf die Schnelle fiel mir auch keine Ausrede ein, ich war zu langsam.

Scott klatschte in die Hände. »Na also. Da fällt mir ein, ich weiß gar nicht, wie du heißt. Ich bin Scott.« Er reichte mir die Hand, die ich völlig verdattert nahm.

»Tony.«

»Schön, dich kennenzulernen, Tony. Komm, gar nicht so weit von hier entfernt gibt es ein tolles Café. Die haben den weltbesten Kaffee.«

Schnellen Schrittes lief er voraus. Es blieb mir gar nichts anderes übrig, als ihm zu folgen.

Kapitel 5

Es musste eine Ewigkeit her sein, seit ich das letzte Mal in einem Café gesessen habe. Ich konnte mich nicht erinnern. Doch ganz bestimmt war ich noch nie in einem wie diesem gewesen. Das Café, in das Scott mich führte, befand sich innerhalb eines kleinen Theaters. Auf den ersten Blick erinnerte es mich mehr an eine Bar. Die lange Holztheke sah aus, als hätte man mehrere Holzkisten aneinander gezimmert, hinter ihr hingen Regalbretter an der Wand, jedes einzelne voller unterschiedlich farbiger Flaschen. Vor der Theke standen vereinzelt Barhocker. Generell gab es wenig Sitzmöglichkeiten. Was jedoch vor allem fehlte, waren Leute.

»Warum ist es so leer?« Unsicher verschränkte ich die Arme.

»Oh, das Café öffnet eigentlich erst in einer knappen Stunde. Aber wir haben hier VIP-Behandlung, du wirst schon sehen.«

In diesem Moment kam eine kleine, rundliche Frau aus der Tür, hinter der sich wohl die Küche verbarg.

»Hab ich doch richtig gehört.« Sie stemmte die Hände in die Hüfte, auf ihrem Gesicht breitete sich ein fröhliches Grinsen aus. »Was verschlägt dich hierher, Scott? Deine Schicht beginnt doch erst um fünf, oder hab ich da was durcheinandergebracht?«

»Nein, nein. Wir sind aus einem anderen Grund hier.« Scott legte mir eine Hand auf die Schulter.

»Das hier ist Tony. Er ist so etwas wie mein Lebensretter. Ich hab ihm einen Kaffee versprochen. Den besten in ganz London.« Er zwinkerte ihr zu.

Die Frau lachte. »Du alter Charmeur. Na gut, das lässt sich einrichten. Was kann ich dir bringen, Tony?«

Ich räusperte mich. »Ähm, nur einen Kaffee. Schwarz. Bitte.«

Sie sah zu Scott. »Und für dich das Übliche?«

Er grinste. »Du kennst mich, Carrie.«

Wir setzten uns an einen kleinen Tisch am Fenster. Ich starrte nach draußen und sah zu, wie die Autos an dem Theater vorbeirauschten. Es hatte wieder begonnen zu regnen, nur leichter Nieselregen, doch die Menschen hatten ihre Kapuzen und Krägen hochgezogen, liefen zielstrebig an uns vorbei. Wir saßen leicht verdeckt hinter einem großen Poster, das vorne an der Scheibe klebte und vermutlich das nächste Stück ankündigte. Niemand, der nicht genau hinschaute, würde uns hier sitzen sehen. Davon abgesehen kannte ich ohnehin wenig Leute aus Southwark, aber London war groß und der Teufel bekanntermaßen ein Eichhörnchen.

»Du bist nicht besonders gesprächig, hm?«

Es war kein Vorwurf in seiner Stimme. Scott lächelte mich an. Er hatte sehr ebenmäßige, weiße Zähne.

Ich lehnte mich in meinem Stuhl zurück, knetete meine Hände. »Sorry, ich bin nicht gut mit so … Small Talk.«

Mein Blick wanderte wieder aus dem Fenster. Was zum Teufel machte ich hier eigentlich? Warum hatte ich mich darauf eingelassen? Unwohl zupfte ich die Kapuze meines Pullis zurecht. Wenn ich doch wenigstens etwas Anständiges angezogen hätte. In dem Pulli und der Jogginghose musste ich aussehen wie der letzte Penner. Ich hätte mich umziehen sollen, bevor ich losgezogen war. Aber wer hätte erwartet, dass ich in so einem Café enden würde? Im Gegensatz zu mir wirkte Scott wie aus dem Ei gepellt, er trug einen schicken Wintermantel, der nun über seinem Stuhl hing, darunter hatte er einen weinroten Rollkragenpulli an. Sehr figurbetont. Die Farbe stand ihm.

»Es ist tatsächlich noch alles da.«

Scott hatte den Rucksack auf seinen Schoß gezogen und prüfte seinen Inhalt. Hitze stieg mir ins Gesicht. Ich fühlte mich seltsam ertappt, da ich genau wusste, was drin war – und was fehlte.

»Außer das Geld.« Er zuckte mit den Schultern, klappte den Geldbeutel wieder zu. »Aber das war ja klar. Sogar alle Karten sind noch da. Das erspart mir eine Heidenarbeit. Und das Skript muss ich auch nicht noch einmal ausdrucken. Yay.« Grinsend zog er den Umschlag hervor.

»Du spielst Theater?« Endlich etwas, das ich unbefangen fragen konnte.

»Ich *lebe* für das Theater. Ehrlich, ich liebe es. Darum arbeite ich auch hier. Selbst wenn ich nicht selbst auf der Bühne stehe, verbringe ich meine Zeit in der Nähe von einer Bühne.«

»Und das da ist Shakespeare?« Mir wurde bewusst, dass ich mich gerade verraten hatte. »Sorry, ich hab reingeschaut, als ich den Rucksack, äh, gefunden hab. Um nach einer Adresse zu schauen, natürlich.«

Scott winkte ab. »Ach, kein Ding, ich verstecke darin ja keine Geheimnisse. Kennst du Shakespeares Sommernachtstraum?«

Ich verzog das Gesicht. »Ich glaube nicht.«

»Du glaubst nicht? Na, dann kennst du es ganz sicher nicht. Lass mich raten, dein einziger Berührungspunkt mit Shakespeare ist die Schule, oder? Langweilige Aufsätze schreiben, alles totanalysieren?«

Ich nickte langsam.

»Dachte ich's mir. Shakespeare ist so viel mehr als das. Keiner hat unsere Sprache so sehr geprägt wie er. Hast du gewusst, dass das Wort *Ladybird* von ihm stammt? Wie wir Marienkäfer wohl heute nennen würden, wenn es Shakespeare nicht gegeben hätte?«

»Keine Ahnung. Punktekäfer?«

Scott lachte schallend. Es löste in meiner Brust ein Kribbeln aus.

»Aber weißt du, was ich an Shakespeares Stücken vor allem liebe? Die Zeitlosigkeit.«

»Hm?«

»Romeo und Julia zum Beispiel. Die bekannteste Liebesgeschichte der ganzen Welt, weil es vom Schicksal und Rivalitäten getrennte Liebespaare noch heute gibt.« Er zuckte mit den Schultern. »Genauso wie leider noch immer wahnsinnige und machtbesessene Herrscher wie Macbeth in unserer Welt leben.«

Carrie brachte uns zwei Tassen mit dampfend heißem Kaffee. Mir reichte sie die kleinere, vor Scott stellte sie die große ab, mit extra viel Milchschaum.

Ich bedankte mich und stellte mit Überraschung fest, dass ich mich gar nicht mehr so unwohl in diesem kleinen Café fühlte. Eigentlich war es sogar ganz nett hier.

»Sorry, ich hab die nervige Angewohnheit, alle immer bekehren zu müssen, wenn sie keine Ahnung von Shakespeare haben.«

Ich zuckte mit den Schultern. »Ist okay, ich verstehe nicht viel davon. Ich war in meinem Leben nur einmal im Theater.«

Scott riss die Augen auf. »Nur einmal?«

Ich blickte aus dem Fenster. Der Regen hatte zugenommen, prasselte gegen das Fenster. »Es ist nichts, was wir uns oft leisten konnten.«

»Welches Stück hast du gesehen?«

Mir wurde warm im Gesicht. »Eigentlich war es kein Theaterstück, sondern ein Musical.«

Seine braunen Augen leuchteten. »Dann bin ich umso neugieriger. Welches?«

»Les Misérables.«

»Oh, ich liebe Les Misérables!«, rief Scott laut und klatschte begeistert in die Hände. Carrie, die hinter der Theke die Kaffeemaschine putzte, sah kurz auf. »Ein absoluter Klassiker. Hat es dir gefallen?«

Ewig hatte ich nicht mehr an das Gefühl gedacht, als ich an der Seite meiner Mutter das prunkvolle Queens Theater verlassen hatte. Nie würde ich es vergessen. Rausgeschwebt war ich, den Kopf noch vollkommen in den Wolken, bis oben hin gefüllt mit wunderbaren Melodien. An Weihnachten hatte ich dann die CD dazu geschenkt bekommen, auch wenn mein Dad sie als Weiberkram verschrie. Ich hatte die Musik so oft gehört, noch heute kannte ich die meisten Texte vermutlich auswendig. Ich ertappte mich dabei, wie ich lächelte.

»Ach, ich mochte es sehr gerne«, gab ich zu.

Das hatte ich noch nie jemandem gegenüber zugegeben. Selbst Molly wusste nichts davon. Musicals hatten als uncool gegolten. Auch heute würde ich meinen Freunden nie sagen, dass ich so etwas mochte.

Doch bei Scott war das anders. Er schüttelte grinsend den Kopf. »Ich hab das erste Mal Rotz und Wasser geheult. Ehrlich, ich war ein emotionales Wrack danach. Aber vor allem hab ich da gemerkt, dass ich auf der anderen Seite sein wollte.«

»Der anderen Seite?«

»Na, auf der Bühne. Nicht im Publikum. Ich wollte, dass die Leute wegen mir heulten, wegen mir all diese Emotionen durchlebten. Theater ist eine Sache, aber mal ehrlich, kann man mehr Gefühle übermitteln als mit Gesang?«

»Keine Ahnung.« Ich hatte nie darüber nachgedacht.

»Ich liebe es einfach, auf der Bühne zu stehen. Ich liebe es zu singen, in fremde Rollen zu schlüpfen. Zu fühlen, was sie fühlen, und andere damit zu berühren.« Er fasste sich ans Herz. »Das ist es, was mich erfüllt. Das ist das, was ich machen will. Es gibt für mich einfach keine Alternative.«

»Ist es denn einfach, an Rollen zu kommen?«

Scott lachte schallend. »Einfach? Oh nein! Es gibt Hunderte, Tausende, die den Wunsch haben, Schauspieler oder Musicaldarsteller zu werden – allein in London.«

Ich runzelte die Stirn. »Krass.«

Scott zuckte mit den Schultern, nahm einen Schluck von seinem Kaffee. »Man muss eben dranbleiben. Es bei jeder Open Audition versuchen, Bewerbungen an unzählige Agenten schicken und jede Chance wahrnehmen, die sich bietet. Jede noch so kleine Rolle ist eine Referenz, die dir helfen kann. Man braucht eine Menge Glück, um zur rechten Zeit am rechten Ort zu sein.«

»Und, hattest du schon Glück?«

»Ein bisschen. Die Theatergruppe, in der ich mitwirke, ist echt toll. Dieses Jahr haben wir zum ersten Mal ein Arrangement mit einem Theater, die haben gerade Neueröffnung und haben uns erlaubt zu spielen. Wir werden endlich auf einer richtigen Bühne stehen.«

»Was habt ihr denn davor gemacht? Theater spielt man doch im Theater, oder etwa nicht?«

»Davor sind wir durch ganz London getourt, haben an den unterschiedlichsten Plätzen gespielt. In Parks, in der Fußgängerzone, auf einem Boot auf der Themse. Das war echt witzig und herrlich chaotisch. Aber dieses Jahr wollen wir es professioneller angehen.«

»Aha. Ihr verdient dann vermutlich auch mehr Kohle, hm?«

Scott lachte. »Ach Tony, das ist alles unbezahlt. Ich mach da absolut freiwillig mit. Das Geld, das wir einnehmen, fließt alles in die Theaterkasse, wovon wir dann das nächste Stück vorbereiten.«

Ich riss die Augen auf. »Du kriegst kein Geld dafür? Ich dachte, ihr Schauspieler verdient immer sauviel.«

»Vielleicht, wenn du Benedict Cumberbatch oder Ian McKellen heißt. Als Laienschauspieler kannst du kaum davon leben. Erst wenn du regelmäßige Arrangements kriegst, in großen Produktionen spielst und auch mal Hauptrollen ergattern kannst, sieht der Himmel rosiger aus.«

Ich nickte langsam. »Und trotzdem willst du das unbedingt machen?«

Scott zuckte mit den Schultern. »Na klar, es ist mein Traum. Und mit meinem Job hier im Café halte ich mich ganz gut über Wasser. Hast du keinen Traum?«

Ich schüttelte den Kopf, sah hinaus in den strömenden Regen. »Nicht in der Art.«

»Gibt es nichts, was du richtig gerne machst?«

Ich zögerte kurz. »Na ja, ich zeichne gerne.«

In Scotts Augen stand Triumph. »Ich wusste, du bist ein kreativer Kopf. Das hab ich dir angesehen.«

Warum machten mich die Worte so verlegen? Ich wich seinem Blick aus. »Aber ich hab das schon seit einiger Zeit aufgegeben.«

»Warum?«

Keine Zeit. Keine Inspiration. Ich zuckte mit den Schultern und sah den Regentropfen dabei zu, wie sie in schummrigen Bahnen die Fensterscheibe hinunterrutschten.

»Kann ich was von dir sehen?«

»Ich weiß nicht …«

»Ach komm schon, du hast bestimmt ein paar Bilder auf dem Smartphone.« Scott schien wirklich neugierig zu sein.

Ich rutschte unruhig hin und her. Natürlich hatte ich mein Notizheft dabei, aber ich scheute mich davor, es Scott zu zeigen. Das war etwas sehr Privates. Bis auf Molly und Skinner hatte noch nie jemand einen Blick hineinwerfen dürfen.

Allerdings würde ich Scott nach diesem Tag vermutlich nie wiedersehen. Warum also nicht? Langsam zog ich das zerfledderte Heft aus der Tasche. Ich schämte mich ein bisschen für den dreckigen Einband. Um es vor Regen zu schützen, hatte ich es mit Frischhaltefolie umwickelt. Kaum hatte ich das Buch ausgepackt, fiel klappernd der Stift auf den Tisch.

»Immer vorbereitet, hm?« Scott zwinkerte mir zu.

Ich war zu nervös, um auf seinen Witz zu reagieren. Die ersten Kritzeleien überblätterte ich. Sie waren nicht gut. Bei der Abbildung eines Kirchenfreskos zögerte ich. Ich erinnerte mich noch gut daran, wie ich Stunden in dieser Kirche verbracht hatte, um es so detailgetreu wie möglich zu kopieren. Aber Scott fand es bestimmt langweilig. Ich blätterte weiter, sah auf einmal jeden einzelnen Fehler, jeden falsch gesetzten Schatten, verkehrte Proportionen. Wie konnte ich überhaupt behaupten, dass ich gut zeichnen konnte?

»Wow, das ist echt super.«

Ich hatte gar nicht gemerkt, wie Scott den Hals gereckt und bereits einen Blick auf einige der Zeichnungen geworfen hatte. Das Bild, das er meinte, hatte ich vor knapp fünf Jahren in den Kensington Gardens angefertigt. Eine ältere Frau hatte mehrere Tüten Futter für die Vögel dorthin mitgebracht und war von hungrigen Schwänen und Gänsen umlagert gewesen. Auf meiner Zeichnung war zu sehen, wie sie gerade mit einem besonders aufmüpfigen Schwan schimpfte, während der nach der Tüte schnappte. Ich grinste. Ihren Gesichtsausdruck hatte ich wirklich gut eingefangen.

»Darf ich?« Scott streckte die Hand aus.

Nur widerwillig überreichte ich ihm mein Notizbuch.

»Das ist richtig gut. Wirklich, du hast echt Talent.«

»Ach, das ist nur Gekritzel«, brummte ich, konnte den Funken Stolz in meiner Brust jedoch nicht vertreiben.

Scott blätterte weiter. Ich fühlte einen merkwürdigen Beschützerinstinkt meinen Zeichnungen gegenüber. In jeder von ihnen steckte etwas Persönliches, etwas von mir. Unruhig rutschte ich auf meinem Stuhl herum. Scott sah sich jedes Bild ganz genau an, selbst die, die mir nicht ganz so gut gelungen waren oder die ich gar nicht erst beendet hatte. Warum sagte er denn nichts? Fand er sie nicht gut? Ich verspürte den Drang, das Notizheft wieder an mich zu reißen.

Endlich hatte er die letzte Seite erreicht. Sie zeigte Skinner, wie er aus dem Fenster starrte, in der Hand eine Zigarette. Er trug kein Shirt, die Hose saß ziemlich tief. Ich spürte, wie ich rot wurde. Das Bild sollte eigentlich niemand sehen.

Scott ließ das Heft sinken. Seine Augen strahlten. »Wow.«

Ich atmete erleichtert auf, als er es mir zurückreichte. Schnell verstaute ich es wieder sicher in meiner Tasche.

»Das ist richtig gut.«

Ich winkte ab. »Na ja, nichts Besonderes.«

»Hör auf, das kleinzureden!«

Ich sah überrascht auf. Scott klang richtig energisch.

»Nimm einfach mal das Kompliment an.« Er zwinkerte mir zu. »Also, warum zeichnest du nicht mehr? Anscheinend liegt dir ja was daran, sonst hättest du das Heft nicht dabei.«

»Was geht es dich an?«, raunzte ich ihn an und biss mir gleich darauf

auf die Unterlippe. Ich wollte ihn nicht so anfahren, aber ich hasste es, wenn man mir solche Fragen stellte.

Scott sah mich mit großen Augen betroffen an. »Sorry, ich wollte dir nicht zu nahe treten oder so.«

Er hatte einfach keine Ahnung von meinem Leben. Besser, ich haute schleunigst von hier ab. Seufzend rieb ich mir die Stirn. »Es ist einfach kompliziert.«

Scott nickte langsam.

»Ich hab eine Idee. Ich brauch noch dringend ein Weihnachtsgeschenk für meine Mum. Wie wäre es, wenn du ein Portrait von mir malst?«

»Was? Nein!«

»Wieso nicht? Das wäre ein super Geschenk. Sie würde es sicher einrahmen und bei uns im Wohnzimmer aufhängen. Deine erste Referenz als professioneller Maler.« Er grinste.

Ich schüttelte entschieden den Kopf. »Ich mach so was nicht.«

»Ich würde dich natürlich auch bezahlen, wie es sich für einen professionellen Maler gehört. Wie viel verlangst du? Zwanzig Pfund? Fünfundzwanzig Pfund? Sagen wir fünfundzwanzig. Und einen Kuchen. Na, klingt das nach einem Deal?«

Das würde bedeuten, dieses Treffen wäre kein einmaliges. Wir würden uns wiedersehen. »Ich weiß nicht.«

»Na los, spring über deinen Schatten.«

Ich schüttelte weiterhin den Kopf.

»Wie wäre es, du überlegst es dir? Wir tauschen Telefonnummern aus und dann sprechen wir noch mal drüber.«

Rauch füllte meine Lungen, ich hielt einen Moment lang inne, dann blies ich eine Wolke in die Luft. Unter mir rauschten vereinzelte Autos vorbei, die Laternen tauchten die Straße in schummriges Licht.

»Hier ist es ja arschkalt drin!«

Ich wandte den Kopf ins Innere der Wohnung. Skinner kam ins Wohnzimmer. Das ungekämmte blonde Haar fiel ihm in die Stirn. Er trug nichts weiter als eine graue Jogginghose und ein dünnes, weißes Tanktop. Kein Wunder, dass er fror. Die dicht tätowierten Arme hielt er vor der Brust verschränkt.

Ich ließ den Blick wieder nach draußen schwenken, nahm einen letzten Zug von der Zigarette, drückte sie aus und ließ die Reste in die Tiefe fallen.

Seit einer knappen Stunde saß ich schon am offenen Fenster, den einen Fuß aufs Fensterbrett gestellt, der andere baumelte frei im Wohnzimmer. Meine Finger waren schon ganz steif und ich spürte meine Nasenspitze nicht mehr. Trotzdem hatte die Kälte eine beruhigende Wirkung auf mich. Ich genoss die Ruhe.

»Du weißt, dass ich dich nicht gerne am Fenster sehe.« Skinner stand noch immer an der Wohnzimmertür, beobachtete mich aufmerksam.

»Mir geht es gut«, erwiderte ich, sprang aber vom Fensterbrett und ließ mich auf die Couch fallen.

Skinner schloss das Fenster hinter mir. »Irgendwann holst du dir noch den Tod.« Er holte ein Bier aus dem Kühlschrank. »Immerhin ist das jetzt wieder gut gekühlt.« Er grinste und warf mir eins zu. Ungeöffnet stellte ich es auf dem Tisch ab.

Skinner setzte sich in seinen Sessel. »Du bist still heute.«

Ich zuckte mit den Schultern. »Gibt nicht viel zu sagen.«

Erst am Nachmittag war ich zu den Jungs gestoßen. Die Wohnung war voll mit Leuten. Kevin und Dave aus der Nachbarschaft waren da und neben Rhia und Cherry auch noch einige Mädels, die ich nicht kannte – und eigentlich auch nicht näher kennenlernen wollte. Es war für mich ein Einfaches, in den Hintergrund zu treten und mich nicht an den Gesprächen zu beteiligen. Auch als sie losgezogen waren, um billigen Fusel von der Tanke zu kaufen, hatte keiner ein Problem damit, dass ich nicht mitgekommen war.

Ich legte die Füße auf den Tisch. »Wo hast du die anderen gelassen?«

Skinner schnaubte. »Ach, die sind schon am Ende. Max hat angefangen, Glasflaschen zu werfen. Der ist einfach zu nichts zu gebrauchen, wenn er dicht ist.« Er streckte sich gähnend. »Ich hab da keinen Bock drauf.«

Ich nickte. Es hatte mich ohnehin gewundert, dass Skinner mitgegangen war. Die paar Male, an denen ich ihn wirklich betrunken erlebt hatte, konnte ich an einer Hand abzählen. Er war niemand, der gerne die Kontrolle verlor. An jenen feuchtfröhlichen Abenden hatte ich mehr über ihn erfahren als in all unseren anderen Gesprächen. Nicht viele wussten, dass er bis zu seinem zwölften Lebensjahr in einer scheinbar intakten Familie aufgewachsen war. Doch dann hatte sich seine Mutter völlig überraschend das Leben genommen und der Vater war überfordert mit der Erziehung gewesen. Skinner landete in einem Heim. Vielleicht waren es diese Parallelen, durch die ich mich ihm so nah fühlte. Wir beide waren von unseren Müttern verlassen worden. Wir beide hatten einen nutzlosen Vater.

»Ich treffe mich morgen mit Mario.«

»Du willst das wirklich durchziehen?«

Skinner begann auf seiner Nagelhaut herumzukauen und nickte langsam. »Ich muss.«

»Du musst gar nichts«, widersprach ich. »Es klappt doch alles ganz gut so weit.«

Er hob spöttisch die Augenbrauen. »Ach ja? Willst du für ewig in diesem Drecksloch hausen? Wir müssen vorankommen. Mario ist ein guter Partner für uns.«

»Ich weiß nicht, ob der uns als Partner sieht.«

»Du verstehst davon nichts, Tony. Ganz ehrlich, du bist genau wie die anderen. Ihr interessiert euch nur für euer eigenes mieses Leben. Ich versuche uns hier was aufzubauen, damit wir eine Zukunft haben. Ich hab die ganze beschissene Arbeit. Ich geh das ganze Risiko ein. Also macht ihr verdammt noch mal auch das, was ich euch sage!«

Mit einer einzigen Bewegung trank er das Bier aus, warf die leere Dose in die Ecke und stapfte aus dem Zimmer. Mit einem Knall flog die Tür hinter ihm zu.

Stöhnend lehnte ich mich zurück. Warum war der Kerl nur so gereizt in der letzten Zeit?

Alles war so schrecklich kompliziert. Seufzend zog ich das Smartphone aus der Tasche. Scott hatte sich nicht gemeldet. Sollte ich ihm schreiben? Aber was hatte ich schon zu sagen? Ich steckte das Handy zurück.

Was erhoffte ich mir überhaupt von der ganzen Sache? Scott war nicht mein Typ. Er war zu laut, zu selbstbewusst, das genaue Gegenteil von mir. Wir hatten keine Gemeinsamkeiten.

Trotzdem ging mir der Kerl mit seinem verdammt lauten Lachen einfach nicht mehr aus dem Kopf.

Kapitel 6

Ein riesiger, dreidimensionaler Stern wurde von einem Kran in die Höhe gehievt. Gleich zwei Mitarbeiter brauchte es, um das große Ding an einem dicken Ast zu fixieren. Die Luft im Hyde Park war erfüllt von Baulärm. Die Kräne piepsten warnend, je höher sie ihre Ladung trugen. An den meisten Bäumen hingen bereits glitzernde Sterne, Engel und ähnlicher Kram, am Boden zimmerten Arbeiter die großen Holzbuden zusammen.

»Es geht schon wieder los.« Nando rieb sich wärmend die Hände. »Diese scheißfröhliche Weihnachtszeit geht mir jetzt schon auf den Sack.«

Wir saßen auf der Lehne einer Bank, die Füße auf die Sitzfläche gestellt, und beobachteten aus sicherer Entfernung das rege Treiben.

Ich zuckte mit den Schultern. »Auf den Weihnachtsmärkten sitzt der Geldbeutel bei den meisten ziemlich locker. Leichte Beute für uns.«

»Aber auch doppelt so viele Kontrollen der policía.«

»Dann müssen wir eben doppelt so vorsichtig sein.«

Ich zog das Handy aus der rechten Jackentasche. Keine neue Nachricht. Nicht, dass mir viel daran lag, doch ich hatte schon erwartet, dass Scott sich melden würde. Vielleicht war ihm das mit der Portraitzeichnung doch nicht so wichtig. Davon abgesehen, dass ich ohnehin nicht vorhatte, auf sein Angebot einzugehen.

»Hoffentlich klappt das mit Skinners Deal.«

Ich hob skeptisch die Augenbrauen. »Mit Mario? Na, ich weiß nicht …«

Nando blies sich wärmend in die Hände. »Ich brauch die Kohle, ey. Vor allem, da bald dieses Scheißweihnachten ansteht. Die Kids sollen nicht so leer ausgehen wie letztes Jahr. Esta vez no«, brummte er und starrte finster vor sich hin.

Ich steckte das Handy in die Hosentasche, stand auf und streckte mich gähnend. »Wird schon, Alter. Bis Weihnachten sind's noch einige Wochen.«

»Man sollte diesen Konsumterror der Reichen komplett boykottieren«, sagte eine Stimme hinter uns.

Ich fuhr herum. Skinner kam auf uns zu. Er sah dünn aus. Das war mein erster Gedanke, als ich ihn erblickte. Das blonde Haar hatte er sich komplett aus dem Gesicht gestrichen, was seine ausgeprägten Wangenknochen noch mehr hervorstehen ließ. Der graue, ausgefranste Pulli schlackerte um den schmalen Oberkörper. Auch der lange schwarze Mantel sowie die enge Röhrenjeans ließen ihn noch schmaler aussehen als ohnehin schon.

»Kommt ihr?«

Nando sprang von der Bank. »Früher mochte ich Weihnachten«, erzählte er mir, bevor wir zu Skinner aufschlossen. »Damals hat man noch an Wunder geglaubt, eh?«

»Hast du's?«, fragte ich Skinner.

Er war im Auftrag von Mario unterwegs, sollte etwas für ihn abholen. Doch er trug weder ein Päckchen noch was anderes bei sich.

Unser Anführer vergrub die Hände in den weiten Manteltaschen und nickte leicht.

»Ist kleiner als gedacht. Sind wohl wichtige Daten.«

»Aha.«

Wir passierten rasch eine Gruppe japanischer Touristen, jeder von ihnen bewaffnet mit einer teuren Spiegelreflexkamera, und steuerten die nächste U-Bahn-Unterführung an.

»Und jetzt gehen wir gleich zu Mario?« Nando versuchte mit Skinners langen Schritten mitzuhalten.

Er schnaubte. »Ihr ganz bestimmt nicht. Das mach ich allein. Ich bin ohnehin gespannt, ob er überhaupt Zeit für mich hat. María Ramirez, ihr wisst schon, die Tochter von Carlos Ramirez, hat mir verraten, dass Mario anscheinend ein paar Probleme mit der Adams Family hat.«

Was hatte Skinner mit María Ramirez zu tun? Nicht gerade ungefährlich, wenn sie ihm gegenüber Geheimnisse der *Hail Sabinis* ausplauderte.

»Wer ist diese Adams Family?«, fragte Nando.

Skinner verdrehte die Augen. »Ich vergess immer, was für ein Kind du noch bist, Fernando. Erklär's ihm, Tony.«

Ich seufzte. »Die Adams Family hat mal die Unterwelt von ganz Nordlondon regiert. Seit ihre Anführer vor ein paar Jahren eingebuchtet wurden, reicht ihr Arm zwar nicht mehr ganz so weit, in Clerkenwell haben sie jedoch weiterhin das Sagen.«

Ich schloss zu unserem Anführer auf. »Aber wenn Mario Probleme mit denen hat, sollten wir aufpassen, dass wir nicht zwischen die Fronten geraten.«

»Werden wir schon nicht.« Skinner stieg eilig die Treppen zur U-Bahn hinunter.

»Aber …« Ich drängte mich zwischen den entgegenkommenden Menschen hindurch. Ich hasste London zu Stoßzeiten – zumindest, wenn wir nicht gerade auf Beutezug waren. »Sollten wir nicht erst darüber reden? Wir …«

Das Handy vibrierte in meiner Hosentasche. Ich zog es hervor und ging dran, ohne auf das Display zu schauen. »Ja?«

»Hi, Tony.«

Ich erstarrte. Das war Scott. Warum musste er ausgerechnet dann anrufen, wenn ich mit Nando und Skinner unterwegs war? Ich ließ mich etwas zurückfallen, ignorierte Nandos fragenden Blick.

»Hörst du mich?«

»Ja, sorry, bin gerade in 'ner U-Bahn-Station.«

»Oh, ich ruf nur an, um zu fragen, ob du es dir überlegt hast.«

Ich schwieg. Ein Mann rempelte mich an, um schneller voranzukommen.

»Tony?«

»Ja.«

»Ja?«

»Ja verdammt, ich mach es.«

»Super. Wann wollen wir uns treffen? Passt dir morgen?«

»Okay.«

»Willst du einfach um drei zu mir kommen?«

Meine Freunde warteten am Fuß der Rolltreppe auf mich. Skinner rollte genervt mit den Augen, trat unruhig von einem Fuß auf den anderen.

»Tony? Ich kann auch gerne zu dir kommen, wenn dir das lieber ist …«

»Okay.«

»Okay?«

»Ich komm zu dir.«

»Alles klar, dann will ich nicht weiter stören. Du bist ja anscheinend …«

»Bye«, unterbrach ich ihn und legte auf.

»Wer war das?«, fragte Skinner, musterte mich kritisch. War ich etwa rot? Warum musste mich mein Gesicht immer verraten?

Ich nannte den ersten Namen, der Sinn ergab. »Molly.«

Skinners Augenbrauen schossen in die Höhe. »Ihr habt wieder Kontakt?«

»Nur sporadisch«, erwiderte ich ausweichend.

Mollys und Skinners Abneigung beruhte auf Gegenseitigkeit.

»Ich hoffe nur, sie lenkt dich nicht zu sehr ab.«

Ich erwiderte nichts darauf.

Skinner übernahm wieder die Führung, zielstrebig liefen wir durch die unterirdischen Gänge zur nächsten U-Bahn.

Ich biss auf meiner Nagelhaut herum, während ich den Weg von der Borough Station zu Scotts Wohnung lief. Dieses Mal brauchte ich kein Google Maps, ich kannte den Weg. An meiner Seite trug ich eine Umhängetasche, die ich schon ewig nicht mehr benutzt hatte. In ihr befand sich ein frischer Zeichenblock und einige gespitzte Stifte.

Warum machte ich das hier? Ich hatte die Jungs angelogen, als ich die Wohnung verlassen hatte. Hatte gesagt, mein Dad würde Hilfe brauchen – was genau genommen eine fürchterlich unglaubwürdige Ausrede gewesen war. Ein Glück war Skinner nicht da gewesen, er hätte mich sofort durchschaut.

Wofür nahm ich die Mühe überhaupt auf mich? Um ein Bild von einem Jungen anzufertigen, den ich kaum kannte? Das war doch verrückt. Aber in meinem Magen brodelte eine positive Aufregung, es juckte mir in den Fingern, endlich einmal wieder die Malstifte in den Händen zu halten. Ihnen wieder einen Sinn zu geben und etwas aufs Papier zu bringen.

Ich sagte mir, dass das alles nichts mit Scott Mullinger zu tun hatte. Mir ging es allein ums Zeichnen. Das war alles.

Dieses Mal war in Scotts Straße mehr los. Zwei Kinder malten mit Kreide auf dem Gehweg, ein älterer Mann nutzte das gute Wetter und putzte sein Auto. Mit mulmigem Gefühl ging ich die Treppe zum Haus hoch. Immerhin sah ich dieses Mal anständiger aus, trug eine schwarze Röhrenjeans – meine einzige Hose, die keine Löcher hatte – und ein schlichtes graues Shirt mit V-Ausschnitt. Ich atmete tief ein und wieder aus, dann klingelte ich.

Kurz darauf hörte ich Schritte und die Tür wurde aufgerissen.

»Hi«, rief Scott so laut, dass der Nachbar kurz aufschaute und grüßend die Hand hob.

Scott winkte mich herein, ein breites Grinsen ließ sein Gesicht strahlen. »Schön, dich zu sehen. Na los, komm rein.«

Neugierig betrat ich die Wohnung. Der Flur war relativ schmal – was vielleicht daran lag, dass er komplett zugestellt war. Die Garderobe rechts hinter der Tür quoll über vor Jacken, Mänteln und Pullis. Scott wohnte eindeutig nicht allein hier, da waren auch Frauenkleider.

»Ist alles ein bisschen chaotisch hier, sorry.«

»Schon gut«, murmelte ich. »Soll ich die Schuhe ausziehen?«

»Oh ja, bitte. Hope regt sich immer schrecklich über Schuhabdrücke auf dem Boden auf. Ich find's ja übertrieben, aber sie hält das Putzfee-Zepter fest in der Hand, also fügen wir uns.« Scott lachte laut.

Ich zog langsam meine alten Sportschuhe von den Füßen. Die Einrichtung widersprach komplett meinem spartanischen Lebensstil. Auf dem Schuhschrank – in dem anscheinend nicht alle Schuhe Platz hatten, denn sie tummelten sich auch auf dem Boden rundherum – stand nicht nur ein riesiger Big Ben aus Plastik, sondern auch eine Queen-Figur, die den Besuchern zuwinkte. Nippes. Überall stand Nippes herum.

»Hier unten ist Hopes Zimmer.« Scott deutete auf die Tür neben der Garderobe. »Die von Hannah und mir sind oben. Aber da heute sowieso niemand da ist, können wir die Küche belegen. Magst du einen Tee?«

Er ging an der Treppe vorbei ins hintere Zimmer. Während der Flur nur spärlich beleuchtet war, flutete in der Küche viel Licht durch das große Fenster und die Terrassentür, die zu einem kleinen Garten führte. Wie konnten sie sich so ein Haus leisten?

»Ähm, ich bin eigentlich nicht so der Teetrinker«, murmelte ich abgelenkt, damit beschäftigt, mich umzuschauen.

»Ach, der wird dir schmecken.« Scott winkte ab.

Der Raum war klein, aber sehr gemütlich. Auf der rechten Seite stand ein großer Tisch aus hellem Holz mit passenden Stühlen. Die riesige Pinnwand über dem Tisch weckte sofort meine Aufmerksamkeit. Zahlreiche Bilder hingen dort, manche von ihnen mit einer Sofortbildkamera aufgenommen, wie es momentan modern war, andere normal ausgedruckt. Auf den meisten waren Scott und zwei Mädchen zu sehen. Eine von ihnen hatte karottenrote Haare und unendlich viele Sommersprossen, die andere war eine dunkelhäutige Schönheit. Das mussten Hannah und Hope sein, Scotts Mitbewohnerinnen. Sie schienen echt Spaß zu haben, bei all den Partybildern, Umarmungen und Quatschaufnahmen. Ich entdeckte ein Foto, auf dem Scott wie eine Frau geschminkt war und mit der Kamera kokettierte.

»Oh Mann, ich sollte echt mal die peinlichen Bilder abhängen.« Scott lachte schallend, anscheinend war er meinem Blick gefolgt. Doch wirklich unangenehm schien es ihm nicht zu sein.

»Wie trinkst du deinen Tee?«

»Mit Milch, ohne Zucker.«

»Tee ohne Zucker ist wie Eis ohne Sahne. Unvorstellbar.« Scott stellte grinsend zwei Tassen auf den Tisch, kippte in seine gleich einen beachtlichen Löffel.

Schmunzelnd betrachtete ich die riesige Tasse, auf der Darth Vader abgebildet war.

»Das ist Hannahs Tasse. Verrate ihr besser nicht, dass ich sie dir gegeben habe. Sie ist ein großer Star Wars-Fan und mit ihren Sachen etwas eigen.«

»Ich hab Star Wars nie gesehen.«

Scott zuckte mit den Schultern. »Hast nicht viel verpasst. Viel Drama und Lichtschwertkämpfe. Am Ende wird eigentlich fast immer ein Todesstern vernichtet.«

Ich ertappte mich dabei, wie ich zurückgrinste. »Na dann.«

Vorsichtig nahm ich einen Schluck des heißen Getränks. Der Tee war ein bisschen dünn für meinen Geschmack, aber wärmte schön von innen. Ich ließ den Blick durch die Küche schweifen. Auf der linken Seite war die Kochecke, auch sie war vollgestellt. Mehrere Kochbücher lagen gestapelt auf der Anrichte neben dem Ceranfeld. Auf der Fensterbank standen verschiedene Kräuter aneinandergereiht: Petersilie, Basilikum, Thymian, einige erkannte ich nicht einmal.

»Also, wo willst du es machen?«

»Hm?« Ich sah Scott an. Er schien das Grinsen an diesem Tag nicht aus dem Gesicht zu bekommen.

»Na, das Portrait. Wo willst du es zeichnen?«

»Oh.« Ich spürte, wie mir die Hitze ins Gesicht stieg. »Hier sollte in Ordnung sein.«

Ich griff nach meiner Umhängetasche, zog den Zeichenblock und meine Stifte hervor.

»Toll, dass du dich doch dazu entschlossen hast. Meine Mum wird ganz aus dem Häuschen sein.«

»Noch kann ich nicht versprechen, dass etwas Brauchbares dabei rauskommt. Wie gesagt, ich hab das ewig nicht mehr gemacht.«

Scott winkte ab. »Ach, manche Dinge verlernt man nicht.«

Das blütenweiße Papier starrte mich an. Der Anfang war immer am schwierigsten. Es kostete stets Überwindung, den ersten Strich zu setzen. Für die Umrisse wählte ich einen weichen Bleistift.

Scott sah mich erwartungsvoll an. Er trug an diesem Tag ein rot kariertes Holzfällerhemd, nicht einfach zu zeichnen – doch ich mochte Herausforderungen.

»Darf ich eigentlich reden oder soll ich besser still sitzen wie eine Statue?« Er posierte mit gespitzten Lippen, das Kinn auf den Handrücken gestützt.

Ich lachte unsicher. »Nein, du darfst reden, dich bewegen, was auch immer du willst.«

Scott tat, als würde eine Menge Anspannung von ihm abfallen, und seufzte theatralisch. »Gott sei Dank.«

Konzentration. Ich schluckte. Ich musste mich aufs Zeichnen konzentrieren, was bei Scotts übersprudelndem Wesen gar nicht so einfach war. Warum verunsicherte mich seine selbstbewusste Art so sehr?

Zunächst begann ich mit einer Skizze, deutete mit sanften Bewegungen an, wo sich Augen, Nase und Mund befanden. Es war wichtig, dass die Proportionen stimmten. Kaum waren die ersten Striche gesetzt, löste sich die Blockade in mir. Es funktionierte noch. Anscheinend verlernte man es wirklich nicht. Ein Lächeln schlich sich mir auf die Lippen. Da war er wieder, dieser Sog, der mich in eine Zeichnung zog, alles um mich herum vergessen ließ.

Den Anfang machte ich mit den Augen. Sie waren stets eine Herausforderung, denn in ihnen musste sich der Charakter widerspiegeln, die Seele, das Leben. In Scotts Fall musste ich die funkelnde Lebensfreude und den unleugbaren Schalk, der mir aus seinen braunen Augen entgegenblitzte, auf das Bild übertragen. Das alles lag in den Details wie den kleinen Lachfalten. Die bogenförmigen, hochgezogenen Augenbrauen deuteten sein Selbstbewusstsein an. Die vollen Lippen und das weite Lachen zeugten von Passion und Lebenslust.

»Ich komm mir vor wie Rose aus Titanic«, murmelte Scott.

»Nur, dass du nicht nackt bist.«

Hatte ich das gerade tatsächlich gesagt? Scott schien ähnlich verblüfft zu sein. Einen Moment lang starrten wir uns an, dann fingen wir gleichzeitig an zu lachen. Der ganze Raum war erfüllt von seinem lauten Gelächter. Er hielt sich den Bauch. Genau diesen Moment fing ich rasch mit einigen Bleistiftstrichen ein.

»Du hast ja doch Humor.«

Ich schnaubte. »Klar hab ich Humor. Er winkt nur nicht immer mit dem Zaunpfahl.«

Er lachte noch lauter.

Ich grinste, fühlte mich dümmlich stolz, weil ich ihn dazu gebracht hatte. Schnell versuchte ich mich wieder aufs Zeichnen zu konzentrieren. Immerhin war ich endlich dieses blöde Gefühl der Unsicherheit losgeworden.

»Hey, aber ich weiß kaum etwas von dir. Außer deinem Namen.«

Ich zögerte. »So viel gibt es da gar nicht zu wissen.«

»Das glaube ich kaum. Wo kommst du her? Bist du hier in London aufgewachsen?«

Das war dann wohl der Moment der Wahrheit. Über meine Herkunft würde ich nicht lügen. »Aufgewachsen bin ich drüben in einem Sozialbau in Hackney.«

Scott pfiff leise. »Hui, schweres Pflaster. Über das Viertel hat man in den letzten Jahren ja so einiges gehört.«

Ich zuckte mit den Schultern. »Ist nicht unbedingt die schönste Gegend.«

»Ist es denn wirklich so schlimm?«

»Kommt darauf an, was du als schlimm bezeichnest. Auch in Hackney gibt es gute Gegenden und nicht so gute. Tagsüber ist es eigentlich immer sehr still, beinahe friedlich. Aber du musst aufpassen, mit welchen Leuten du dich einlässt. Das mit den Gangs ist kein Witz.«

»Echt traurig, wie viele Jugendliche in so etwas hineinrutschen und dann auf so unnütze Weise ihr Leben verlieren.«

Ich presste die Lippen aufeinander. »Für viele ist es die einzige Möglichkeit. Die meisten haben keinen Vater, keine Eltern, die sich kümmern, keine Perspektiven im Leben. Die Gangs geben ihnen Sicherheit, eine Familie und die Möglichkeit, einfaches Geld zu machen.«

»Es gibt immer andere Wege.«

»Das sagt sich für Außenstehende so leicht.«

»Vermutlich. Aber du hast es ja auch rausgeschafft.«

Ich dachte an das Klappmesser in meiner Hosentasche, ohne das ich das Haus nicht verließ, dachte an unsere dreckige Wohnung in Clerkenwell, an Skinner und Mario. War ich jemals rausgekommen?

»Genug von mir«, lenkte ich ab. »Wie bist du aufgewachsen?«

Scott biss sich auf die Unterlippe. »Oh, ich hatte eine schöne Kindheit.« Er schien deswegen beinahe ein schlechtes Gewissen zu haben. »Meine Familie wohnt in Crawley, nicht weit von London entfernt. Ich bin das jüngste von drei Kindern, mein Bruder und meine Schwester sind beide schon älter. Ich war wohl so etwas wie eine späte Überraschung für meine Eltern. Hast du Geschwister?«

Ich schüttelte den Kopf. Eine einjährige Halbschwester, die ich noch nie gesehen hatte, zählte ich nicht dazu.

»Sei froh«, seufzte Scott. »Meine sind die Pest. Die sind einfach zu perfekt. Simon ist Abteilungsleiter und Sophie macht momentan Karriere als Eventmanagerin und hat zudem den perfekten Mann geheiratet. Ich bin das schwarze Schaf der Familie.«

»Du? Das glaube ich nicht. Bei dir läuft doch auch alles perfekt. Du kriegst Casting-Einladungen, spielst in einem Theaterstück mit, kannst dir diese tolle Wohnung hier leisten.«

Scott schnaubte. »Wenn das nur jeder so sehen würde. Schauspielerei ist in den Augen meiner Familie einfach kein sicherer Job. Und sie haben ja auch recht. Nur zu blöd, dass es eben das ist, was ich machen will.« Er zuckte mit den Schultern. »Sie waren alles andere als begeistert, dass ich einen Studienplatz in Cambridge ausgeschlagen habe, um hier in London mein Glück zu versuchen.«

»Du hättest in Cambridge studieren können?«

Scott verzog das Gesicht. »Ja, aber ganz ehrlich? Ich wäre dort eingegangen. Nur Theorie und lernen, lernen, lernen. Das ist nichts für mich. Ich will auf der Bühne stehen. Das ist mein Leben.«

»Und deine Eltern haben das einfach so hingenommen?«

»Sie kennen mich. Wenn ich mir etwas in den Kopf gesetzt habe, bin ich nur schwer wieder davon abzubringen. Das war schon immer so. Als Sechsjähriger wollte ich zum Beispiel unbedingt am Balletttraining teilnehmen. Als einziger Junge – und ich hatte schon damals eine ähnliche Statur wie jetzt.« Er deutete auf seinen Bauch und lachte schallend. »Ehrlich, jeder hat mir davon abgeraten. Jeder. Und ich hab's trotzdem durchgezogen.«

»Du hast Ballett getanzt?« Ich schüttelte ungläubig lachend den Kopf. »Warum wundert mich das jetzt nicht.«

»Na klar. Ich war zwar kein Billy Elliot, aber schlecht war ich nicht. Mag sein, dass ich nicht so aussehe, aber ich bin erstaunlich gelenkig.« Er grinste.

Ich ließ den Blick schnell wieder auf meine Zeichnung fallen. »Haben sich die Jungs in deiner Schule deswegen nicht über dich lustig gemacht?«

»Doch schon, aber dazu habe ich ihnen ohnehin schon genug Möglichkeiten geboten. Da hat das Ballett auch keinen Unterschied mehr gemacht. Ich hatte das Glück, eine große Gruppe toller Freundinnen zu haben. Die haben mich verteidigt wie Löwinnen.«

»Das muss toll sein«, murmelte ich. »Und deine Eltern? Kommen sie gut klar damit, dass du … so bist, wie du bist?«

»Meinst du mit meiner theatralischen, lauten Art und dass ich immer im Mittelpunkt stehen will? Oder damit, dass ich schwul bin?«

Jetzt war ich mit Sicherheit feuerrot im Gesicht. »Ähm, beides?« Ich sah nicht von meiner Zeichnung auf, fixierte mich darauf, die Mundwinkel richtig hinzubekommen. Diese verdammten Grübchen, die sich vertieften, wenn er lachte.

»Oh, sie kommen mit beidem ganz gut klar, denke ich. Bleibt ihnen auch nichts anderes übrig, denn ich war nie anders und werde nie anders sein.« Er lachte kurz, wurde dann aber wieder ernst. »Nein wirklich, meine Eltern sind toll. Sie hatten nie ein Problem damit und haben mich immer unterstützt.«

»Das ist viel wert«, sagte ich leise und sah endlich wieder auf.

Scott lächelte leicht. »Ja, da hast du wohl recht. Darum muss ich ihnen auch unbedingt beweisen, dass es das alles wert ist. Dass ich es hier schaffen kann. Ich muss es einfach! Ich will ans West End auf die Bühne!«

Er sagte das mit einer Inbrunst, dass man ihm glauben musste. Ich verstand nicht viel von der Theaterwelt, doch ich hatte Respekt davor, wie sehr er für seinen Traum kämpfte.

»Ich versuche es momentan über drei Wege. Zum einen versuche ich an der *London School of Musical Theatre* angenommen zu werden. Währenddessen bewerbe ich mich zudem noch bei zahlreichen Agenturen und gehe zu nahezu jeder Open Audition, die es gibt.«

Ich runzelte die Stirn. »Ich verstehe nur die Hälfte von dem, was du sagst. Wofür brauchst du Agenturen und was heißt Open Audition?«

»Die meisten Casting Calls laufen über Agenturen. Das heißt, du kannst nur über eine Agentur eine Audition bekommen. Zu Open Auditions darf jeder, aber die sind relativ selten.«

»Und du versuchst alles?«

Scott nickte. »Ich nehme alles mit, was geht.«

»Was ist eigentlich aus dem Casting geworden?«, fragte ich vorsichtig.

»Aus welchem genau?«

»Hm, na ja, in deinem Rucksack lag ein Brief.«

Scott lachte. »Ach so. Den hast du also auch gelesen.«

Ich presste die Lippen zusammen, konzentrierte mich auf die Schattierung des Hemdes. »Sorry.«

»Alles gut. Ist leider nichts geworden. Echt schade. *Eugenius!* ist ein tolles, neues Musical. Hast du davon gehört?«

Ich schüttelte den Kopf.

»Es geht um Superhelden, Geeks und Comicbücher. Das hätte bestimmt echt Spaß gemacht. Na ja, ich bin froh, dass ich immerhin zur Audition durfte. Ihnen hat mein Tape gefallen. Also das Video, das man einsenden konnte. Das macht mich schon ziemlich stolz.«

»Respekt, wie du das alles durchziehst.«

Färbten sich Scotts Wangen da tatsächlich etwas rosa?

»Danke. Es ist nicht immer einfach, aber für seinen Traum muss man kämpfen, nicht wahr?«

»Sicher.« Ich legte den Stift beiseite. »Ich bin fertig.«

Scott klatschte aufgeregt in die Hände. »Oh, darf ich es sehen?«

Ich klappte den Zeichenblock zu. »Nein.«

»Och Mensch, warum nicht?«, rief er empört.

»Es ist noch nicht ganz fertig. Die Feinarbeiten mache ich zu Hause.«

»Nur ein klitzekleiner Blick?«

»Nein.« Ich blieb hart und schob den Block zurück in meine Tasche.

»Du bist fies.« Er machte einen Schmollmund.

Ich trank den letzten Schluck des schon kalten Tees und zuckte mit den Schultern. »Ich bringe es dir die Woche mal vorbei.«

»Och Manno.«

In diesem Moment war im Flur das Klicken einer Tür zu hören, kurz darauf ertönte eine laute Stimme: »Hallo, jemand zu Hause?«

»In der Küche«, rief Scott zurück.

Herein kam das dunkelhäutige Mädchen von den Fotos. Die langen Haare hatte sie sich zu einem dicken Pferdeschwanz zusammengebunden.

»Tony, das ist Hope«, stellte Scott sie vor. »Meine wunderschöne Mitbewohnerin.«

»Schleimer«, erwiderte das Mädchen trocken. »Er ist nur nett zu mir, weil er weiß, dass ich später noch Kuchen backen werde.«

»Erwischt. Eigentlich ist sie ein cholerisches Biest mit Putzfimmel.«

»Ich geb dir gleich cholerisch.« Sie warf ein Handtuch nach ihm.

»Siehst du?« Scott grinste mich an.

Ich lachte unsicher. »Ich glaube, ich geh dann besser.«

»Ach, lass dich von mir nicht vertreiben. Ich bin gleich wieder weg und lass euch Turteltäubchen allein.«

Turteltäubchen? Keine Ahnung, wem das gerade unangenehmer war, ihm oder mir.

»Nein echt, ich muss los«, sagte ich schnell und sprang auf.

»Ich bring dich zur Tür«, murmelte Scott.

»Schon gut, ich kenn den Weg.« Ich versuchte es mit einem Lächeln. »Ich meld mich dann, wenn das Bild fertig ist.«

Ich konnte es nicht eilig genug haben, das Haus zu verlassen. Gerade als ich die Tür hinter mir zuziehen wollte, hörte ich Scott in der Küche zu Hope sagen: »Du bist so blöd, Hope, ehrlich!«

Kapitel 7

»Ja, weißt du, und dann hat er ihm einfach eine geknallt, mitten auf der Straße. Nicht lang gefackelt, sondern einfach *bang, bang*.«

Gähnend streckte ich mich auf dem Sofa aus, schloss die Augen. Die Geschichte hatte ich schon hundert Mal gehört. Doch der Text des Gangster-Raps, der im Hintergrund lief, war auch nicht gerade sinnvoller. Max rauchte, während er Nando von Skinners Heldentaten erzählte, schon wieder bei geschlossenem Fenster. Aber ich hatte keine Lust, mich mit ihm anzulegen, dazu war ich zu müde.

»Weißt du, und dann alle so: Yo, Mann, weißt du nicht, wer das ist? Das ist Lil'Tiger, der Sohn von Black Tiger, dem Anführer der Richmond Boys! Und Skinner dann so: Jetzt weiß er wenigstens, dass sein Sohn ein Schlappschwanz ist.«

»Das hat er nie gesagt«, widersprach Olli.

»Klar hat er das. Und dann ist Lil'Tiger ins Krankenhaus gekommen und Skinner musste untertauchen. Mehrere Jahre, weil Black Tiger natürlich Rache schwor. Tja, ihm kam dann zugute, dass Black Tiger beef mit den Hail Sabinis hatte, die haben ihn mit offenen Armen empfangen. Doch Skinner wäre nicht Skinner, wenn er das einfach akzeptiert hätte. Der will sein eigenes Ding drehen, sein eigenes Imperium aufbauen. Auf der Straße erzählt man sich, dass Black Tiger nur wegen Skinner verknackt wurde. Anscheinend hatte er da seine Finger mit ihm Spiel.«

»Glaub nicht alles, was er sagt, Nando«, sagte ich gähnend, ohne die Augen zu öffnen. »Skinner würde die Geschichte nie so erzählen.«

»Das heißt nicht, dass sie nicht wahr ist.«

»Sicher.« Ich schnaubte, wünschte, ich könnte einfach verschwinden. Doch ich war schon den halben Nachmittag weg gewesen, mit einer schlechten Ausrede. Wenn ich jetzt auch noch am Abend fortging, würden sie Fragen stellen. Leise seufzend drehte ich mich zur Seite. Es juckte mich in den Fingern, an dem Portrait weiterzumalen, das sicher verwahrt in der Wohnung meines Dads lag, doch vor morgen würde ich nicht dazu kommen.

»Wir sollten uns auch mal einen richtigen Gangnamen zulegen. Irgendwas Cooles.«

»Und was schlägst du vor?«, fragte ich.

»Los ladrones de la noche.«

»Vergiss es«, knurrte Olli. »Kein Spanisch.«

Mit einem Krachen flog die Tür auf. Ich fuhr hoch, Ollis Hand zuckte automatisch zu seiner Knarre.

»Jungs.« Skinner kam hereingestürmt.

Ich fasste mir ans wild klopfende Herz. »Bist du verrückt, hier …«

»Wir haben den Deal mit Mario.« Skinner grinste von einem Ohr zum anderen. »Wenn wir uns nicht ganz dumm anstellen, springen ein paar Tausender für uns raus. Mindestens.«

»Geiler Scheiß!« Nando begann zu jubeln. »Was müssen wir dafür tun, eh?«

Skinner winkte ab. »Die genauen Anweisungen bekommen wir, wenn es so weit ist.«

»Als Erstes kaufen wir uns einen verfickten neuen Kühlschrank«, rief Max.

Stellte niemand von den anderen die ganze Sache infrage? Olli hatte zwar die Stirn gerunzelt, sagte aber nichts. Nando und Max waren bereits Feuer und Flamme. Aber Skinner würde schon wissen, was er tat, oder etwa nicht?

Ich beobachtete ihn aufmerksam. In der letzten Zeit hatte er oft gestresst oder etwas fahrig gewirkt. An diesem Abend strahlte er jedoch Zuversicht aus.

»Zur Feier des Tages spendiere ich ’ne Runde Pizza.«

Später lagen wir vollgefressen im Wohnzimmer. Jeder hatte eineinhalb Pizzen vertilgt und es gab sogar noch Reste für den nächsten Tag. Es war lange her, dass ich das letzte Mal so viel gegessen hatte. Es war ein gutes

Gefühl, vor allem weil wir hier zusammen waren. Keine Mädels, keine Nachbarn. Nur wir fünf. Die Familie. Und auch wenn einiges an Bier geflossen war, lag keiner besoffen unter dem Tisch.

»Wenn wir das Geld haben, will ich ein eigenes Bett, kein verschimmeltes Sofa mehr.« Nando streckte sich auf der grauen Couch aus, die ihre besten Tage wahrlich schon hinter sich hatte.

»Ein verficktes Wasserbett will ich dann haben«, stimmte Max seufzend zu.

»Bei dir Stecher würde es als Erstes auslaufen«, erwiderte Olli trocken.

Wir lachten, Skinner am lautesten. Er wirkte an diesem Tag so befreit. Ich hatte vergessen, wie sehr sein Gesicht leuchten konnte, wenn er lachte.

Im nächsten Moment waren zwei kurz hintereinander abgegebene Schüsse zu hören, das Fenster zersprang klirrend in tausend Scherben, die Kugeln schlugen in die Wand. Reflexartig warfen wir uns flach auf den Boden. Draußen erklang das Geräusch von quietschenden Reifen.

Das Herz schlug mir bis zum Hals.

»Scheiße!« Langsam rappelte ich mich auf. Ein kalter Wind wehte in die Wohnung.

»Sind alle okay?« Das war Skinners Stimme.

»Verfickte Scheiße.« Max kam hinter dem Sessel hervorgekrochen, das Gesicht weiß wie eine Wand.

»Mierda! Wer zum Teufel war das?«

Ich holte erleichtert Luft, allen schien es gut zu gehen.

Olli stand am kaputten Fenster, blickte hinaus. »Das waren die Blackies.«

Skinner atmete tief ein und wieder aus. »Bist du sicher?«

»Ich hab dir gesagt, dass die Probleme machen werden.«

Max rappelte sich auf. »Verfickte Hurensöhne, die machen wir kalt. Wir sollten sofort reagieren. Wir müssen …«

»Wir machen gar nichts«, unterbrach ihn Skinner energisch. »Sie sind sauer, weil wir sie bei Mario ausgestochen haben. Ich will keinen Krieg mit ihnen. Die beruhigen sich schon wieder.«

»Als ob …«

»Ich will das jetzt nicht diskutieren, Rocket!«, zischte Skinner. »Ihr bleibt heute alle hier. Keiner verlässt allein das Haus. Ihr könnt in meinem Zimmer pennen, wenn es euch hier zu unsicher ist.«

»Puta mierda«, murmelte Nando. »Als ob ich heute noch ein Auge zutun werde.«

Damit sprach er uns wohl allen aus der Seele.

Mein Blick ging immer wieder aufs Handy, ich vergewisserte mich, dass ich auf dem richtigen Weg war. Scott hatte mir eine Adresse geschickt, zu der ich das fertige Portrait bringen sollte. Seit unserem letzten Treffen war über eine Woche vergangen. Ich hatte es nicht geschafft, das Bild vorher zu beenden, zu viel war los gewesen. Wir mussten nicht nur das Fenster ersetzen, das wir vorübergehend lediglich mit einer Plane abgeklebt hatten, der Schock saß uns allen auch noch ordentlich in den Gliedern. Unsere kleine Gang war noch nie in Schießereien verwickelt gewesen, geschweige denn in größere Konflikte. Das hier war etwas Neues – und ich wusste nicht, ob ich damit gut umgehen konnte.

Die Arbeit an Scotts Portrait tat gut. Die ganzen letzten Tage hatte ich daran gearbeitet. Ich schlief vorerst wieder bei meinem Dad, zumindest so lange, bis wir wieder ein neues Fenster hatten.

Es war nicht so, dass Scott und ich in dieser Zeit keinen Kontakt hatten. Wir hatten geschrieben. Zwar nicht oft – schließlich sollte er nicht denken, ich würde ständig aufs Handy starren, um auf seine Nachricht zu warten –, aber zumindest jeden Tag.

Laut Google Maps musste ich am Ziel sein. Ich sah auf. Vor mir befand sich ein Theater – das verriet mir zumindest das Schild vor dem alten Backsteingebäude. Sonst wäre ich nie darauf gekommen, was sich hinter den schwarzen, dreckigen Türen verbarg. Das Einzige, was an diesem Gebäude neu aussah, waren die türkisfarben gestrichenen Fensterrahmen auf der linken Seite. Über dem Eingang hingen mehrere Fahnen: eine schwarze mit der Beschriftung *Black Lives Matter,* eine Regenbogenfahne und die Flagge der Europäischen Union, der England bald nicht mehr angehören würde.

Die Tür öffnete sich mit einem Quietschen, etwas unsicher trat ich in den Raum. Von innen sah es einladender aus. Die Holzmöbel schienen neu zu sein. Niemand saß am Empfangstresen, doch ich hörte dumpfe Musik. Irgendjemand war definitiv hier.

»Hey, kann ich dir helfen?«

Ich fuhr herum. Nebenan stand eine Bar, auch dieser Raum schien erst vor Kurzem renoviert worden zu sein. Hinter dem Tresen stand eine junge, blonde Frau, in der Hand hielt sie ein Tablett mit Tassen.

»Ähm, ich suche jemanden. Scott Mullinger?«

»Arbeitet er hier oder gehört er zu den Leuten, die sich in den Kopf gesetzt haben, aus Shakespeares Sommernachtstraum ein Winter-Musical zu machen?«

Ich fuhr mir durchs kurze Haar, verzog das Gesicht. »Ich schätze Letzteres.«

»Einfach die Treppe hoch und dann links. Sie proben gerade, also müsstest du sie eigentlich hören.«

»Danke.«

Ich folgte ihren Anweisungen und ging dann einen schmalen, spärlich beleuchteten Gang entlang. Die Stimmen wurden lauter, wenig später betrat ich einen Saal. Für ein Theater war es klein, nur eine Handvoll Stuhlreihen trennten mich von der Bühne. Auf einer Empore rundherum gab es noch einmal ebenso viele Sitzplätze. Was mich am meisten irritierte, war, dass sich die Bühne nicht auf einer Seite mit einem Vorhang davor befand. Nein, sie war mitten im Raum, die Sitzbänke führten nahezu komplett um sie herum. Sollte das so sein?

Auf und um die Bühne herum standen mehrere Leute, diskutierten lautstark.

»Ganz ehrlich, ich würde eine Normale nehmen.«

»Also, ich finde das so viel cooler, weil wir so …«

»Aber wir haben kein richtiges Bühnenbild!«

»… näher am Publikum sind, können mehr mit den Leuten interagieren. Wenn wir schon mal die Möglichkeit haben, dann sollten wir die auch nutzen.«

Ich entdeckte Scott. Er hatte die Hände in die Seite gestemmt, das Gesicht frustriert in Falten gelegt.

Unsicher trat ich von einem Fuß auf den anderen, kam mir irgendwie fehl am Platz vor. Ich ließ mich auf einen der Sitzplätze der letzten Reihe fallen und beobachtete einfach.

Die Diskussion dauerte noch an. Ich ließ den Blick durch den Saal schweifen. Rundherum bestanden die Wände aus rostroten Klinkersteinen, das gefiel mir. Es wirkte nicht so protzig und überladen wie viele der Theater am West End.

Ich lehnte mich zurück, mein Puls ging langsam runter. Es war eine angenehme Atmosphäre, ein leichtes Prickeln legte sich auf meine Haut. Jahre war es her, seit ich das letzte Mal in einem Theater gesessen hatte, und doch erfasste mich das gleiche Gefühl. Ich wünschte mir unweigerlich, in einer Vorstellung zu sitzen. Die unterschwellige Aufregung, bis ein Stück beginnt, das sanfte Murmeln des Publikums, das verstummt, wenn die Lichter langsam ausgehen. Gab es nicht auch noch einen Gong und eine Ansage?

Nichts dergleichen passierte. Das hier war eine Probe, die anscheinend nicht besonders gut lief. Die Leute standen noch immer auf der Bühne und diskutierten.

In dem Moment entdeckte mich Scott. Ein Leuchten trat auf sein Gesicht, breit grinsend sprang er von der Holzplattform und kam auf mich zu.

»Mensch, sag doch Bescheid, dass du hier bist.«

Ich erwiderte das Grinsen. »Ihr habt so beschäftigt gewirkt, da wollte ich nicht stören.«

Scott stöhnte und ließ sich auf den Platz neben mir fallen. »Es ist eine Katastrophe. Eigentlich wollten wir das Stück endlich mal komplett durchspielen. Stattdessen diskutieren wir schon seit einer Ewigkeit über die Bühne.«

»Ich wusste nicht mal, dass es da Unterschiede gibt. So was hab ich noch nie gesehen.«

Scott zuckte mit den Schultern. »Gibt es auch nicht oft. Darum bin ich auch dafür, dass wir es nutzen sollten.«

»Ich glaube, ich auch«, murmelte ich.

»Es ist das erste Mal, dass wir hier proben können, weißt du? Alle sind ein bisschen aufgeregt. Wir dürfen das Gebäude komplett bis zur Premiere nutzen. Das ist echt cool. Normalerweise ist das nicht so.«

»Hmm«, murmelte ich zustimmend.

»Hast du das Bild dabei?«

Ein Stich der Enttäuschung durchfuhr mich. Er wollte es also schnell hinter sich bringen. Klar, er musste sicher gleich zurück.

»Japp.« Ich zog die Zeichenmappe hervor, reichte sie ihm kommentarlos.

Auf der Bühne stampfte ein Kerl auf den Boden, um sich Gehör zu verschaffen. »So kommen wir nicht weiter!«

Das war ja fast spannender als ein Theaterstück.

»Wow.«

Ich sah zu Scott. Er hatte die Mappe geöffnet, betrachtete das von mir gezeichnete Portrait. Der Anblick seines erstaunten Gesichts erfüllte mich mit Stolz. Ich musste zugeben, es war eins meiner besten Werke bisher.

»Das ist genial. Ich mein's ernst, das ist das beste Geschenk, das meine Mutter jemals bekommen wird. Wow.«

Ich grinste zufrieden. Das war nicht einfach ein Portrait, auf dem Scott freundlich lächelte. Mir war es gelungen, sein Lachen einzufangen. Pure Lebensfreude strahlte aus dem Bild heraus. Das war einfach Scott.

Von der Seite beobachtete ich ihn. Er schien nach den richtigen Worten zu suchen. War das etwa einer der wenigen Momente, in denen selbst ein Scott Mullinger sprachlos war?

Er sah auf. In seinen braunen Augen lag eine Intensität, die meinen Bauch zum Kribbeln brachte. »Danke. Das ist wirklich fantastisch.«

Ich wich seinem Blick aus, lächelte. »Freut mich, dass es dir gefällt.«

»Das ist ja das reinste Chaos hier.« Hinter Scott tauchte auf einmal ein Kerl auf, legte ihm die Hand auf die Schulter.

»Wenn das so weitergeht, werden wir nie fertig. Adam ist einfach eine verdammte Drama-Queen und Muhammad ist auch nicht besser. Immer muss er seinen Dickschädel durchsetzen.« Er verdrehte die Augen, ließ sich auf den Platz eine Stufe unter uns fallen und drehte sich um. Sein Blick begegnete meinem.

»Oh, dich kenne ich gar nicht.«

»Das ist Tony. Ein Freund von mir«, stellte mich Scott vor.

»Soso, ein Freund.« Er musterte mich abschätzend. Ich erwiderte seinen Blick kalt, war mir nicht sicher, was ich von diesem Kerl halten sollte. Seine ganze Haltung strahlte Selbstbewusstsein aus, mit dem ordentlich zurückgekämmten Haar wirkte er aber gleichzeitig schmierig und arrogant. Zu dieser Einschätzung trug auch der dünne, graue Schal bei, den er sich um den Hals gewickelt hatte.

»Ich bin Zachery.« Er reichte mir über die Bank hinweg die Hand. »Wage es ja nicht, mich Zack zu nennen, wie all die anderen hier.« Er verdrehte die Augen. »Also, was bringt dich in dieses Irrenhaus? Willst du mitmachen? Wir haben sicher noch ein paar Zwangsjacken übrig.«

»Ich bin kein Schauspieler.«

»Na, herzlichen Glückwunsch, ich auch nicht.«

»Zack kümmert sich um das Bühnenbild, die Plakate und alles Drum und Dran. Wir machen alles selbst. Bild, Maske, Ton, für alles haben wir eigene Leute, das ist echt ziemlich cool.«

»Auch wenn ich meine bisherige Arbeit vergessen kann, wenn wir keine klassische Bühne haben, sondern eine Manege mitten im Saal wie in einem Zirkus. Wie soll ich denn ein Bühnenbild aufbauen, wenn die Bühne von allen Seiten einsehbar sein soll? Das ist doch Quatsch.«

Scott zuckt mit den Schultern. »Ich find die Idee eigentlich cool.«

»Du nicht auch noch, Scotty«, stöhnte Zachery.

»Scott?«, rief ein Mädchen von der Bühne. »Wir wollen anfangen.«

»Ach tatsächlich?«, murmelte Scott. »Anscheinend konnte der Krieg noch rechtzeitig abgewendet werden.«

Zachery schnaubte. »Oder er wurde vertagt und sie müssen erst noch die Bajonette wetzen.«

»Hast du Zeit?« Scott sah mich fragend an.

Ich zuckte mit den Schultern.

»Dann siehst du mich endlich mal in Action.« Er grinste breit.

»*Scott!*«

»Schon gut, ich komm ja schon! Bleib einfach hier sitzen.« Er zwinkerte mir zu und stürmte davon.

Ich presste die Lippen zusammen. Sollte ich wirklich bleiben? Nando und ich hatten eigentlich eine Tour in der Rushhour geplant. Wir brauchten Geld für das Fenster. Andererseits interessierte mich wirklich, was die Theatergruppe hier auf die Beine stellte.

»Was dagegen, wenn ich mich zu dir setze?« Ohne auf eine Antwort zu warten, kletterte Zachery nach hinten und nahm dort Platz, wo zuvor Scott gesessen hatte. Nur lag da noch die Zeichenmappe. Bevor ich danach greifen konnte, hatte er sie in der Hand.

»Gib das her«, zischte ich.

Zachery pfiff leise durch die Zähne. »Nicht schlecht. Ein Maler bist du also.«

»Gib es mir zurück!«

»Du hast ein gutes Auge für Details.«

Ich sprang auf, packte den Kerl unsanft am Arm.

»Schon gut, schon gut. Ich hatte nicht vor, sie zu klauen.«

Endlich hatte ich die Zeichenmappe wieder in der Hand.

Zachery ließ sich auf seinen Platz fallen. »Du bist anders als die anderen hier«, stellte er fest.

»Wie meinst du das?«

»Du hast etwas Dunkles, Mysteriöses an dir.«

»Aha.«

»Ein bisschen wie die Künstler früher, die Avantgardisten oder die Impressionisten. Kein Wunder, dass Scott auf dich steht.«

»Scott steht nicht auf mich«, zischte ich zurück, spürte, wie ich rot wurde.

Zachery grinste. »Ich würde das noch lauter schreien.«

Von der Bühne sahen ein paar zu uns her, Scott zum Glück nicht. Das war doch verrückt. Was machte ich hier?

»Ich geh jetzt besser.«

Ich wollte mich an Zachery vorbeischieben, doch der stellte seine Beine in den Weg.

»Hey, ich wollte dich nicht vertreiben, echt nicht. Schau, jetzt geht's endlich los. Die Tiere betreten die Manege.«

Tatsächlich tat sich was auf der Bühne. Nur ein Mann und eine Frau standen auf den Holzbrettern. Zachery zog mich wieder hinunter auf die Bank. »Das sind Theseus und Hippolyta. Sie planen ihre Hochzeit. Sorry, ich wollte dir echt nicht zu nahe treten. Manchmal kann ich einfach nicht die Klappe halten.«

»Dann halt sie einfach jetzt!«, knurrte ich. Von Minute zu Minute konnte ich den Kerl weniger ausstehen.

Mittlerweile hatten noch mehr Darsteller die Bühne betreten.

»Das sind Hermia, Helena, Demetrius und Lysander. Alle auf ihre Weise unglücklich verliebt.«

»Ich brauche keinen Kommentator!«

»Kennst du das Stück?«

Ich antwortete nicht.

»Dann brauchst du einen Kommentator.« Zachery grinste.

»Singen die bei Shakespeare immer?«, fragte ich, nachdem der Kerl eine Weile nichts gesagt hatte.

»Nein, das ist der Witz an der ganzen Sache. Shakespeare als Musical mit Weihnachtsliedern. Meiner Meinung nach hätten sie die Songs manchmal etwas besser auswählen können, aber mich fragt ja keiner. Genauso witzig soll es sein, den Sommernachtstraum im Winter spielen zu lassen. Auch hierbei hat mich keiner gefragt – und ich darf mich jetzt um die ganze Deko kümmern. Und das, nachdem Darius uns nach der letzten Spielzeit verlassen hat.«

»Darius?«

»Unser einziger professionell ausgebildeter Bühnenbildner. Jetzt hängt alles an mir fest. Und nun soll ich auch noch ein Bühnenbild für eine Bühne bauen, die kein Bühnenbild braucht.«

Ich zuckte mit den Schultern. »Ist doch weniger Arbeit für dich.«

Zachery schnaubte. »Hast du eine Ahnung. Ich muss hier ein Winterwunderland erschaffen und hab nicht mal wirklich Hilfe dabei. Hey!« Er drehte sich zu mir um, ein breites Grinsen lag auf seinem Gesicht. Ich verspürte den Drang, unweigerlich einen Sitz weiter nach links zu rutschen.

»Du kannst malen!«

»Ich zeichne.«

Zachery winkte ab. »Das ist praktisch das Gleiche. Du weißt, wie man mit einem Pinsel umgeht. Du bist engagiert.«

Ich hob die Augenbrauen. »Ich bin was?«

»Engagiert. Du wirst mir dabei helfen, das Bühnenbild zu gestalten.«

»Träum weiter.«

»Japp, und zwar im Sommernachtstraum.«

»Vergiss es.« Ich wandte mich ab. Scott stand nun auf der Bühne, gemeinsam mit einem zierlichen Mädchen. Er schien eine witzige Rolle zu haben, denn die wenigen Zuschauer, die auf den Bänken saßen, lachten. Bei mir kamen seine Worte nicht ganz an.

Ich konnte hier nicht umsonst arbeiten, das ging nicht. Wie sollte ich das Skinner und den Jungs erklären? Sie dürften davon nichts mitbekommen. Aber ich würde endlich mal wieder etwas Kreatives machen – und Scott regelmäßig sehen. Ob er das überhaupt wollte?

Kapitel 8

Scott riss die Augen auf. »Macht ihr Witze? Das ist genial!« Er lachte voller Begeisterung. »Warum bin ich nicht selbst darauf gekommen?«

Ich lehnte mich nach vorn, knabberte an meinen Nägeln. »Ich hab noch nicht zugesagt.«

»Aber warum denn nicht? Du wärst perfekt dafür.«

Langsam schüttelte ich den Kopf. Ich passte hier doch gar nicht rein. Niemand würde mich mögen.

»Dein Salvador Dalí ziert sich etwas.« Zachery gähnte gelangweilt und streckte sich.

»Wahrscheinlich hat er Angst, dass sein Genie mit meinem verglichen wird.«

Scott winkte ab. »Schwachsinn, er hat tausendmal mehr drauf als du.«

Zachery fasste sich an die Brust. »Du brichst mir das Herz, Scotty.«

Ich schüttelte noch immer den Kopf. Das war zu verrückt. Ich in einem Theater arbeiten? Unmöglich! Und doch ließ mich der Gedanke nicht mehr los. Das Zeichnen von Scotts Portrait hatte etwas in mir geweckt, das lange geschlummert hatte. Der Durst nach Kreativität, die Sehnsucht nach dem Hochgefühl, wenn sie durch meine Adern rauschte. Hier im Theater bot sich mir die Gelegenheit, sie endlich wieder auszuleben. Und …

Ich schluckte. Niemand kannte mich. Niemand würde wissen, wo ich herkam. Der Gedanke machte mir Angst und beruhigte mich gleichermaßen.

»Was ist los da oben? Die Pause ist rum.« Das Mädchen, das Hermia spielte, winkte von der Bühne.

»Wir haben Ersatz für Darius gefunden«, brüllte Zachery zurück.

»Cool, können wir trotzdem weitermachen?«

Damit war es wohl beschlossen. Zachery redete ohne Punkt und Komma auf mich ein, stellte mir seine Vorstellungen vom Bühnenbild vor – ließ mich an seiner *Vision* teilhaben, wie er es nannte. Ich fragte mich immer mehr, auf was zum Teufel ich mich da eingelassen hatte. Doch zugleich nistete sich eine positive Aufregung in mir ein. Ich hatte eine Aufgabe, ein Ziel! Bis dahin war mir gar nicht bewusst gewesen, wie sehr mir das gefehlt hatte. Zachery gegenüber wollte ich es nicht zeigen, doch je länger ich in diesem Theater saß, desto mehr war ich bereit für diese Herausforderung.

Durch Zacherys Gebrabbel bekam ich von den Proben auf der Bühne kaum was mit. Die Geschichte erschloss sich mir noch nicht ganz. Bei den vier Jugendlichen mit den merkwürdigen Namen herrschte Liebeschaos. Der Elfenkönig lag im Clinch mit seiner Frau, der Elfenkönigin. Die wiederum verliebte sich aufgrund eines Liebeszaubers in einen Esel – oder sollte das ein Elch sein? Es war wirklich verworren.

»Also die Geschichte spielt hauptsächlich im Wald? In einer Sommernacht?«

Zachery nickte. »Bei uns im Winter. Deswegen auch die schrecklichen Weihnachtslieder, die sie immer wieder eingebaut haben.«

»Aber der Zuschauer erwartet, dass es Sommer ist, hm? Weil er Shakespeares Stück so kennt.«

»Korrekt.«

»Das heißt, das Bühnenbild muss klarmachen, dass Winter herrscht.«

»Endlich hast du es verstanden. Nur dass wir kein Bühnenbild bauen können, da die Bühne in der Mitte steht.«

»Dann dekorier doch den ganzen Saal. Mach den kompletten Theatersaal zur Bühne.«

Zachery kniff die Augen zusammen. »Du meinst …«

»Nutze die Wände rundherum. Gibt es nicht Projektoren, die ein Schneegestöber abbilden können? Wenn man so einen über der Bühne anbringen könnte …«

»Würde der Boden aussehen, als läge dort Schnee. Das gefällt mir! Ich weiß nur nicht, ob wir so was kriegen. Ich muss mal mit den Technik-Leuten reden.« Er nickte anerkennend. »Aber ich mag die Art, wie du denkst. Zusätzlich können wir die Illusion noch weiter verstärken. Zum Beispiel so etwas wie Rindenmulch verstreuen, wie auf einem Waldweg.« Er grinste begeistert. »Und Tannenzweige seitlich an die Bühne kleben.«

Ich zuckte mit den Schultern. »Wenn wir sie weiß ansprühen, sieht es aus wie Schnee.«

»Komm mit.«

Zachery packte mich bei der Hand und zog mich mit sich.

»Ach, hier habt ihr euch versteckt.«

Scott betrat den kleinen Raum, in den Zachery mich geschleppt hatte. Gemeinsam arbeiteten wir eine Liste mit Materialien aus, die wir benötigen würden.

»Wir brauchen einen Baumstumpf für die Bühne. Am besten einen echten mit Wurzeln, wenn nicht, könnten wir aus Pappmaschee welche basteln.«

»Sorry.« Ich verzog das Gesicht und sah zu Scott, der etwas unsicher von mir zu Zachery schaute. »Er hat mich gekidnappt.«

»Ich hab mich schon gefragt, wohin ihr verschwunden seid.« Scott warf Zachery einen Blick zu, der nicht einmal von seinem Computer aufschaute, sondern einfach weiter tippte. »Ihr scheint gut klarzukommen.«

»Er ist ein Tyrann.«

»Und er ein Sturkopf – allerdings mit guten Ideen.«

Scott nickte langsam, presste die Lippen kurz aufeinander. Dann setzte er ein Lächeln auf – allerdings wirkte es nicht ganz echt, es erreichte seine Augen nicht.

»Ookay, dann lass ich euch mal wieder allein.«

»Probt ihr noch weiter?«, fragte ich schnell, bevor er wieder verschwinden konnte.

»Ne, für heute sind wir fertig. Ich wollte dich eigentlich fragen, ob du noch was trinken gehen willst, aber …«

»Ich komm mit«, beeilte ich mich zu sagen.

»Wie, du lässt mich allein?«, murrte Zachery. »Es gibt noch so viel zu tun.«

Ich zuckte mit den Schultern. »Rom wurde auch nicht an einem Tag erbaut.«

Er verzog das Gesicht. »Ich hasse schlaue Sprüche.«

»Du hasst die ganze Welt, Darling.« Dieses Mal wirkte Scotts Grinsen wieder echter.

Ich erwiderte es. »Lass uns von hier abhauen.«

»Ja, ja, lasst mich nur allein. Hey, Salvador Dalí, morgen um vier bist du wieder hier.«

Ich schnaubte. »Ich lass mir von dir nichts befehlen.«

Er sah mit hochgezogenen Augenbrauen vom Laptop auf. »Morgen um vier.«

Ich erwiderte den Blick. »Wenn ich Zeit hab.« Ich betonte jedes Wort.

»Was hat er nur mit diesem Dalí?«, fragte Scott, kaum hatte sich die Tür hinter uns geschlossen. »Du siehst ihm doch nicht mal ähnlich.«

»Keine Ahnung. Er meinte, ich sehe aus wie ein mysteriöser, dunkler Künstler und alles was ihm dazu einfiel, war Dalí.« Ich zuckte mit den Schultern. »Vermutlich ist das der einzige, den er kennt.«

»Dunkel und mysteriös also. Soso.«

Kam es mir nur so vor oder war Scott eifersüchtig auf Zachery? Wenn er wüsste, dass Zack behauptet hatte, dass er auf mich stand …

Eigentlich hatte ich gehofft, mit Scott etwas Zeit allein verbringen zu können, doch das gestaltete sich schwieriger als gedacht. Unten im Theatercafé traf sich die gesamte Belegschaft zu einem Umtrunk und ließ uns nicht gehen, ehe wir zumindest ein Glas mit ihnen getrunken hatten. Aus einem Glas wurden zwei und aus zwei wurden vier. Ich lernte die komplette Theatergruppe kennen. Von Olivia und Isla, die Hermia und Helena spielten, über Muhammad, der die Rolle des Elfenkönigs Oberon innehatte, Adam und Holly, die sich um die Beleuchtung und den Ton kümmerten. Mir schwirrte vor lauter Namen der Kopf und ich war dankbar, als Scott mich endlich bei der Hand nahm und aus dem Theater zog.

»Das musste jetzt sein«, sagte er lachend. »Sonst kommen wir da nie lebend raus.«

»Oh ja, ein weiterer Daiquiri hätte mich echt gekillt.«

Leider ließ Scott meine Hand wieder los. Wann war es eigentlich so dunkel geworden? Verrückt, wie schnell die Zeit vergangen war.

»Glückwunsch, du gehörst jetzt offiziell dazu. Wenn man im Theater auf so etwas anstößt, gibt es kein Zurück mehr.«

»Echt?«

»Nein, das war gelogen.« Scott kicherte. »Trotzdem bist du jetzt wohl dabei.«

»Das ist gut, glaube ich. Endlich wieder kreativ sein«, murmelte ich und zog den Reißverschluss meiner Jacke bis unters Kinn.

Ein eisiger Wind fegte durch die nächtlichen Straßen. Gut möglich, dass er sogar Schnee bringen würde. Schnee bedeutete in einer Großstadt wie London immer Chaos, ich mochte das.

»Nur noch wenige Wochen bis zur Premiere und erst so wenig steht. Das wird echt spannend.«

»Ach, klang doch schon ganz gut.«

Scott schnaubte. »Gut? Olivia kann noch immer nicht ihren Text, Muhammad fängt wegen jeder Kleinigkeit an zu streiten und Liza ist erkältet, kann weder sprechen noch singen. Das wird ein Desaster.«

»Ach, es gibt doch dieses Sprichwort: *It ain't over till the fat lady sings.*«

Scott brach in lautes Gelächter aus. »In diesem Fall bin ich wohl die fette Lady.«

Ich sah ihn erschrocken an. »So war das nicht gemeint.«

Er lachte noch immer. »Das ist genial, weil ich als Puck doch das Schlusswort habe. Das Stück ist nicht vorbei, bevor ich ein letztes Mal gesungen habe. Oh, das muss ich Dan erzählen, der wird sich kringeln vor Lachen.«

Ich runzelte die Stirn. »Wer war noch mal Dan?«

»Er spielt Lysander.«

Der gut aussehende blonde Kerl. »Ah ja.«

Eine Weile liefen wir schweigend nebeneinander. Selbst nachts war es in London nie leise, in manchen Vierteln fing das Leben erst an, wenn die Dunkelheit hereinbrach. Eine Gruppe lachender Jugendlicher kam aus einem U-Bahn-Schacht gelaufen und schob sich an uns vorbei.

»Wo musst du eigentlich hin?«

»Nach Islington. Ich wohne in Clerkenwell. Aber ich will noch ein Stück zu Fuß gehen. Die Luft tut gut.« Ich lachte leise. »Langsam krieg ich wieder einen klaren Kopf.«

»Oh ja, das stimmt.«

Und so liefen wir gemeinsam weiter, ohne dass sich jemand verabschiedete.

»Wollen wir ein Stück an der Themse entlanggehen?«

Ich nickte. »Gute Idee.«

Wir passierten eine Straße, bogen in eine schmalere Richtung Fluss. Nachts unterwegs zu sein versetzte meinen Körper jedes Mal in Habachtstellung. Meine Finger glitten automatisch zu der Hosentasche, in der wie immer mein Klappmesser ruhte. Theoretisch waren wir in keiner für mich gefährlichen Gegend, aber man konnte nie wissen.

Scott räusperte sich. »Dann sehen wir uns jetzt in Zukunft häufiger, hm?«

»Sieht so aus.«

»Ich hätte nicht gedacht, dass dich jemand dazu überreden könnte – wenn man überlegt, wie sehr du dich schon gegen das Portraitzeichnen gewehrt hast.«

»Zachery hatte ein paar gute Argumente.«

Scott wich meinem Blick aus. »Sieht ganz so aus.«

Ich entschied mich zu einem Sprung nach vorne. »Du weißt schon, dass ich das nicht wegen ihm mache?«

»Ach nein?«

»Ganz sicher nicht. Zum einen ist er definitiv nicht mein Typ, zum anderen mache ich das für mich.« In diesem Fall wollte ich ehrlich sein. »Dank dir hab ich gemerkt, wie sehr mir das Kreative fehlt. Das ist für mich eine gute Gelegenheit.«

Scott lächelte. »Das freut mich. Du hast wirklich Talent. Dieses Bild …« Er drückte die Zeichenmappe an sich. »Es ist wirklich fantastisch. Danke noch mal dafür.«

Ich atmete tief die Nachtluft ein. »Gerne.«

»Da fällt mir ein, du bekommst noch Geld von mir.« Scott zog seinen Rucksack hervor und begann darin herumzukramen.

»Ach, lass mal.« Ich verzog das Gesicht. Ich wollte keine Bezahlung. Das implizierte, dass die Zeichnung nichts weiter als ein Auftrag war. Ein Geschäft.

»Doch, Deal ist Deal.« Er suchte noch immer sein Portemonnaie.

»Du solltest mal anfangen, deinen Geldbeutel am Körper zu tragen. Das macht es schwieriger für Diebe.« Kaum hatte ich das gesagt, schwappte eine Welle des schlechten Gewissens über mich. Scott wusste noch immer nicht die Wahrheit über unser erstes Treffen. Besser, es blieb dabei.

Ohne etwas von meinem Umschwung zu bemerken, reichte er mir feierlich die fünfundzwanzig Pfund. »Deine erste Gage als Künstler, kauf was Besonderes davon.«

Ich seufzte und steckte die Scheine ein.

»Den Kuchen kriegst du natürlich auch noch.«

»Aber selbst gebacken.«

Scott zuckte mit den Schultern. »Wenn du dir das antun willst.«

Wir hatten die Themse erreicht. Für einen Moment blieben wir am Ufer stehen und sahen hinaus in die Nacht. Im Licht der Häuser schimmerte der Fluss wie ein langer, dunkler Satinschal. In diesen wenigen Momenten verstand ich die Leute, die aus fernen Ländern anreisten, nur um sich diese dreckige Stadt anzuschauen.

»Du wirkst heute irgendwie anders.«

Scott schien mich von der Seite her beobachtet zu haben.

»Ja?«

Er lachte leise. »Nicht so griesgrämig.«

»Das liegt wohl an dir.« Ich biss mir auf die Zunge. Der Satz war schneller als meine Gedanken gewesen. »Du bist immer so gut drauf, weißt du? So lebensfroh.« Ich sollte aufhören zu reden, das wurde ja immer schlimmer. Doch meine Zunge ließ sich nicht mehr im Zaun halten. Immerhin war es dunkel, so konnte Scott hoffentlich nicht sehen, wie rot ich im Gesicht war. Ich sah ihn nicht an, sondern blickte hinaus auf die Themse. »Ich frag mich echt, wie du das machst, immer so positiv zu bleiben, egal was passiert. Dich scheint es nicht zu kümmern, was andere denken. Ich wünschte, ich würde das genauso gut hinkriegen.«

Lange Zeit schwieg Scott. Die ganze Situation war mir peinlich. Was sollte dieser Gefühlsausbruch? So war ich normalerweise nicht.

»Mir ist es nicht egal, was andere denken«, sagte er schließlich. »Ich habe nur gelernt, damit zu leben. Irgendwann ist mir aufgefallen, wie wenig die ganzen Lästermäuler zu sagen hatten. Die meiste Zeit ging es nur um mein Gewicht. Sie konnten sich nicht einmal eine bessere Beschimpfung einfallen lassen als *fette Schwuchtel*. Nun, ich bin dick und ich bin schwul, warum also sollte mich diese Beleidigung treffen?« Er lachte. »Ich hab gemerkt, dass es mir geholfen hat, offen zu sein. Je mehr du dich selbst akzeptierst, desto weniger können dich andere mit ihren Aussagen treffen.«

Ich nickte langsam. »Da ist wohl was dran.«

»Tiefsinnige Gespräche so spät am Abend.« Scott grinste mich an. »Aber vielleicht nicht schlecht, mal offen und ehrlich zu reden.«

Oh Gott, was kam jetzt? Hatte ich mich irgendwie verplappert, wollte er mehr über mich wissen?

»Du bist für mich schwer zu lesen. Manchmal bist du wortkarg, nahezu abweisend. Dann wieder sind da die Momente, in denen du einen Blick auf dein Inneres zulässt. Aber auch das ist schwer zu interpretieren. Darum frage ich jetzt einfach direkt: Bilde ich es mir nur ein oder ist da mehr zwischen uns?«

Mit offenem Mund starrte ich ihn an. Durch mein Gehirn jagten die Impulse. War da mehr zwischen Scott und mir?

»Ich schätze … schon?«

Scotts Mundwinkel zuckten. »Du schätzt?«

Ich kratzte mich an der Stirn. »Keine Ahnung, ich weiß auch nicht, was das ist. Du gehst mir einfach nicht mehr aus dem Kopf.«

»Dito.«

Einige Augenblicke verhakten sich unsere Blicke. Da lag eine Intensität in diesen braunen Augen, eine Wärme. Ich sah weg und lachte unsicher.

Scott schloss die Lücke zwischen uns. »Es gibt noch eine andere Möglichkeit, zu prüfen, ob da mehr zwischen uns ist.«

»Hm?« Ich schluckte, aus meinem Hals war eine Wüste geworden. Noch nie hatte ich mich so hilflos gefühlt, das Herz wummerte mir fordernd, nahezu schmerzhaft gegen die Brust.

Scotts Gesicht kam immer näher. Noch konnte ich zurückzucken, mich von ihm entfernen, doch ich tat nichts dergleichen. Stattdessen lehnte ich mich kaum merklich vor, schloss die Augen. Seine Lippen waren weich, warm, unwiderstehlich. In meinem Kopf machte es *klick* und die Gedanken schalteten sich aus. Ich fühlte nur noch. Fühlte, wie seine Hand von meinem Nacken über meinen Rücken wanderte. Spürte, wie sich unsere Lippen öffneten und unsere Zungen sich fanden. Mein gesamter Körper kribbelte, als stünde ich unter Strom.

Als wir uns schließlich voneinander lösten, war ich vollkommen atemlos.

»Und? Mehr?«

Ich brauchte kurz, bis ich verstand und lachte. »Mehr. Definitiv mehr.«

Kapitel 9

Das Grinsen ließ sich nicht mehr von meinem Gesicht wischen. Die letzte Woche war der Wahnsinn gewesen. Nicht nur die Zeit, die ich mit Scott verbracht hatte, sondern auch die Arbeit im Theater. Zachery war zwar eine launische Nervensäge, doch zum ersten Mal seit der Schulzeit entwarf ich wieder etwas – und stellte mich dabei nicht mal so dumm an. Der erste Entwurf für das Plakat stand bereits, zum Großteil mein Werk. Zachery hatte ein paar Baumstämme organisieren können, denen wir heute einen Winteranstrich verpasst hatten. Jetzt sahen sie aus, als würde eine feine Schicht Pulverschnee über ihnen liegen.

Zwei Stufen auf einmal nehmend sprintete ich die Treppe hoch. Weil wir unbedingt die Baumstämme fertig machen wollten, solange die Farbe noch frisch war, war ich jetzt spät dran. Wenn ich Glück hatte, würde niemand da sein. Es war Freitagabend, mit hoher Wahrscheinlichkeit waren die anderen feiern oder so.

Alles war still in der Wohnung. Erleichtert atmete ich auf und verschwand auf direktem Weg im Bad. Meine Hände waren noch immer voller Farbe, die musste ich dringend loswerden, bevor ich die anderen sah. Im Waschbecken entstand eine grau-weiße Brühe, die Farbe war echt hartnäckig. Ich seufzte leise und kratzte sie mit den Fingernägeln von der Haut.

»Wo bist du gewesen?«

Mein Herz machte einen Satz. Skinner stand im Türrahmen, beobachtete mich mit gerunzelter Stirn.

»Spinnst du? Hätte fast ’nen Herzinfarkt bekommen.« Ich lachte unsicher. Immerhin sahen meine Hände einigermaßen vorzeigbar aus. Schnell drehte ich Skinner den Rücken zu, trocknete sie langsam ab, während mein Kopf ratternd nach einer Ausrede forschte.

»Ich …«

»Sag jetzt nicht, du hast deinem Vater helfen müssen. Wir wissen genau, dass du dort nicht gewesen bist. Nando hat vorbeigeschaut.«

Ich leckte mir nervös über die Lippen. »Spioniert ihr mir jetzt etwa nach oder was?«

»Nando macht sich Sorgen, das ist alles. Du lässt dich hier immer weniger blicken.«

»Ich bin doch die meiste Zeit hier«, widersprach ich.

»Mit deinen Gedanken sicher nicht. Glaub nicht, ich merk das nicht. Hast du einen *Lover* oder so? Ist es das?«

Am einfachsten wäre es gewesen, alles zuzugeben, ihm von Scott zu erzählen. Doch die Art, wie Skinner bei seinen Worten die Mundwinkel verächtlich verzog, ließ mich wütend werden.

»Nein«, zischte ich. »Und wenn, würde es *dich* nichts angehen.«

Ich wollte mich an ihm vorbeischieben, doch er trat mir in den Weg, stieß mich unsanft gegen die Wand und drückte mir den Unterarm an die Kehle. Seine hellen blauen Augen blitzten.

»Und wie mich das was angeht. Ohne mich wärst du tot, vergiss das nicht.«

Seine Worte fanden ihr Ziel. Ich presste die Lippen zusammen, kein Ton wagte sich mehr hervor.

Skinner trat einen Schritt zurück, strich sich die blonden Strähnen, die ihm ins Gesicht gefallen waren, aus der Stirn. »Ich sorge mich nur um dich, Tony. Ich will nicht, dass es dir wieder so schlecht geht wie damals. Wir sind eine Familie, wir passen aufeinander auf, verstehst du?«

Ich nickte.

Er hob die Augenbrauen. »Gehörst du noch zur Familie?«

»Klar«, stieß ich mit einem Kratzen in der Stimme hervor.

»Dann sieh zu, dass du auch deinen Anteil dafür tust. Von dir kam die Woche nichts, hm? Kein einziger Penny. Das hier ist keine Wohltätigkeitsorganisation, Tony. Jeder muss seinen Beitrag leisten, klar?«

»Hab verstanden.«

»Du hast was nachzuliefern.«

Ich nickte. Endlich konnte ich mich an Skinner vorbeischieben und ging ins Wohnzimmer.

»Ich hoffe wirklich, du entfernst dich nicht weiter von uns, Tony. Das wäre sehr schade.«

Ohne mich umzudrehen, trat ich ans neue Fenster, starrte hinaus. »Ich hab die Woche nur ein bisschen Zeit für mich gebraucht. Natürlich bin ich noch dabei. Ihr seid meine Familie.«

Draußen war alles dunkel, nur die Straßenlaternen gaben ein dumpfes Licht ab.

»Gut. Du kannst immer mit mir reden, wenn was ist, klar?«

»Ja.«

Schritte waren zu hören, dann das Zuschlagen einer Tür.

Ich atmete auf.

»Du kommst spät.«

»Klappe«, brummte ich Zachery an, kaum hatte ich den Raum betreten, den wir in ein Atelier umfunktioniert hatten. Überall standen Farben und mehrere Plakate herum, die wir selbst bemalten. Wir wollten sie an die Türen hängen, als Eingang in unseren Winterwald.

»Oh, die Prinzessin hat in der Nacht wohl nicht gut geschlafen, was?«

»Ich sagte *Klappe*!«

Ohne weiter auf Zachery zu achten, schnappte ich mir einen Pinsel und machte mich ans Werk. Es gab noch viel zu tun und ich musste dringend den Kopf frei bekommen. Ich tauchte den Pinsel tief in Farbe, führte ihn sanft über eins der Plakate, die Borsten durften kaum das Papier berühren, wodurch die Illusion von Schnee auf den Zweigen entstand, die ich am Tag zuvor gezeichnet hatte.

Dieser Baum im Schneegestöber, das war ich. Dem Wind ausgesetzt und keine Ahnung, in welche Richtung er sich biegen sollte. Ich führte ein verdammtes Doppelleben. Wie sollte ich Scott erklären, dass ich Mitglied einer Gang war, die seinen Rucksack geklaut hatte? Wie sollte ich vor Skinner rechtfertigen, dass ich Bühnenbilder für eine Theatergruppe malte und mit einem Jungen zusammen war, der laut, dick und wunderbar war? Die beiden Welten passten einfach nicht zusammen. Es gab keine Berührungspunkte, keine Brücken. Das würde nicht lange gut gehen können.

Weiße Farbe tropfte auf meinen Schuh.

»Verdammte Scheiße.«

Zachery warf mir einen Blick zu, zuckte lässig mit den Schultern. »Ist doch nur weiße Farbe auf einem weißen Schuh.«

»Ich muss das auswaschen«, murmelte ich und verließ den Raum.

Irgendwann würde ich mich für eine Seite entscheiden müssen. Zwischen Theater und Gang. Zwischen Scott und Skinner. Beide waren ein wichtiger Teil meines Lebens. Ich brauchte beide.

»Hi Tony.«

»Hm? Oh, hi Isla, kommt ihr gut voran?«

Die rothaarige Schauspielerin verdrehte die Augen. »Frag besser nicht.« Sie grinste und lief weiter.

Alle waren so nett hier, niemand sah mich komisch an, weil ich keine schicken Klamotten trug, niemand verurteilte mich …

Ich schüttelte den Kopf. Weil sie nur eine Seite von mir kannten. Nur die Seite, die mit Scott verwoben war, nur die eine Welt. Nicht mal Scott kannte die andere. Das schmerzte mich am meisten. Seit dem Abend am Fluss verbrachten wir nahezu jeden Tag zumindest ein paar Stunden gemeinsam, nicht nur im Theater. Er wusste von meiner Vergangenheit, dass ich Schwierigkeiten gehabt hatte, nach der Schule Fuß zu fassen. Doch er kannte nicht die Wahrheit darüber, wie ich mein Geld verdiente.

Ich stieß die Tür zur Toilette auf, ging zum Waschbecken, spritzte mir kaltes Wasser ins Gesicht.

Verdammt, ich führte nicht nur ein Doppelleben, ich war ein komplett anderer Mensch, wenn ich mit Scott zusammen war. Mit ihm zusammen redete ich mehr, lachte öfter. Ich genoss es, ihn zu küssen, die Wärme seines Körpers zu spüren oder einfach seine Hand zu halten – alles, was ich sonst nicht tat. Ich war noch nie mit jemandem fest zusammen gewesen, hatte nie Händchen gehalten oder so einen Kram, doch es fühlte sich gut an, richtig. Es war lange her, seit es das letzte Mal so ruhig in mir gewesen war wie in den Momenten mit Scott. Mit ihm fühlte ich mich beinahe – zufrieden.

Ich atmete zischend aus. Für einen Augenblick hielt ich inne, starrte in den Spiegel. In mir wütete ein Wirbelsturm, spiegelte sich in meinen unruhigen, grauen Augen wider.

»Wer bist du?«, zischte ich mein Spiegelbild an.

Wer willst du sein?, schien es zu antworten.

Hatte ich tatsächlich die Wahl? Mit Scott fühlte ich mich wohl, glücklich. Doch war das ernst zwischen uns? Verstand er auch die andere Seite in mir? Nicht den Künstler, sondern den Jungen, der im Getto aufgewachsen und mit Leuten befreundet war, die sich über Menschen wie ihn lustig machten? Er hatte eine behütete Kindheit, wusste nicht, was Angst und Hunger waren. Es gab einfach Dinge, die nur die Gang verstehen konnte. Sie war meine Familie, wusste, wo ich herkam. Wir hielten zusammen. Skinner hatte mir damals aufgeholfen, als ich beinahe gefallen war. Ich war ihm meine Loyalität schuldig.

Ich seufzte. Weder auf die Gang noch auf Scott und das Theater konnte ich verzichten. Ich brauchte beides in meinem Leben – zumindest, bis ich einen klareren Kopf hatte und wirklich wusste, was ich tun sollte. Aber damit das funktionierte, musste ich mich besser anstellen. Was ich brauchte, war ein ausgefeilter Plan. Die Zeit zwischen Scott, dem Theater und der Gang musste besser aufgeteilt werden.

Die Vormittage waren eine gute Gelegenheit, mich zu Scott und ins Theater davonzustehlen, da ging mit meinen Kumpels ohnehin nichts. Nachmittags konnte ich eventuell zwischen beidem wechseln. Die Abende sollte ich wohl besser wieder vermehrt mit der Gang verbringen.

Ich atmete tief ein und wieder aus. Es würde schon klappen. Mein Spiegelbild sah entschlossen aus, immerhin einer von uns.

Kaum hatte ich die Toilette verlassen, lief ich auf dem Gang direkt Scott in die Arme.

»Hey Babe.« Er küsste mich. »Zack meinte, du wärst heute schlecht drauf.«

Ich legte meine Hände auf seinen Schultern ab, ließ meine Finger mit den Locken in seinem Nacken spielen.

»Nicht, wenn du da bist.«

Er grinste. »Da bin ich aber beruhigt.« Er gab mir einen weiteren kurzen Kuss. Hm, diese Lippen machten süchtig …

»Dan, Olivia, Isla und ich wollen heute Abend auf eine Party. Magst du mit? Da fällt mir ein, dass ich dich noch nie tanzen sehen habe.«

Ich lachte. »Das liegt daran, dass ich nicht tanze.«

»Oh, komm schon. Das kann nicht dein Ernst sein. Glaub mir, das kriege ich leicht geändert.«

Ich schüttelte den Kopf. »Aber nicht heute Abend. Ich hab schon was vor.«

»Och Mensch.« Er zog eine Schnute. »Was machst du denn?«

»Treffe mich mit ein paar Freunden.«

Scott seufzte. »Na gut. Die musst du mir auch irgendwann vorstellen.«

»Sicher.« Never ever. Das war noch so eine Baustelle, an der ich arbeiten musste. Ich würde ihn nie meinen Freunden vorstellen können, geschweige denn, ihn mit nach Hause bringen. Am ehesten könnte ich ihn noch Molly vorstellen. Allerdings hatte ich Angst, dass sie ihm zu viel erzählen würde. Über früher. Das war alles kompliziert.

»Ich muss heute früher los, vielleicht sehen wir uns später gar nicht mehr.«

»Schade. Hm, wir sollten uns häufiger heimlich hier im Gang treffen. Das hat was Romantisches, findest du nicht?«

Ich verzog das Gesicht. »Ich bin jetzt nicht so der Romantiker.«

»Und wie du das bist. Du willst das nur nicht zugeben«, sagte er schmunzelnd. »Aber es hat schon was, sich im Dunkeln zu treffen, vor allen anderen zu verstecken.«

»Hätten sie denn was dagegen?«

»Was? Nein!« Er lachte schallend. »Ich hoffe, du nimmst mir das nicht böse, aber die Hälfte des Theaters weiß eh schon Bescheid. Ich bin nicht gut darin, Geheimnisse für mich zu behalten.«

»Deswegen hat mir Isla vorhin so komisch zugezwinkert.«

»Stört's dich?« Scott verzog das Gesicht.

»Nein.« Tat es wirklich nicht. Solange alles in dieser einen Welt blieb und nicht in die andere überschwappte, war alles gut.

»Wir sollten zurückgehen. Nicht, dass die anderen denken, wir würden etwas Unanständiges tun.«

»Hm, da hätte ich auch nichts dagegen.« Grinsend lehnte ich mich nach vorne, sein Atem kitzelte meine Lippen. Ich schloss die Augen, überbrückte die letzten Zentimeter. Ganz zaghaft strichen meine Lippen über seine, eine Andeutung auf das, was kommen könnte. Die Berührung schickte kleine Stromschläge durch meinen Körper. Keine Ahnung, wer von uns es nicht länger aushielt, doch der Kuss wurde schnell intensiver. Unsere Zungen fanden einander, begannen einen Tanz.

»Wir sollten echt zurück«, murmelte Scott atemlos, machte allerdings keine Anstalten, seine Hände von meiner Taille zu nehmen.

»Hm«, brummte ich zustimmend, überbrückte den Abstand zwischen unseren Lippen wieder. Scotts Zunge neckte meine, ich vertiefte den Kuss, zog ihn an seinem Nacken näher an mich ran. Das Gefühl seiner Lippen machte mich noch verrückt, ich begann eindeutig süchtig nach ihnen zu werden.

Meine Hände wanderten langsam seinen Rücken hinunter. Nie hätte ich gedacht, dass Scott mein Typ sein könnte. Ich fand nicht nur sein Gesicht und sein Lachen attraktiv, auch von seinem Körper wollte ich mehr haben. Welchen Unterschied machten schon ein paar Pfunde mehr? Es zählten andere Dinge.

Scott schien ich auch ganz gut zu gefallen. Ich grinste, spürte da was an meinem Oberschenkel. Täuschte ich mich oder wurde er gerade hart?

»Wenn du so weitermachst, ziehe ich dich doch noch in den nächsten Garderobenschrank«, murmelte er gegen meine Lippen.

Ich lächelte verschlagen. »Ich hätte nichts dagegen.«

»Scott?«, rief eine weibliche Stimme.

»Verdammt.« Er trat schnell einen Schritt zurück, zupfte sich seine Klamotten zurecht.

»Ich komme!«, rief er zurück.

»Auch da hätte ich nichts dagegen.«

»Du Teufel.« Scott lachte. »Ich muss jetzt auf die Bühne, verdammt.«

»Ich könnte dir schnell Abhilfe verschaffen.«

Unweigerlich fragte ich mich, wie er wohl nackt aussah. Mein Schwanz zuckte bei dem Gedanken. Ungeniert legte ich die Hand drauf.

Er biss sich auf die Lippe. »Oh, du bist echt ein Teufel. Wie gerne würde ich jetzt bleiben.«

»Scott, wo bleibst du? Wir wollen weitermachen.«

»Verdammt«, fluchte er. »Über diese Abhilfe reden wir ein anderes Mal, ja?« Er zwinkerte mir kokettierend zu und verschwand winkend Richtung Bühne.

Ich schüttelte grinsend den Kopf. Wie konnte ich mich nur in so jemanden verlieben?

Augenblicklich stockte ich. Da war es zum ersten Mal. Dieses Wort. *Verlieben.* Gefährlich …

Die Begegnung mit Scott hatte gutgetan. Langsam schlenderte ich zurück zum Arbeitsraum. Es waren noch lange nicht alle Probleme aus der Welt geschafft, doch ich hatte etwas Zuversicht zurückgewonnen. Es würde schon alles gut gehen.

Ich kam an einer offenen Tür vorbei. Den Raum kannte ich noch nicht, sonst war er immer verschlossen. Neugierig lugte ich hinein. Ein Büro, überall stapelten sich Papiere und Ordner. Wer auch immer hier arbeitete, hielt nicht viel von Ordnung. Etwas auf dem Tisch erlangte meine Aufmerksamkeit. Ein kleines, rotes Metallkästchen. Ich warf einen Blick nach rechts und links, niemand war zu sehen. Ich sollte zurück zu Zachery gehen, sollte ich wirklich. Doch meine Füße trugen mich wie automatisch zu diesem Metallkasten, der ein bisschen wie ein Tresor wirkte. Er war nicht geschlossen. Zischend entwich Luft zwischen meinen Zähnen, als ich die ganzen Scheine sah. Das war viel Geld, bestimmt mehrere Hundert Pfund.

Ehe ich meine Finger stoppen konnte, zogen sie einzelne Scheine hervor. Wer solch eine Menge Knete offen stehen ließ, war doch selbst schuld, oder etwa nicht?

Durch das Geld könnte ich Skinner erst einmal wieder beruhigen. Es wäre ein guter Puffer, durch den ich mehr Zeit mit Scott verbringen könnte. Wenn ich wieder selbst etwas verdiente, könnte ich es ja zurückgeben.

Ich zog noch ein paar Scheine raus. Das bisschen mehr oder weniger machte auch keinen Unterschied mehr. Eilig stopfte ich sie in die Hosentasche, schlich rasch aus dem Zimmer. Noch immer war niemand auf dem Gang zu sehen, keiner hatte etwas gemerkt.

Mit schnellen Schritten lief ich zurück zu unserem Arbeitsraum.

»Na, haben wir uns wieder beruhigt?« Zack sah kurz von seinem teuren Apple-PC auf, an dem wir die Plakate designten.

»Halt die Klappe«, entgegnete ich, allerdings in sanfterem Tonfall als vorhin.

Zachery sah nicht mal von seiner Arbeit auf. »Hab dich auch lieb.«

Mit einem Augendrehen in seine Richtung machte ich mich wieder an die Arbeit, verdrängte den Gedanken an das Geld und das schlechte Gewissen, das in mir aufstieg. Mittlerweile war ich gut darin. Jahrelange Übung. Ich tauchte meinen Pinsel in weiße Farbe.

»Er tut dir gut. Lass es ruhig zu.«

»Was?«

Zachery sah von seiner Arbeit auf, hob die Augenbrauen. »Scott. Er tut dir gut. Lass dich ruhig darauf ein.«

Ich runzelte die Stirn. »Was geht dich das an?«

Zachery seufzte und warf schwungvoll das Ende seines roten Schals über die Schulter. »Absolut gar nichts. Ich sag nur, was ich denke. Du wirkst wie ein Mensch, der nicht schnell Nähe zulässt. Warum auch immer. Ich hab keine Lust, deinen Therapeuten zu spielen. Ich gebe dir nur den guten Rat, nicht gleich davonzurennen, nur weil du kalte Füße kriegst. Glaub mir, ich weiß, wovon ich rede.«

»Aha.«

»Und komm jetzt ja nicht auf die Idee, dass ich Lust hätte, über deine Gefühle zu reden. Nichts liegt mir nämlich ferner.«

»Na, Gott sei Dank.« Ich schüttelte den Kopf und arbeitete weiter.

Kapitel 10

Mein Leben pendelte sich langsam ein. Ich wartete auf einen Knall, einen Zusammenprall beider Welten, doch bisher blieb er aus. Die Arbeit im Theater lief gut. Zachery schwankte stets zwischen Euphorie und blanker Panik, doch eigentlich kamen wir gut voran. Die ersten Plakate waren gedruckt und der Saal sah fantastisch aus. Zachery hatte es geschafft, so etwas wie Schablonen aufzutreiben, die man vor die Scheinwerfer setzen konnte. Durch sie wurde ein eisiges Licht in Form von Schneekristallen auf die Bühne geworfen. Es sah echt cool aus.

»Für Zack bist du so etwas wie der Messias«, meinte Scott lachend und nahm meine Hand, als wir das Theater verließen. »Ohne dich hätte er das nie geschafft.«

»Ach was. Er jammert zwar viel, aber eigentlich hat er echt was drauf.«

»Er sagt, du hättest die meisten Ideen für die Plakate gehabt.«

Ich zuckte mit den Schultern. »Ich bin gespannt, wie es aussieht, wenn alles fertig ist – und wenn ich das Stück endlich mal komplett gesehen habe. So ganz verstanden hab ich's glaub noch nicht.«

»Warte, bis du die Kostüme siehst.« Er grinste. »Mein Highlight ist ja der Auftritt von Adam als Elch.«

»Mein Highlight ist, wenn du singst.«

»Schleimer.« Scott zwickte mich neckisch in die Seite.

»Hey, das ist mein Ernst. Keine Ahnung, wenn du singst, dann geht es direkt hier rein.« Ich deutete auf mein Herz.

»Aw, und du sagst, du bist kein Romantiker.« Scott legte den Arm um meine Schultern.

»Ich bin *nicht* romantisch«, erwiderte ich mit Nachdruck.

»Ist gut, Romeo.« Scott tätschelte mir den Kopf.

Ich verdrehte die Augen.

»Schade, dass du heute schon wieder nicht kannst.«

Wir hatten die Kreuzung erreicht, an der sich unsere Wege wie jeden Abend trennten.

»Irgendwie muss ich mein Geld ja verdienen.«

Die Lüge kam mir mittlerweile leicht über die Lippen.

»Ich weiß. Trotzdem doof. Wir waren noch nicht mal zusammen auf dem Weihnachtsmarkt.« Er machte eine Schnute.

Ich zog ihn zu mir heran und küsste seinen Schmollmund. »Du weißt, dass ich die hasse, ja?«

»Wie kann man Weihnachtsmärkte hassen?«

»Glaub mir, es funktioniert. Wir sehen uns morgen, ja?«

Er seufzte theatralisch. »Manchmal bist du ein komischer Mensch, Tony. Aber na klar sehen wir uns morgen.«

»Ich weiß«, murmelte ich, lief die Treppen zur U-Bahn hinunter. Ich war in der Tat ein komischer Mensch.

Scott glaubte, dass ich abends in einem Restaurant spülte und so mein Geld verdiente. Er hatte keine Ahnung, dass ich noch immer bei meinem Dad zu Hause einen Teil des Theatergeldes in einer Teedose versteckte und es Schein für Schein an Skinner weiterreichte. Das schlechte Gewissen fraß mich beinahe auf, aber bis jetzt schien niemand etwas zu vermissen. Und Skinner war erst einmal zufrieden, immerhin hatte er keine weiteren Fragen gestellt. Nur Nando schien beleidigt, weil ich nicht mehr so oft mit ihm auf Tour ging.

Der Fokus der Gang lag momentan generell stärker auf dem anstehenden Deal mit Mario als auf mir. Der Italiener hatte verkündet, er würde uns nach Silvester brauchen. Nur wofür sagte er nicht …

In Clerkenwell stieg ich aus dem Bus. Es war noch nicht besonders spät, die untergehende Sonne tauchte die Häuser in ein unheimliches, orange schimmerndes Licht. Auf den Straßen war wenig los. Ich zog den Reißverschluss meines Anoraks weiter zu, versuchte dem eisigen Wind keinen Einlass zu bieten. Der Winter hatte die Stadt mittlerweile fest im Griff. Schnee gab es in London eigentlich wenig und schon gar nicht im Dezember, doch dieses Jahr schloss ihn der Wetterbericht nicht aus. An Schneetagen stand die Stadt kopf, nichts funktionierte mehr normal. Ich kickte eine leere Coladose über den Gehweg, scheppernd verschwand sie in der Abflussrinne.

Hoffentlich war Skinner noch nicht da. Ich hatte heute viel Zeit am Theater verbracht, vielleicht zu viel. Und wehe, Max gab wieder blöde

Kommentare von sich. Der Kerl ging mir echt auf die Eier mit seiner provokativen Art. Vermutlich war er nur sauer, weil ich mich weigerte, ihn Rocket zu nennen. Was für ein bescheuerter Name.

»Da ist einer.«

Ehe ich reagieren konnte, packte mich jemand an den Schultern und zog mich in eine schmale Gasse. Vom ersten Schlag in den Magen wurde ich völlig kalt erwischt. Nicht einmal die Gesichter derjenigen, die mich da angriffen, hatte ich erkennen können. Stöhnend krümmte ich mich zusammen, meine Hand tastete zu dem Klappmesser in meiner Tasche, doch bevor ich es erreichen konnte, katapultierte mich ein Schlag in die Seite endgültig in den Dreck. Ein stechend scharfer Schmerz schoss durch meine Brust, ließ mich hilflos nach Luft schnappen.

Scheiße verdammt, war das mein Ende? Ich dachte an die Nachrichten von all den Jugendlichen, die auf der Straße erstochen und erschossen wurden. Alle in irgendwelche Bandenkriege verwickelt. War nun ich an der Reihe?

»Wir haben eine Nachricht an Skinner. Wir wissen, was er vorhat.«

»Ich hab keine Ahnung, wovon du redest.«

Jemand zog mich am Kragen hoch, ich erkannte das dunkle Gesicht von Ryan Akintoda, dem Anführer der Blackies.

Ein dreckiger Laut, einem Lachen nicht unähnlich, drang über meine Lippen. Sie würden mich nicht umbringen, das würden sie nicht wagen. Nicht, solange wir unter dem Schutz von Mario standen.

Ein Schlag ins Gesicht ließ mich augenblicklich verstummen. Ich schob den Kiefer hin und her. Immerhin nicht gebrochen. Trotzdem würde das wohl einen fetten blauen Fleck auf der Wange hinterlassen.

»Fuck!« Ich spuckte aus.

»Richte Skinner aus, er soll sich von Mario fernhalten und am besten in den verfickten Bezirk zurückkehren, aus dem er gekrochen ist.«

»Einen Scheiß werd ich tun.«

Dumme vorlaute Klappe, ein weiterer Hieb ließ mich zusammenkrümmen. Dieses Mal hielten mich zwei weitere Kerle fest, während ein dritter zuschlug. Fuck, tat das weh. Stöhnend kniff ich die Augen zusammen, griff mir an die Rippen.

»Weißt du, wir brauchen dich gar nicht lebend. Wir können ihm die Nachricht auch auf andere Weise ausrichten.«

Etwas Kaltes berührte meine Schläfe. Mein Kopf zuckte zurück und ich blickte in den Lauf einer verfickten Knarre.

Eiskalte Angst erfasste mich. Ich sah plötzlich die Grenze zwischen Leben und Tod, hauchzart und fein, deutlich vor mir. Ein Schuss, Bruchteile von Sekunden, konnten sie durchtrennen.

»Jetzt biste nicht mehr so vorlaut, hm?«

Ryan strich mir mit dem Pistolenlauf über die Stirn, auf der sich bereits Angstschweiß sammelte. Ich schluckte. Meine Kehle war trocken und kratzig. Es war Ryan anzusehen, wie überlegen er sich gerade fühlte. Mit dieser Knarre in der Hand. Die Macht, die sie ihm verlieh.

»Na, hast du's jetzt endlich gerafft?«

Ich nickte langsam.

»Gut. Dann sorgen wir mal dafür, dass du auch vorzeigbar aussiehst, wenn du die Nachricht überbringst.«

»Nein, ich …« Ryan schlug mir direkt ins Gesicht. Der Schlagring um seine Finger ließ die Haut an meiner Wange aufreißen. Der Schmerz trieb mir Tränen in die Augen. Ich krümmte mich zusammen, wollte mich am Boden zusammenkugeln, doch die anderen ließen mich nicht los. Der nächste Hieb traf meine ungeschützten Rippen, presste mir die Luft aus den Lungen. Ich kniff die Augen zusammen, atmete nur noch stoßweise. Wartete einfach, bis es vorbei war.

Humpelnd schleppte ich mich durch die Straßen, wusste kaum, wohin ich lief. Die Nacht hatte mittlerweile ihren tiefschwarzen Mantel um mich gelegt. Es war ein Mantel, der nicht wärmte. Irgendwie schaffte ich es, mich in einen Bus zu hieven. Der Fahrer bot an, mir ein einen Krankenwagen zu rufen, doch ich schüttelte vehement den Kopf. Keine Polizei, kein Krankenhaus. Es gab nur einen Ort, zu dem ich wollte. Ich igelte mich auf einem der Sitze ein, schloss die Augen, versuchte so flach zu atmen wie möglich, da jeder Atemzug mit einem Stechen in der Brust quittiert wurde.

»Wir sind da, Junge!«

Ich öffnete die Augen. Neben einer alten Dame war ich der einzige Fahrgast. Die Frau versuchte vehement, meinem Blick nicht zu begegnen.

Ich konnte es ihr nicht verdenken, ich musste fürchterlich aussehen. Ich nickte dem Busfahrer dankend zu, Worte kamen mir nicht über die Lippen. Humpelnd verließ ich den roten Doppeldecker.

In meinem Kopf war alles auf Rauschen gestellt, es war schwer, einen klaren Gedanken zu fassen. Alles in mir konzentrierte sich auf ein Ziel, ein braunes Klinkersteinreihenhaus. Da wollte ich hin. Jeder Schritt war beschwerlich, jeder Schritt tat weh. Endlich hatte ich die Straße erreicht, endlich stand ich vor dem Haus. Der Mut und die Kraft verließen mich.

Leise stöhnend ließ ich mich auf den Boden sinken, setzte mich auf die oberste Treppenstufe, lehnte mit dem Rücken gegen das Geländer. Ich war so nah, war den weiten Weg hierher gegangen, ohne nachzudenken – und jetzt traute ich mich nicht mehr. Was würde Scott von mir denken?

Mir war kalt, entsetzlich kalt. Meine Muskeln zuckten unkontrolliert, doch merkwürdigerweise war mir die Kälte willkommen, sie ließ mich weniger fühlen. Auch mein Gehirn nebelte sie immer mehr ein. Ich schloss träge die Augen, wurde immer müder.

»Hi, kann ich dir helfen?«

Ich musste zwei Mal blinzeln, um klar zu sehen. Am Fuße der Treppe stand ein Mädchen, irgendwo hatte ich sie schon einmal gesehen.

»Hörst du mich?« Sie runzelte die Stirn. »Bist du das, Tony? Warum sitzt … Ach du Scheiße!« Sie war einige Stufen hochgekommen, hatte das Licht des Bewegungsmelders ausgelöst, das nun geradewegs in mein Gesicht schien und mich blendete.

»Was ist mit dir passiert?«

Sie hatte die Augen weit aufgerissen. Hope war ihr Name. Endlich erreichte diese Information mein Gehirn. Sie war Scotts Mitbewohnerin.

»Hat dich jemand zusammengeschlagen?«

Wonach siehts denn aus?, wollte ich fragen, doch die Worte schafften nicht den Weg über meine Lippen.

»Warte, ich hol Scott.«

Hope schloss die Tür auf, ließ sie offen stehen. Eine mollige Wärme wehte zu mir nach draußen.

»Scott?«

Ich hörte polternde Schritte. Mir fielen die Augen wieder zu. Wenn ich doch wenigstens aufhören könnte zu atmen. Es tat so weh.

»Heilige Scheiße, was ist mit ihm passiert?«

»Das fragst du mich? Red mit ihm! Und bring ihn aus dieser Kälte, der ist ja schon halb erfroren.«

Scott kniete sich neben mich. Er trug nichts weiter als eine graue Jogginghose und ein weites schwarzes T-Shirt. So ungestylt hatte ich ihn noch nie gesehen. Irgendwie nahm ich alles wie aus weiter Ferne wahr, brauchte darum umso länger, um zu reagieren, als er und Hope mir auf die Beine helfen wollten. Schmerz durchzuckte meinen Brustkorb. Ich stöhnte.

»Vorsichtiger«, herrschte Scott seine Mitbewohnerin an.

Langsam fand ich wieder eine Verbindung zu meinen Beinen. Sie trugen mich hinein bis in die Küche. Scott verschwand gleich wieder, ließ mich und Hope allein. Sie musterte mich mit besorgt gerunzelter Stirn. Ich starrte teilnahmslos zurück, bis Scott mit einer Decke zurückkehrte, die er um mich herumwickelte. Kaum fing ich an aufzutauen, begann ich unkontrolliert zu zittern.

»Wir sollten einen Arzt rufen«, meinte Hope.

Ich schüttelte vehement den Kopf. »Kein. Arzt«, brachte ich mit zusammengebissenen Zähnen heraus.

»Tony, was ist mit dir passiert?« Scott setzte sich auf den Stuhl mir gegenüber. Ich mochte es nicht, wie sorgenvoll sein Gesicht war, ertrug dieses Mitleid nicht. Warum war ich ausgerechnet hierher gekommen? Das war ein Fehler gewesen. Ich drehte mich weg, schüttelte wieder den Kopf.

Scott seufzte. »Du musst mit uns reden, sonst können wir dir nicht helfen.«

»Gib ihm etwas Zeit.« Hope schaltete den Wasserkocher ein. Wenige Augenblicke später stand ein dampfender Tee vor mir.

»Kann ich euch allein lassen?«, fragte sie.

»Ich denke schon«, murmelte Scott, den Blick weiterhin auf mich geheftet.

»Ich bin nebenan, falls ihr was braucht.«

»Danke.«

Dann waren wir allein. Ich sah ihm nicht in die Augen, starrte nur in den Tee, der meine Fingerspitzen langsam wieder auftauen ließ. Mit der Wärme kam jedoch nicht nur das Leben zurück in meine Glieder, sondern auch die Erinnerungen. Das Gefühl der blanken Angst, als ich den Lauf der Knarre an meiner Schläfe gespürt hatte. So schnell hätte es vorbei sein können.

»Schhh …« Scott war näher gerückt, rieb mir die Schultern. Das Zittern war stärker geworden.

»Scheiße, Tony, was soll ich nur mit dir machen? Soll ich sicher keinen Arzt rufen?« Verzweiflung lag in seinen großen braunen Augen.

Ich schüttelte den Kopf. »Wird schon wieder.«

»Oh Mann, Tony. Wer hat dir das angetan?«

Ich schüttelte nur erneut den Kopf, wollte nicht an die Blackies, an Ryan Akintoda denken. Nicht an die Knarre, nicht an die Angst. Nicht an Skinner.

»Okay, du willst nicht darüber reden. Ich verstehe schon. Aber kann ich dich wenigstens verarzten? Ein bisschen zumindest?«

Langsam nickte ich. Ich hatte keine Ahnung, was an mir alles kaputt war. Meine linke Gesichtshälfte pochte unangenehm, das Auge begann bereits zuzuschwellen, zu tiefes Einatmen schmerzte. Ob die Rippen gebrochen waren? Hoffentlich nicht, das hatte Olli mal mitmachen müssen, das dauerte ewig. Ich ließ mir von Scott das Gesicht waschen, zischte, als er die Wundränder berührte.

»Kannst du dein T-Shirt ausziehen? Dann können wir vielleicht sehen, wie schlimm es tatsächlich ist.«

Jede Bewegung war schmerzhaft. Schon nachdem ich mich aus der Jacke geschält hatte, war ich völlig fertig, also half mir Scott beim T-Shirt.

»Du kannst es ja gar nicht abwarten, mich nackt zu sehen, hm?«, brummte ich.

Er schüttelte den Kopf, endlich huschte ein kleines Lächeln über sein Gesicht. »Du machst Witze, das ist gut. Dann kann es dir gar nicht so schlecht gehen.«

»Galgenhumor.«

»Vom Galgen bist du wohl gerade noch gesprungen. So schlimm sieht's gar nicht aus.«

Die Berührung von Scotts Fingern auf meinem nackten Brustkorb schickte Schauer über meinen Körper. Keine Kälteschauer. Ich tastete selbst vorsichtig über meine Rippenbögen, verzog das Gesicht. Schmerzhaft war es, keine Frage, aber sie schienen nicht gebrochen zu sein. Das war gut. Dann war alles halb so wild.

»Hab wohl noch mal Glück gehabt«, murmelte ich.

Scott hob die Augenbrauen. »Wenn du es so nennen willst.«

»Könnte schlimmer sein.«

»Wenn du das sagst.«

»Immerhin hab ich dich jetzt kniend vor mir. Auch ein Erfolg.«

Scott sah mich kurz verdutzt an, dann lachte er schallend. Endlich. »Das hättest du auch einfacher haben können.«

Ich schmunzelte, zu mehr war ich nicht fähig. »Sag mal, hast du Schmerzmittel? Möglichst hochdosiert wäre gut.«

»Oh, sicher. Sorry, dass ich nicht eher daran gedacht habe.« Er sprang auf, eilte aus dem Zimmer. Kaum war er weg, befiel mich das beklemmende Gefühl der Einsamkeit. Ich wollte nicht allein sein. Keine Sekunde lang.

Wenig später war er wieder da, mit Tabletten in der Hand.

»Das ist das Stärkste, was ich gefunden habe. Die hab ich noch vom letzten Jahr, als ich meine Weisheitszähne gezogen bekommen habe. Bei mir haben sie gut geholfen.«

»Perfekt.« Ich warf gleich zwei ein, schluckte sie samt dem Rest lauwarmen Tees hinunter. Leise stöhnend lehnte ich mich zurück, jetzt musste nur noch die Wirkung einsetzen …

»Du solltest dich hinlegen.«

Ich nickte langsam. »Sorry, ich wusste nicht …« Ich schluckte. »Ich wusste nicht, wo ich sonst hinsoll.«

Scott lächelte warm. »Schon gut. Das ist ja schließlich nicht dein Fehler.« Er zögerte. »Oder?«

Ich wich seinem Blick aus, seufzte. »So langsam beginnen die Tabletten zu wirken.«

»Komm, ich bring dich hoch in mein Zimmer.«

»Ist gut.«

Stöhnend rappelte ich mich auf, stützte mich auf ihn und ging mit seiner Hilfe die Treppe hinauf. Sein Zimmer war auf der rechten Seite, mit Blick in den Garten. Es war relativ klein, was vor allem so wirkte, weil es sehr zugestellt war. Scott besaß eine Menge Zeug. Rasch machte er sich daran, einige Sachen aus dem Weg zu räumen.

»Ich war nicht auf Besuch eingestellt«, erklärte er mit hochrotem Kopf und schob eilig ein paar Unterhosen unter das Bett. Mir war das alles egal. Stöhnend setzte ich mich auf das große, weiche Bett, ließ den Blick träge durch den Raum schweifen.

So lebte Scott also. Das Zimmer war das krasse Gegenteil zu meinem bei Dad. Die Regale quollen über vor Büchern, auf einem Sessel in der Ecke stapelte sich ein großer Berg Wäsche, überall lag etwas herum. Ein kunterbuntes Durcheinander. Es juckte mich in den Fingern, etwas Ordnung hineinzubringen.

An den Wänden hingen Film- und Musicalplakate, manche von ihnen signiert. Die meisten sagten mir nichts, einige kannte ich von Streifzügen durch das West End, zum Beispiel das Phantom der Oper oder Book of Mormon. An einer Pinnwand steckten Eintrittskarten. Jede Menge Eintrittskarten.

»Hast du die alle gesehen?«

Scott grinste. »Oh ja, und noch viele mehr.«

Wie viel das gekostet haben musste! Wir hatten uns nur einmal einen Musicalbesuch leisten können und weit oben in der Ecke gesessen. Trotzdem hatten wir alles gesehen.

»Vielleicht können wir ja mal zusammen wo hingehen.«

Seufzend ließ ich mich mit dem Rücken aufs Bett gleiten, starrte an die Decke. Das würde ich mir nie leisten können.

»Das wäre schön.«

Mir fielen die Augen zu. Der Schmerz verebbte immer mehr, dafür machte sich eine bleierne Müdigkeit breit, lähmte auch mein Gehirn, erschwerte das Denken. Ich hatte nichts dagegen.

»Versuch ein bisschen zu schlafen.« Ich hörte Scotts Stimme wie aus weiter Ferne. Schlaf. Ja, das klang gut.

Kapitel 11

Wir brauchen dich gar nicht lebend. Eigentlich sind wir sogar ganz froh, wenn wir dich los sind. Niemand braucht dich.« Das war Skinners Stimme. Der kalte Lauf der Pistole drückte gegen meine Stirn.

»Bitte …«, flehte ich. Panik schnürte mir die Kehle zu. Ich wollte mich bewegen, konnte es aber nicht. Mein Körper war in einem Netz aus Kabeln gefangen.

Ein Klicken signalisierte das Spannen des Abzugs. *»Dann ist es wenigstens vorbei.«*

Ich will nicht, dass es vorbei ist, schoss es mir durch den Kopf. Ein ohrenbetäubender Schuss ertönte, die Kugel bohrte sich in meine Schläfe.

Mit einem Schrei in der Kehle schreckte ich hoch. Adrenalin schoss durch meine Adern, ließ mein Herz rasen, als wäre ich einen Marathon gelaufen. Mein Atem ging nur noch stoßweise, mit jedem Atemzug schoss ein Schmerz durch meine Brust. Kalte Angst saß mir im Nacken, hielt mich gemeinsam mit der Panik eng umschlungen.

Mit einigen hastigen Tritten befreite ich mich von der Decke, die sich im Schlaf um mich gewickelt hatte. Mein Körper war bedeckt von Schweiß. Es war dunkel, ich konnte nicht erkennen, wo ich war. Die Gedanken brauchten einen Moment, um wieder geordnete Kreise zu ziehen. Ich war in Sicherheit, niemand bedrohte mich, niemand zielte mit einer Knarre auf mich.

Neben mir regte sich etwas. Keuchend entwich angehaltene Luft meinem Mund. Scott! Ich war bei Scott! Hastig tastete ich nach links, stieß auf etwas Warmes, Weiches. Ein Körper. Ein lebender, Wärme spendender Körper. Erleichtert atmete ich auf. Ich war nicht allein. Ein Glück war ich nicht allein.

Scott brummte. »Was ist los? Tony?«

Ein patschendes Geräusch ertönte, gefolgt von etwas, das scheppernd zu Boden fiel.

»Verdammt.« Kurz darauf flammte ein Licht auf.

Stöhnend kniff ich die Augen zusammen.

»Was ist passiert? Geht es dir schlechter?«

Scott setzte sich auf, die Augen ähnlich zusammengekniffen wie ich. Erst jetzt bemerkte ich, dass ich noch immer flach und sehr schnell atmete. Das Adrenalin und vor allem die Panik hatten meinen Körper noch nicht vollständig verlassen.

»Alles gut«, murmelte ich. Der Albtraum steckte mir noch immer in den Knochen, das Gefühl der Angst saß mir im Nacken. Es war so verdammt knapp gewesen. So verdammt knapp. Ich spürte, wie Tränen in mir hochstiegen. Zwei Mal musste ich schwer schlucken, um sie loszuwerden.

»Hey, alles okay?« Scott legte mir eine Hand auf die nackte Schulter. Mir fiel auf, dass ich nichts weiter trug als meine Boxershorts. Er musste mir die Jeans ausgezogen haben, als ich bereits geschlafen hatte. Umso besser.

Seine Hand strömte eine angenehme Wärme aus. Das tat gut. Ich brauchte mehr davon. Zwei keuchende Atemzüge entwichen meinem Brustkorb, dann lehnte ich mich nach vorn, drückte meine Lippen auf Scotts, küsste ihn hart, schob meine Zunge in seinen Mund. Mit einer Hand hielt ich seinen Nacken fest, mit der anderen langte ich, ohne zu zögern, an den Bund seiner Pyjama-Hose. Ich spürte bereits, wie Scott hart wurde, konnte seinen Schwanz unter dem dünnen Stoff fühlen. Mir entwich ein hungriges Stöhnen. Das war genau das, was ich jetzt brauchte. Ich wollte ihn gerade von seiner Hose befreien, da packte er mich am Handgelenk, schob mich unsanft zurück.

»Spinnst du?«

Er sah mich erschrocken an, die Lippen gerötet von meinen unsanften Küssen, die Augen weit aufgerissen.

»Ich will dich«, raunte ich, kämpfte gegen seinen Druck an, versuchte ihm wieder näher zu kommen, ihn erneut zu küssen. Doch Scott blieb standhaft, stieß mich sogar etwas kräftiger zurück, ein Stich in den Brustkorb ließ mich zusammenzucken.

»Was zum Teufel ist in dich gefahren?«, raunzte er mich an.

»Komm schon, du willst es doch auch. Lass mich dich ficken.«

Ich griff nach Scott, wollte ihn an der Hüfte zu mir ziehen. Doch keine Chance, er wich mir aus, sprang sogar aus dem Bett. Die Zurückweisung riss ein Loch in mich, es begann mich von innen aufzufressen.

»Bitte«, hauchte ich. Ich brauchte ihn. Jetzt.

Die Ablehnung in Scotts Blick tat mehr weh als die Schmerzen in meiner Brust.

Er schüttelte den Kopf. »Keine Ahnung, was heute vorgefallen ist. Aber du bist verletzt und voll auf Schmerzmitteln. Ich werde nicht dein Verzweiflungsfick sein. Du bist nicht ganz bei Sinnen.«

»Ich war nie klarer …«

»Du kannst kaum allein stehen.«

»Schwachsinn.«

Scott verschränkte die Arme. »Tony, ehrlich, was ist los mit dir?«

Ich öffnete hilflos den Mund, suchte nach Worten, fand keine, die mir weiterhalfen. Was war los mit mir? Die Gefühle hingen wie Gewichte an mir, drückten mich hinunter. Ich drohte zu versinken. Alles, was ich wollte, war, dass mich jemand festhielt.

Urplötzlich verließen heisere Schluchzer meine Kehle, ließen meine Brust erbeben. Schmerzhaft und unaufhaltsam. Meine Wangen waren nass, keine Ahnung, wann ich angefangen hatte zu weinen. Jetzt waren die Tränen nicht mehr aufzuhalten. Ich verlor die Kraft, das Adrenalin, sackte zurück in die Kissen. Dann waren da plötzlich zwei Arme, Scott zog mich hoch, in seine Umarmung. Mein nasses Gesicht fand Platz an seiner Schulter, in seiner Halskuhle, während seine Hände über meinen bebenden Rücken strichen.

»Alles wird gut«, murmelte er in mein Ohr.

Ich schämte mich für diesen Ausbruch, für die Tränen, das Schluchzen, doch ich konnte nichts mehr ändern, sie mussten einfach raus. Die ganze Anspannung, all die Angst suchten ihr Ventil. Ich hatte vergessen, wie befreiend es sein konnte, einfach loszulassen. Ich hatte vergessen, wie sich echte Nähe anfühlte.

Scott schwieg, war einfach da und hielt mich fest. Auch als die Tränen langsam versiegten und in mir nichts zurückblieb außer kraftloser Leere, sagte keiner von uns ein Wort. Mein Gesicht blieb an seiner Brust verborgen, ich atmete seinen Geruch ein, lauschte seinem stetigen Herzklopfen.

Mein Puls passte sich immer mehr seinem an, wurde langsamer und ruhiger. Ich spürte, wie ich immer wieder wegdriftete, die Augen nicht mehr aufbekam.

Über meiner rechten Schläfe saß ein pulsierender Kopfschmerz, erinnerte mich mit jedem Stechen daran, was vergangene Nacht vorgefallen war, wie ich Scott behandelt hatte und wie ich verdammt noch mal heulend in seinen Armen eingeschlafen war.

Auch wenn ich bereits seit geraumer Zeit wach war, hielt ich die Augen fest geschlossen. Mir graute davor, was passieren würde, wenn ich sie öffnete. Ich schuldete Scott eine Erklärung – falls er mich nicht sofort rauswarf. Der Gedanke, das Haus zu verlassen, versetzte mich in Schrecken. Ich wollte nicht gehen, nicht zurück in die Wohnung. Noch nicht.

Allerdings lag einer seiner Arme noch immer auf meiner Hüfte. Ich spürte seinen warmen, gleichmäßigen Atem in meinem Nacken. Im Schlaf hatten wir uns wohl in eine bequeme Löffelchenstellung gedreht.

Ich wagte mich kaum zu bewegen. Zum einen, um Scott nicht aufzuwecken, zum anderen, weil jede Bewegung mir Schmerzen bereitete. Ich drehte den Kopf leicht, damit der raue Stoff des Kopfkissens nicht länger über die Wunde an meiner pochenden Wange kratzte. Meine Brust tat wieder mehr weh, es würden sich wohl einige blaue Flecken auf meinem Oberkörper bilden. Doch ich wollte nicht noch einmal Schmerzmittel nehmen. Zum Teil gab ich ihnen die Schuld für mein Verhalten in der vergangenen Nacht. Ich presste die Lippen fest zusammen. Was würde Scott jetzt wohl über mich denken?

Wenig später regte er sich. Feige wie ich war, stellte ich mich weiterhin schlafend. Das Rascheln der Bettdecke und das leise Tappen von Fußsohlen auf dem Parkettboden verrieten mir, dass er das Zimmer verließ, die Stufen der Treppe knarrten unter seinem Gewicht. Unten klapperte Geschirr und leise Stimmen waren zu hören. Natürlich. Hope und Hannah waren auch da.

Langsam setzte ich mich auf. Mein Kopf dröhnte, mein Körper fühlte sich an, als wäre eine Herde Elefanten darüber getrampelt, doch ich konnte mich nicht ewig schlafend stellen.

Wenn in meinem Kopf nur nicht so ein Durcheinander herrschen würde. Ich wünschte, ich könnte erklären, was in meinem Inneren vor sich ging, was ich fühlte.

Ich seufzte leise. Sie redeten da unten über mich, so viel war sicher. Ich konnte mich genauso gut an dem Gespräch beteiligen. Für immer verstecken war ohnehin keine Option.

Auf dem Boden fand ich meine Jeans, fein säuberlich zusammengelegt. Über meinen nackten Oberkörper zog ich eine schwarze Sweatshirt-Jacke, die ich vom Kleiderstapel auf dem Sessel in der Ecke klaubte. An ihr haftete noch Scotts Geruch. Einigermaßen bekleidet tappte ich langsam nach unten, fühlte mich dabei wie ein Invalide.

Natürlich wussten die anderen bereits, dass ich kam, das Knarren der Treppe war kaum zu überhören. Scott kam mir auf dem Flur entgegen.

»Wie geht es dir?«

»Hervorragend«, murmelte ich. »Könnte einen Marathon rennen.«

Ein Lächeln huschte über Scotts Gesicht, allerdings von Unsicherheit begleitet.

»Komm, trink erst mal einen Tee.«

Er führte mich in die Küche. Hope stand mit verschränkten Armen gegen die Spüle gelehnt, in ihrer Haltung und ihrem Blick lag etwas Ablehnendes. Am Tisch saß das rothaarige Mädchen mit den vielen Sommersprossen, das ich bisher nur von Bildern kannte. Das musste Hannah sein.

»Morgen«, brummte ich. Irgendwie konnte ich mit der ganzen Situation nicht gut umgehen. Das waren mir zu viele unbekannte Menschen in einem Raum.

»Du siehst fürchterlich aus«, begrüßte mich Hope trocken.

»Danke«, erwiderte ich scharf, ließ mich auf einen der Stühle gegenüber von Hannah fallen.

Deren Blick lag auf meiner nackten Brust. Über Nacht hatten sich bereits einige blau-grüne Verfärbungen gebildet. Ich zog den Reißverschluss der Jacke bis zum Hals zu.

»Ich hab noch Salbe oben. Die hilft gegen Prellungen.« Hannah lächelte freundlich.

Ich nickte. »Danke.«

Scott hatte mir den Rücken zugedreht, kochte Wasser und bereitete

Toast zu, während mich die beiden Mädchen beobachteten. Hope nippte langsam an ihrer Tasse, den Blick auf mich gerichtet.

Die ganze Situation war mir unangenehm. Ich begann mit dem Fingernagel die Maserung des Tisches nachzufahren, kratzte so lange daran herum, bis sich mir ein Holzsplitter in die Fingerkuppe bohrte.

»Können wir raus?«, fragte ich Scott, kaum stellte er Tee und Teller vor mir ab.

»Raus?« Er hob überrascht die Augenbrauen. »Es ist kalt.«

Ich zappelte unruhig mit dem Fuß. »Bitte.«

»Wir können uns auf die Terrasse setzen, wenn du das willst.« Scott öffnete die Glastür.

Dankbar nickte ich und schob mich an ihm vorbei. Die eisige Kälte ließ kurz meinen Atem stocken, doch hier draußen fühlte ich mich freier. Endlich allein. Ich setzte mich auf die Holzbank, die gegen die Hauswand lehnte, kramte in meiner Hosentasche herum und zog mit einem Seufzer der Erleichterung eine Packung Zigaretten hervor.

»Mach die Tür zu«, murmelte ich mit der Kippe im Mund, zündete sie rasch an und inhalierte gierig den Rauch.

Scott stand daneben, beobachtete mich stumm. Mir fiel auf, dass er an diesem Morgen noch gar nicht viel gesagt hatte.

Ich räusperte mich. »Danke fürs Frühstück.« Der Marmeladentoast stand unberührt auf dem Tisch, neben ihm eine dampfende Tasse Tee.

»Gerne.«

Ich wich seinem Blick aus, sah hinaus in den Garten. Keiner der drei Bewohner des Hauses schien einen grünen Daumen zu haben. Das vertrocknete Laub wurde vom Wind über den braun-grünen Rasen gewirbelt, der ziemlich verwildert aussah.

Ich nahm einen weiteren tiefen Zug von der Zigarette. »Ich schätze, wir sollten über letzte Nacht reden.«

Scott seufzte leise. »Sollten wir wohl.«

Darauf folgte kurzes Schweigen. Er stand noch immer neben Tür, rieb sich fröstelnd die Arme.

Ich kratzte mich mit dem Daumen an der Stirn.

»Ich hab keine Ahnung, was in mich gefahren ist. Vermutlich war's der Schock.«

»Hm. Du hast mir auch einen Schock verpasst.«

»Sorry.« Meine Stimme klang heiser. Ich klammerte mich an die Zigarette in meiner Hand, konzentrierte mich aufs Rauchen.

Endlich setzte sich Scott neben mich. »Was ist wirklich passiert, Tony? Wer hat dich so zusammengeschlagen?«

Zitternd nahm ich einen weiteren Zug. Es war wirklich kalt hier draußen.

»Mein Leben ist komplizierter, als ich dir bisher erzählt habe. Ich hab keinen Job in einem Restaurant. Das war gelogen. Tut mir leid.«

Man sah Scott an, wie es in ihm arbeitete. Er runzelte die Stirn. »Okay, aber warum hast du gelogen?«

»Ich wollte nicht, dass du mich für einen vollständigen Versager hältst. Denn das bin ich. Ich hab keinen Abschluss, keine Jobmöglichkeiten, keine Perspektiven. Ich bin ein Niemand.«

»Schwachsinn«, widersprach Scott. »Du bist noch nicht mal zwanzig.«

Ich schüttelte den Kopf. »Du verstehst das nicht. Du kommst nicht von da, wo ich aufgewachsen bin. Da kommt man nicht so einfach raus.«

»Dann hat dich jemand von dort zusammengeschlagen?«

Langsam nickte ich.

»Warum?«

Ich hob die Schultern, suchte verzweifelt nach einer Antwort. Die Wahrheit konnte ich ihm unmöglich sagen. »Sie brauchen nicht immer einen Grund«, erwiderte ich ausweichend.

»Wer sind *sie*?«

»Straßengang.«

»Ich dachte, du würdest nicht mehr da wohnen. In Hackney.«

»In Clerkenwell gibt's auch Gangs. Die gibt es überall.« Unschlüssig hielt ich die immer kleiner werdende Kippe in der Hand, wollte sie gerade am Boden zerdrücken, da reichte Scott mir einen Blumenuntertopf.

»Danke«, murmelte ich.

»Fuck.« Es kam selten vor, dass ich ihn fluchen hörte. »Diese scheiß Gangs. Kennst du sie?«

»Die Gang? Jeder bei uns kennt sie.«

»Anzeigen bringt vermutlich nichts, hm? Die Polizei sollte mehr gegen sie unternehmen, verdammt noch mal! So viele junge Leute geraten in diese unsinnigen Kleinkriege, ich versteh das gar nicht. Es ist so dumm! Die werfen einfach so ihr Leben weg.«

Ich schwieg. Wie sollte ich ihm erklären, dass ich ebenfalls in so einer Gang war, sie als meine Familie bezeichnete. Alles war so kompliziert …

Ich zündete eine weitere Zigarette an.

»Wenn du willst, kannst du erst mal hierbleiben. Hannah und Hope fahren in den nächsten Tagen sowieso nach Hause. Dann sind wir allein.«

»Danke.« Ich seufzte leise. Das war ein Angebot, das ich nur zu gerne annehmen wollte. Etwas Abstand würde mir guttun. Vielleicht würde ich auf diese Weise wieder etwas mehr Ordnung in mein Leben bringen können. Einen besseren Durchblick kriegen. Außerdem konnte mein Körper sicher etwas Ruhe vertragen.

»Ich werde wohl auf Hannahs Salben-Angebot zurückkommen müssen.«

»Ja, mach das.« Scotts Blick wanderte zur Küche. Die Mädels waren verschwunden.

»Sie mögen mich nicht besonders, hm?«

Scott zuckte mit den Schultern. »Sie kennen dich nur noch nicht. Die beiden sind einfach etwas besorgt, das ist alles.«

»Hm.«

»Sie werden dich mögen. Versprochen.«

Mit gerunzelter Stirn zerdrückte ich auch die zweite Zigarette im Blumenuntertopf. Ich war niemand, den man leicht ins Herz schloss. Bereits früher in der Schulzeit hatte ich mich eher wie ein Einzelgänger verhalten, hatte bis auf Molly nur wenige Freunde. Ich war nicht wie Scott, für den das Kennenlernen neuer Leute so leicht war wie atmen.

Scott stupste mich an. »Ein Penny für deine Gedanken.«

Ich seufzte. »Sorry.«

»Ich hoffe, du lässt mich da in Zukunft mehr rein.« Er tippte mit dem Zeigefinger gegen meine Schläfe. »Für mich bist du immer noch ein Buch mit sieben Siegeln.«

»Zu den meisten hab ich selbst wohl keinen Schlüssel«, brummte ich.

Scott blieb ernst. »Bitte lüge mich nicht mehr an, ja? Du musst mir nicht alles aus deinem Leben auf einmal erzählen. Das ist okay. Aber bitte lüg mich nicht mehr an.«

Ein dicker Kloß saß in meinem Hals. »Tut mir leid«, flüsterte ich.

Scott legte seinen Arm um mich, zog mich näher zu sich heran. Es fühlte sich seltsam gut an, meinen Kopf gegen seine Schulter zu lehnen. So etwas hatte ich vorher nie gemacht. Es fühlte sich an wie Geborgenheit,

Ankommen, Heimat. Tränen schossen mir in die Augen. Warum war ich in den vergangenen Tagen so verdammt nah am Wasser gebaut?

Scott strich mir über den Arm.

»Wir kriegen das alles schon irgendwie hin«, murmelte er.

Ich antwortete nichts darauf, schloss nur die Augen und genoss die Wärme, die sein Körper ausstrahlte.

»Es ist echt arschkalt hier draußen. Wollen wir nicht wieder reingehen?«

Ich setzte mich wieder auf. »Ich mag die Kälte.«

Scott lachte leise und erhob sich. »Du magst die Kälte für meinen Geschmack etwas zu sehr.« Mit Sicherheit dachte er an den vergangenen Abend.

Er reichte mir die Hand und half mir beim Aufstehen.

»Meine Kleidung steht dir übrigens gut.« Ein schelmisches Funkeln trat in seine Augen. »Obwohl du mir ohne auch ganz gut gefällst.«

Ich lachte leise. »Das hast du mir jedenfalls voraus.«

»Oh, das ist vielleicht gut so.« Er strich sich über den Bauch. »Eine Bikini-Figur hab ich nicht zu bieten.«

»Jetzt bist du es, der Schwachsinn redet.« Ich schlang meine Arme um seinen Nacken, küsste ihn sanft auf die Lippen. »Lass uns reingehen. Du darfst mich mit Salbe einreiben.«

Kapitel 12

Wo steckst du??

Was is los?!

Fuck u Tony! Antworte mal!

Unschlüssig hielt ich das Smartphone in der Hand. Sieben verpasste Anrufe. Fünf von Nando, zwei von Skinner. Mehrere Nachrichten von der ganzen Gang. Scheiße, ich sollte wirklich antworten. Doch was sollte ich schreiben?

»Ich dreh noch durch. Diese Szene will einfach nicht in meinen Kopf.«

Ich war so in meine Gedanken vertieft, dass ich zusammenzuckte, als Scott ins Zimmer kam, und das Handy in den Schoß fallen ließ.

»Ich kann mir das einfach nicht merken. Ganz ehrlich, der Monolog ist einfach zu lang.«

Seufzend lehnte ich mich im Sessel zurück. »Soll ich dich noch mal abfragen?«

Scott raufte sich die lockigen Haare. »Argh, vielleicht später, ja? Mann, ich muss das endlich hinkriegen. Es sind nur noch wenige Wochen bis zur Premiere.«

»Ich weiß. Du schaffst das.«

»Ich muss! Ohne jetzt angeberisch zu klingen, aber meine Rolle ist wichtig. Ich muss das Publikum zum Lachen bringen. Da muss jede einzelne Silbe sitzen.«

»Keiner wird das besser hinbekommen als du.«

Er ließ sich rücklings aufs Bett fallen, das unter seinem Gewicht quietschte. »Ich will einfach endlich wieder auf der Bühne stehen, verstehst du?«

Ich hob die Augenbrauen. »Ganz ehrlich? Nein. Ich wollte nie auf der Bühne stehen.«

Scott stützte sich auf seinen Ellenbogen ab, grinste mich an. »Du weißt echt nicht, was du verpasst. Solltest es mal ausprobieren.«

»Vergiss es.«

»Na, schauen wir mal. Eines Tages krieg ich dich schon noch auf die Bühne. Ich soll dich übrigens von Zack grüßen. Du sollst dich gefälligst damit beeilen, deinen Arsch wieder hochzukriegen.«

»Lass mich raten, er rennt heulend durchs Theater und nennt mich den Menschen, der ihn in seinem bisherigen Leben am meisten enttäuscht hat.«

»Ziemlich akkurat, ja. Und er wünscht dir gute Besserung.«

Seit meiner Begegnung mit den Blackies hatte ich Scotts Haus nicht mehr verlassen. Die meiste Zeit blieb ich in seinem Zimmer oder saß draußen auf der Terrasse. Mit Hope und Hannah verbrachte ich nur Zeit, wenn Scott auch da war. Mir war nicht danach, neue Bekanntschaften zu schließen.

Nachdenklich drehte ich das Smartphone in der Hand, ließ den Bildschirm immer wieder aufleuchten, nur um ihn gleich darauf wieder auszuschalten.

»Sie vermissen dich, weißt du?«

Im ersten Moment dachte ich, Scott sprach von Skinner und der Gang. Doch das war natürlich unmöglich.

»Ach was«, brummte ich.

»Doch, na klar. Du gehörst jetzt dazu. Isla und Holly haben schon überlegt, ob sie dir Blumen schicken sollen oder so.«

»Um Gottes willen!«

Scott lachte. »So hab ich auch reagiert. Du liegst ja nicht im Sterben.«

Seufzend streckte ich mich, verzog das Gesicht als es in der Brust stach. »Noch nicht zumindest.«

»Wirst du auch nicht.« Er verdrehte die Augen. »Sei froh, dass du in den letzten Tagen nicht bei den Proben warst. Es herrscht ein heilloses Durcheinander.«

»Noch mehr als sonst?«

»Wir wurden beklaut.«

Alarmiert setzte ich mich auf. »Was?«

»Einige Hundert Pfund sind aus unserer Kasse verschwunden.«

»Fuck.« Das Herz klopfte mir bis zum Hals. Wenn herauskam, dass ich …

»Du sagst es. Das Komische ist halt, dass nicht alles genommen wurde. Jeder Dieb hätte das ganze Geld mitgenommen. Dass nur ein Teil fehlt, spricht dafür, dass es einer von uns war. Was die ganze Sache noch schlimmer macht.«

Ich presste die Lippen zusammen. Dass man zu dieser Schlussfolgerung kommen könnte, hatte ich nicht bedacht.

»Habt ihr schon eine Vermutung?«

Scott schnaubte. »Nein, verdammt. Ich kann mir auch echt nicht vorstellen, dass es einer von uns war.«

»Hm.«

»Und wie geht es dir heute?«

Mein Handy vibrierte. Eine weitere Nachricht von Nando:

Meld dich, Bastard.

»Was ist los?«

Ich sah auf. »Hm?«

»Du hast mir gar nicht zugehört, was? Ich hab dich nur gefragt, wie es dir heute geht. Wichtige Nachricht?«

Ich steckte das Smartphone zurück in die Hosentasche. »Ach, nichts. Nur ein Freund, bei dem ich mich mal wieder melden sollte.«

»Dann mach das doch gleich. Freunde sollte man nicht zu lange warten lassen. Ich muss eh noch diese verdammte Szene lernen.« Seufzend rappelte sich Scott auf, griff sich sein Textbuch und verließ das Zimmer.

Auf meiner Unterlippe herumbeißend sah ich ihm hinterher. Manchmal sagte Scott unbewusst genau das Richtige.

»Fuck«, murmelte ich. Ich war's den Jungs schuldig.

Meine Nervosität ließ mich nicht still sitzen. Ich lief auf der Terrasse auf und ab, in der einen Hand hielt ich unschlüssig das Smartphone, mit der anderen klammerte ich mich an einer Zigarette fest. Die kühle Morgenluft biss mir in die Finger. Von hier draußen konnte ich Scott sehen, der am Küchentisch saß, in sein Textbuch vertieft. Dann und wann bewegten sich seine Lippen und er bekam diesen typischen Theaterausdruck auf dem Gesicht, wenn er seinen Text rezitierte. Er sah auf und grinste mich an.

»Ach, fuck it.«

Rasch zerdrückte ich die Kippe im Blumenuntersetzer und ohne länger zu überlegen, wählte ich Nandos Nummer. Bereits nach zwei Sekunden Läuten ging er ran.

»Hijo de puta!«

»Komm mal wieder runter.«

»Warum hast du dich nicht gemeldet, eh? Wir haben …«

»Die Blackies haben mich erwischt.«

»Mierda! Die Blackies? Qué? Was ist passiert?«

»Auf dem Nachhauseweg. Haben mich übelst zusammengeschlagen.«

»Bist du im Krankenhaus?«

»Nein, bin bei einem Freund untergekommen. Ich …«

»Was für ein Freund?«

»Ein Freund eben. Ich brauchte erst mal etwas Abstand.«

»Abstand? Von uns? Por qué? Wir sind tu Familia! Du solltest herkommen. Sofort. Wir werden die Blackies fertigmachen. Wir …«

»Nein, ich bleib noch etwas hier. Ich muss …«

»Por qué? Wo bist du?«

»Das sagte ich doch …«

»Sag uns, wo du bist.«

Ich seufzte, fuhr mir durchs Haar. Genau deshalb hatte ich dieses Gespräch nicht gewollt. »Sag den anderen, dass ich sicher bin – und es mir den Umständen entsprechend gut geht.«

»Sag es ihnen …«

»Und sag Skinner, die Blackies wissen, was er vorhat. Was auch immer das bedeutet.«

»Skinner hat Neuigkeiten von Mario. Du musst kommen, Tony, wir …«

»Gebt mir noch ein paar Tage.«

»Für was?«

»Bye, Nando.«

Ich legte auf, presste die Faust gegen die Stirn. Kurz darauf rief er zurück. Seufzend drückte ich den Anruf weg, schaltete das Handy aus.

Sie hatten erst einmal alles, was sie wissen mussten. Über den Rest konnte ich später noch nachgrübeln. Ich wollte jetzt erst mal weder an die Gang noch an ihren Deal mit Mario denken. Einen Schritt nach dem anderen.

»Alles gut?« Scott sah von seinem Textbuch auf. »Verdammt, ist das kalt, mach die Tür zu.«

Mit einem Knacken schloss ich die Terrassentür hinter mir, setzte Wasser auf. In meinem Leben hatte ich noch nie so viel Tee getrunken wie in den vergangenen Tagen.

Scott legte seinen Text zur Seite.

»Sag mal, was hast du eigentlich was für morgen geplant?«

Ich runzelte die Stirn, lehnte mich gegen die Küchenanrichte. »Nichts anderes als sonst. Warum?«

Scotts Augenbrauen schnellten in die Höhe. »Du weißt schon, was morgen für ein Tag ist, oder?«

»Montag.«

»Der?« Er machte eine auffordernde Handbewegung.

Ich sah in den Küchenkalender. »Keine Ahnung, ich … Oh, das meinst du also. Es ist fucking Heiligabend.«

Scott lachte. »Oh ja, *fucking* Heiligabend. Du scheinst ja viel von Weihnachten zu halten.«

Ich schnaubte abfällig, wandte mich ab, um kochendes Wasser in meine Tasse zu gießen.

»Mal ehrlich, wie konntest du vergessen, dass Weihnachten ist?«

Scott schien das keine Ruhe zu lassen. Ich zuckte mit den Schultern. Momentan hatte ich jegliches Bewusstsein für Zeit verloren, lebte von einem Tag in den anderen. Ich wusste, dass Dezember war, aber Weihnachten hatte sich auf leisen Sohlen an mich herangeschlichen.

»Sagen wir mal so, ich steh weder auf kitschige Weihnachtsdeko noch auf den Konsumterror, der zu diesem Zeitpunkt überall abgeht – und schon gar nicht stehe ich auf alte, bärtige Männer, die sich an kleinen Kindern auf ihrem Schoß aufgeilen.«

»Wow.« Scott hob abwehrend die Hände. »Ich hab ja einen richtigen Grinch vor mir.«

»Weihnachten ist das Fest der Reichen.«

»Quatsch, Weihnachten ist für alle. Es ist das Fest der Liebe!«

Über Scotts entrüstete Gesichtsausdruck musste ich beinahe lachen. Er schien wirklich zu glauben, was er sagte.

»An Weihnachten wird ein krasser sozialer Druck aufgebaut. Jeder gaukelt sich die perfekte Familie vor – und vor allem an diesen Tagen merkt man, wie weit man davon entfernt ist.«

Scott verschränkte die Arme. »Vergiss es, du kannst mir Weihnachten nicht madig machen.«

»Das will ich doch gar nicht.«

»Gut.« Ein Grinsen tauchte auf Scotts Gesicht auf. »Also?«

Ich seufzte. »Also was?«

»Bist du nicht bei deiner Familie?«

Ich schüttelte den Kopf, wich seinem Blick aus, wollte das Mitleid nicht sehen, das sich in seinen Augen spiegelte.

»Dann hast du gar nichts vor?«

Ich presste die Lippen fest aufeinander. »Nein«, antwortete ich kurz angebunden.

Einen Moment lang schwieg Scott. »Doch, jetzt schon«, sagte er entschieden.

»Was?«

»Du kommst mit mir.«

Ich runzelte die Stirn. »Wohin?«

In Scotts Augen blitzte es. »Na, zu meiner Familie.«

»Du machst Witze.«

»Oh, über Weihnachten scherze ich nie. Ich ruf nur mal eben meine Mum an.« Er holte sein Handy hervor.

»Spinnst du? Das kannst du nicht machen!« Ich schoss hoch, packte über den Tisch hinweg Scotts Hand mit dem Telefon.

Seine vollen Lippen umspielte ein Schmunzeln. »Warum nicht? Hast du Angst vor Weihnachten?«

»Ich kann doch nicht zu deiner Familie gehen! Ich …«

»Natürlich kannst du das«, unterbrach er mich. »Meine Mum hat bestimmt sowieso zu viel Essen gemacht. Auf einen mehr oder weniger am Tisch kommt es nicht an.«

»Aber …«

»Sie mögen Gäste.«

Ich räusperte mich. »Wissen sie …«

»Dass ich schwul bin? Na klar, das hatten wir doch schon.«

»Nein, ich meine, wissen sie … Wissen sie von mir?«

Scotts Gesichtsausdruck wurde wärmer. Er stand auf, legte seine Hand auf meine, löste sanft den Griff, mit dem ich noch immer seinen Arm umklammert hielt, und verschränkte seine Finger mit meinen. Ich mochte das warme Gefühl in meiner Brust, das solche Berührungen in mir auslösten.

»Nicht direkt. Ich hab meiner Mum nur erzählt, dass ich jemanden kennengelernt habe. Aber du solltest damit rechnen, dass sie eins und eins zusammenzählen kann.« Er lachte leise. »In solchen Dingen ist sie ganz gut, weißt du?«

»Aber … Wir können nicht …«

»Ich werde dich schon nicht als meinen zukünftigen Ehemann vorstellen, keine Angst. Ich wette mit dir, wenn ich ihnen sage, dass du nichts an Heiligabend vorhast, werden sie dich sowieso einladen. Ob du nun *mein* Freund bist oder nur irgendein Freund.«

»Aber …«

Scott stöhnte übertrieben. »Wie viele *Aber* hast du noch?«

Ich schnaubte. »So einige! Hast du dir mal angeschaut, wie ich aussehe?« Ich deutete auf meine linke Gesichtshälfte, die noch immer von blauen Flecken und Schorf entstellt war.

»So schlimm sieht es gar nicht mehr aus.«

Scott strich mit dem Daumen über die kleine Wunde am Kinn. Die Berührung löste einen leichten Stromschlag in mir aus.

»Ich sehe aus wie ein Verbrecher.«

Ich bin ein Verbrecher, schrie es in meinem Inneren.

»Tust du nicht.« Scotts Hand lag noch immer unter meinem Kinn, zog mich näher zu ihm, er legte seine Lippen auf meine. Für einen Moment schloss ich die Augen, ließ den Kuss zu, doch dann löste ich mich von ihm.

»Ich kann das nicht!«

Er schlang die Arme um meine Taille, zog mich an sich. »Klar kannst du.«

»Ich mein das ernst.«

Ruhig erwiderte er meinen Blick. »Ich auch.«

Diese verdammten braunen Augen …

»Ich hab nichts zum Anziehen.«

»Da finden wir schon was. Meine Familie erwartet dich nicht im Anzug, weißt du? Hör zu, meine Eltern sind die Letzten, die jemanden dafür verurteilen, wie er aussieht. Sie werden dich auch nicht ausfragen, wer du bist. Gib ihnen einfach die Chance zu sehen, wie gut du mir tust.«

»Tu ich das denn?«

»Wenn du nicht gerade zu griesgrämig bist, um zu reden, oder zusammengeschlagen vor meiner Tür liegst, dann ja, dann tust du mir gut. Ich hab das Gefühl, ich kann ich selbst sein, wenn du bei mir bist.«

Das warme Gefühl in mir schnürte mir den Hals zu. Ich wusste nicht, was ich sagen sollte. Seufzend atmete ich die angehaltene Luft aus. »Du machst mich verrückt, weißt du das?«

»Dito, mein Lieber. Dito.« Scott grinste breit.

Ich konnte nicht anders, ich musste ihn küssen, vergrub meine Hände in seinen wunderbaren braunen Locken. Scott brummte leise gegen meine Lippen, als ich ihn gegen den Tisch drängte. Dieser Laut stachelte mich weiter an, meine Hände wanderten zu seinen Hüften, mein Kuss wurde fordernder. Ich biss ihm sacht in die Unterlippe, provozierte damit ein Stöhnen. Meine Finger arbeiteten sich nach vorne, erreichten seinen Gürtel, da schob Scott mich von sich.

»Langsam, du bist immer noch ein halber Invalide.« Er lachte atemlos.

»Es gibt manche Sachen, die gehen auch ohne große körperliche Anstrengung.«

Ich zwinkerte ihm zu, begann wieder seinen Hals zu küssen.

»Lass uns noch warten«, hauchte Scott.

Ich hielt inne. »Worauf?«

»Bitte.« Scott sah mich ernst an.

»Okay.«

Er gab mir zwei schnelle Küsse, dann machte er sich von mir los und zog wieder sein Handy hervor.

»Darf ich jetzt telefonieren?«

Das Grinsen war wieder zurück auf seinen Lippen.

»Sicher«, murmelte ich.

»Hi Mum … Ja, alles okay … Du, ich hab momentan einen Freund zu Besuch. Tony … Vom Theater. Na ja, indirekt. Egal. Ähm, er hat morgen an Heiligabend noch nichts vor …«

Er sah mich an. »Das wäre super! … Ich frag ihn. Danke, Mum. Grüß Dad und bis morgen … Ja … Ich dich auch … Bye.«

Er legte auf, warf mir einen triumphierenden Blick zu. »Was hab ich dir gesagt? Du bist offiziell eingeladen. Meine Mum hat gefragt, ob du irgendwelche Allergien hast oder etwas nicht gerne isst.«

Ungläubig schüttelte ich den Kopf. »Du bist unmöglich.«

Scott lachte schallend. »Ich weiß.« Er schlang die Arme um meine Hüfte, küsste neckisch meine Nasenspitze. »Wäre doch gelacht, wenn wir dem Grinch Weihnachten nicht schmackhaft machen können.«

Kapitel 13

Draußen herrschte Weltuntergangsstimmung. Obwohl erst Nachmittag war, verbreitete das Wetter eine düstere Abendstimmung. Eine tiefgraue Wolkenfront hielt den Himmel über London gefangen, es schüttete bereits seit dem frühen Morgen. Die Regentropfen flossen in horizontalen Bahnen an den Fensterscheiben entlang, ließen die roten Backsteinhäuser und kleinen Wälder verschwommen an uns vorbeiziehen.

»Wenn es noch ein bisschen kälter wird, könnte es sogar weiße Weihnachten geben«, meinte Scott vergnügt. Es gelang ihm einfach, in allem etwas Positives zu sehen. Für mich wirkte es eher, als hätte selbst das Wetter keinen Bock auf die ganze Weihnachtsscheiße. Bei so einem Regen blieb man besser daheim …

Von der Aussicht auf Schnee war ich alles andere als begeistert. Wenn es tatsächlich dazu kam, würden wir mit hoher Wahrscheinlichkeit erst mal bei Scotts Eltern festsitzen, bis sich die Lage auf den Gleisen und den Straßen wieder beruhigt hätte …

»Hör endlich auf, so herumzuzappeln.«

Scott legte mir die Hand aufs Knie, fixierte meinen unruhigen Fuß auf dem Boden.

Ich schüttelte den Kopf. »Das war eine fürchterliche Idee.«

»Geht das schon wieder los.« Stöhnend verdrehte er die Augen. »Das ist nur meine Familie.«

»*Nur*«, brummte ich. Ich war nicht gut mit fremden Menschen. Genau genommen war ich generell nicht gut mit Menschen. Ich hätte mich nicht darauf einlassen sollen …

Eltern mochten mich nicht. Ich war niemand, den sie gerne mit ihren Kindern zusammen sahen. Nicht, dass ich viel Erfahrung mit solchen Situationen hatte. Ich hatte nur Mollys Eltern kennengelernt und die waren wahrlich nicht das Maß aller Dinge.

Aber ich besaß weder Charme noch ein gewinnendes Wesen. Ich war nicht wie Scott.

»Manchmal verstehe ich nicht, was du an mir findest.«

Scott seufzte, griff nach meiner Hand und verschränkte seine Finger mit meinen.

»Manchmal verstehe ich das auch nicht. Besonders, wenn du so griesgrämig bist wie heute.« Er zwinkerte mir zu.

»Ich mein's ernst …«

»Entspann dich einfach. Sie werden dich mögen. Mum mag sowieso jeden. Dad erklärst du einfach, dass du Tottenham United Fan bist. Und meine Geschwister ignorierst du am besten.«

»Die kommen auch?«

Scott lachte. »Natürlich, es ist Weihnachten, was glaubst denn du?«

»Hmpf.« Ich starrte aus dem Fenster, hinein in den düsteren Wald, der an uns vorbeizog. Das konnte ja heiter werden.

Scott legte den Finger unter mein Kinn, wendete mein Gesicht ihm zu.

»Du kriegst das hin, ja? Versuch einfach zur Abwechslung mal nett zu sein.« Er grinste und erstickte meine Antwort mit einem Kuss. Wenn der Kerl nicht so verdammt gut küssen könnte …

Wir erreichten Crawley in den frühen Abendstunden. Die Sonne hatte ihren Kampf gegen die Regenwolken längst aufgegeben und tauchte nun den westlichen Horizont in wütendes Rot-Orange.

Wir verließen den Bahnsteig in Richtung Ausgang. In der Bahnhofshalle hing überall kitschiger Weihnachtsschmuck. Ich war so nervös, dass sich das Gefühl von Übelkeit in mir hochschlich. Ich klammerte mich an dem Riemen meines Rucksacks fest, versuchte nicht zu unruhig zu wirken.

»Irgendwie dachte ich, du wärst in einer kleineren Stadt aufgewachsen«, murmelte ich.

Scott zuckte mit den Schultern. Er wirkte total tiefenentspannt, es schien ihn überhaupt nicht zu beunruhigen, mich seinen Eltern vorzustellen.

»Na, so groß ist Crawley auch wieder nicht. Durch die vielen Grünflächen hat es einen sehr dörflichen Charakter. Finde ich zumindest. Liegt aber vielleicht auch daran, dass ich am Stadtrand aufgewachsen bin.«

Wir verließen die kleine Halle durch den Vordereingang, blieben auf der Treppe stehen. Es schüttete noch immer, ich zog die Kapuze meiner Jacke tief ins Gesicht, verschränkte frierend die Arme. Ein eiskalter Wind wehte uns den Regen ins Gesicht, obwohl wir unter dem Dach standen.

»Mein Bruder wollte uns abholen«, murmelte Scott, kniff die Augen zusammen, versuchte irgendwas zu erkennen. Ich sah nichts. Vor uns befand sich eine breite Kreuzung, auf der Autos wie Blitze vorbeizischten, gegenüber warb ein hellblaues Schild für ein Primark-Einkaufscenter.

»Simon? Wo stehst du?« Scott hielt sein Handy ans Ohr gepresst. »Ah, alles klar. Bis gleich.« Er legte auf. »Er wartet auf dem Parkplatz, komm.«

Wir rannten durch den Regen, das Wasser saugte sich in meiner Kapuze fest, lief mir den Nacken hinunter. Ich überließ Scott das Suchen. Die Lichter eines alten, nachtblauen VW Golfs blinkten auf.

»Na, geht doch.«

Scott stieg auf der Beifahrerseite ein, ich rutschte hinter ihm auf die Rückbank.

»Es ist unmöglich, bei dem Wetter etwas zu sehen«, beschwerte sich Scott.

»Sag das mir, ich muss bei dem Mistwetter Shuttledienst spielen.« Simon Mullinger trommelte unruhig mit den Fingern aufs Lenkrad.

Er war Scott überhaupt nicht ähnlich. Das braune Haar trug er sehr kurz und auch wenn ich seine Statur im Sitzen schlecht einschätzen konnte, wirkte er groß und drahtig. Der größte Unterschied lag im Gesicht. Simon schien ein ernster Mann zu sein. Kein Lächeln umspielte seine Lippen, keine Wärme lag in den hellen Augen. Er nickte mir zu.

»Du bist also Tony, hm?«

Ich mochte seinen abschätzenden Tonfall nicht.

»Und du wohl Simon.«

Meine Stimme hatte eine gewisse Schärfe. Dagegen konnte ich gar nichts tun, sie tauchte immer auf, wenn ich mit Menschen wie Scotts Bruder zu tun hatte. Arrogant, selbstbewusst, erfolgreich …

»Und du bist auch einer dieser Theatermenschen?« Simon fädelte sich vorsichtig in den Verkehr ein.

»Nicht direkt.«

»Ernsthaft, Simon? Theatermenschen?« Scott funkelte seinen Bruder an. »Kannst du nicht mal an Weihnachten so tun, als wären wir keine eigene Spezies?«

»Komm mal wieder runter, das hab ich nicht gesagt.«

»Hmpf.«

»Ich frag mich nur, wann du endlich aufwachst, Scott. Du kannst unseren Eltern nicht ewig auf der Tasche liegen.«

»Ich verdiene mein eigenes Geld!«

Simon schnaubte. »In dem Café? Als ob das zum Leben reichte. Ihr habt nur Glück, weil das Haus dem Vater deiner Freundin gehört.«

»Onkel.«

»Ist doch egal. Such dir endlich einen richtigen Job. Dein Theater- und Musicalzeug kannst du ja weiterhin in der Freizeit verfolgen. Ist doch ein nettes Hobby.«

»Ganz ehrlich, Simon. Ich will jetzt mit dir keine Grundsatzdiskussion über mein Leben führen. Nicht an Weihnachten und auch an keinem anderen Tag. Halt dich einfach raus, ja?«

»Ich mach mir nur Sorgen, kleiner Bruder, das ist alles.«

»Sicher«, brummte Scott.

In dem Wagen entstand eine angespannte Stille, nur von dem Quietschen der Scheibenwischer unterbrochen. Ich starrte aus dem Fenster. Anscheinend war in Scotts Familie doch nicht alles perfekt. Komischerweise war es eben diese Tatsache, die mich ein bisschen beruhigte.

Scott war in der klassischen Vorstadtidylle aufgewachsen. Die Backsteinhäuser in Maidenbower, einem Stadtteil von Crawley, waren groß, teilweise verputzt und ihre Dächer liefen spitz zu – nicht flach wie in London üblich. Zu jedem Haus schien ein gepflegter, weitläufiger Garten zu gehören. Erst jetzt wurde mir bewusst, wie lange es her war, seit ich die Großstadt verlassen hatte. Dafür hatte es nie einen Grund gegeben.

Der Wagen hielt in der Einfahrt einer Doppelhaushälfte. Sie wirkte kleiner als viele in der Umgebung, strahlte einen dörflichen Charme aus.

»Willkommen bei mir zu Hause.«

Scott drehte sich im Vordersitz um und strahlte mich an.

Als wir ausstiegen, fiel mir zunächst die Sauberkeit auf – und die Ruhe. Klar, bei diesem Wetter schickte man keinen Hund vor die Tür, doch ich war das lärmende London gewöhnt, in dem immer etwas los war. In meinem Stadtteil vergingen kaum zehn Minuten, ohne dass irgendwo in der Ferne Polizeisirenen ertönten.

Es war kaum zu übersehen, dass Scotts Familie gerne Weihnachten feierte. An nahezu jedem Fenster im Haus hingen bunte Lichter, um die Bäume im Vorgarten waren gleich mehrere Lichterketten gewickelt, an der weißen Eingangstüre empfing uns ein prächtiger Adventskranz.

Scott musste nicht einmal klingeln, da wurde schon die Tür aufgerissen. Heraus sprang nicht nur eine rundliche, rotwangige Frau, der Scott wie aus dem Gesicht geschnitten war, sondern auch ein kleiner, kläffender Yorkshire Terrier.

»Scotty, wie schön, dich zu sehen!« Sie zog ihren Sohn in eine feste Umarmung.

Unruhig trat ich von einem Fuß auf den anderen. Simon schob sich an mir vorbei und verschwand im Haus.

Der braun-schwarze Terrier kletterte an meinen Hosenbeinen hoch, sah mich mit großen Augen bettelnd an und wedelte kläffend mit dem Schwanz.

»Na, wer bist denn du?«, murmelte ich, hielt vorsichtig meine Hand hin, zuckte aber zurück, als die rosa Zunge hervorschnellte. Ich hatte keinen großen Bezug zu Hunden, nicht, seitdem ich als Kind von einem aus der Nachbarschaft gebissen worden war. Narben an meiner Wade erinnerten mich noch heute an diese Begegnung.

»Du wirst doch wohl keine Angst vor unserer Tempest haben.« Scott löste sich von seiner Mutter, ging in die Hocke und wurde gleich darauf von dem Fellknäuel bestürmt, das nun völlig außer sich war. Tempest schien sich nicht entscheiden zu können, welchen Teil von Scott sie als Erstes abschlecken sollte.

»Vor ihr musst du dich wirklich nicht fürchten. Sie ist zwar etwas stürmisch, aber auch der Sonnenschein in Person.« Scotts Mutter lächelte mich an. Von ihr hatte Scott seine braunen Augen geerbt – und die lockigen braunen Haare. »Du bist also Tony. Schön, dich kennenzulernen.« Statt mir die Hand zu reichen, zog sie mich gleich in eine feste Umarmung. »Fröhliche Weihnachten.«

Ich räusperte mich. »Frohe Weihnachten, Mrs Mullinger. Danke für die Einladung.«

»Ach, nenn mich doch bitte Jane. Und nichts zu danken, mein Lieber. Das ist absolut selbstverständlich, niemand sollte Weihnachten allein verbringen, nicht wahr? Nun, kommt doch endlich rein, damit wir die Tür schließen können.«

Sie lachte laut. Auch die Fröhlichkeit in ihrer Stimme erinnerte mich an Scott. Sie klang nicht aufgesetzt, sondern ehrlich.

Wir betraten das Haus und tauchten ein in mollige Wärme. Langsam schlüpfte ich im Flur aus meinen nassen Schuhen, während Tempest weiterhin aufgeregt um uns herumwuselte. Sie schien sich noch nicht an den neuen Besuch gewöhnt zu haben.

»Fürchterliches Wetter habt ihr da mitgebracht. Wenn es doch noch ein bisschen kälter wäre, dann hätten wir wenigstens weiße Weihnachten.« Sie nahm uns die Jacken ab und hängte sie an die Garderobe.

Scott grinste. »Ja, nicht? Genau das hab ich auch schon zu Tony gesagt.«

»Nun kommt endlich rein. Wollt ihr einen Tee?« Ohne eine Antwort abzuwarten, marschierte Jane Mullinger davon.

»Siehst du, sie mag dich.« Scott zwinkerte mir zu, streifte im Vorbeigehen kurz meine Hand.

Ich seufzte, ließ die Anspannung ein wenig von mir abfallen. Merkwürdig, wie sehr ich wollte, dass sie mich mochte. Ich strich das Hemd glatt, das ich mir von Scott geliehen hatte und das mir eigentlich viel zu weit war. Dann folgte ich den beiden durch den Flur. Überall an den Wänden hingen eingerahmte Fotos. Sie zeigten eine glückliche Familie, alle strahlten in die Kamera. Auf einer Kommode befand sich eine riesige Ansammlung von Krähen. Von einem Plüschvogel bis zu bunten aus Keramik war alles dabei. Neugierig nahm ich eine Glasfigur in die Hand, die einen Raben im Flug abbildete.

»Hast du gewusst, dass die Angelsachsen unseren Ort Craw Leah nannten? Das bedeutet so viel wie ›von Krähen bevölkerte Lichtung‹.« Scott lachte. »Meine Familie hat eine kleine Obsession mit diesen Vögeln. Glaub mir, du wirst in jedem Zimmer welche finden.«

»Okay.« Ich schüttelte grinsend den Kopf, stellte die Figur zurück.

Scotts Mutter stand an der Tür zum Wohnzimmer. Es war geräumig und hell, den meisten Platz im Raum nahm das lange Sofa ein, das in L-Form um die Ecke reichte. Ihm gegenüber stand ein großer Plasmabildschirm, auf dem die Nachrichten liefen. Mein Blick wurde jedoch vor allem vom riesigen Weihnachtsbaum gefangen, der in der Ecke neben dem

Fernseher thronte. Seine Spitze reichte bis unter die Decke, die Äste waren beladen mit üppigem Weihnachtsschmuck.

»Wow, einen schönen Baum habt ihr da gekriegt, Mum.«

»Ja, nicht wahr? Andy, begrüß doch mal deinen Sohn. Wolltest du dich nicht eigentlich um die Kartoffeln kümmern?«

»Ja doch, Jeanie, sofort.« Scotts Vater erhob sich vom Sofa. Er war so groß wie Scott und ich, das schüttere, braun-graue Haar trug er zurückgekämmt, was den fliehenden Haaransatz noch verstärkte. Während Scott ganz nach seiner Mutter kam, war nun klar, woher Simon sein Aussehen hatte.

»Hi Dad.«

»Wie geht's dir, mein Sohn?« Er umarmte Scott herzlich, reichte mir daraufhin die Hand. »Andrew. Schön, dich kennenzulernen.«

»Tony. Danke für die Einladung.« Etwas anderes wusste ich nicht zu sagen. Ich schüttelte Scotts Vater die Hand. Seine blau-grauen Augen waren nicht nur heller, es lag auch eine größere Ernsthaftigkeit in ihnen als bei Jane und Scott. Ich fühlte mich seltsam wachsam unter seinem Blick.

»Wir freuen uns immer über einen Esser mehr am Tisch. Besonders an Weihnachten.« Andrew lächelte freundlich. »Du wirst sehen, Jane macht immer viel zu viel. Egal, wie viele Besucher wir erwarten.«

In der Küche herrschte absolutes Chaos. Sie war eher klein, jede Ablage, jede freie Stelle war mit Essen, Brettern und Pfannen belegt. Scotts Mutter schien fünf Sachen gleichzeitig zu machen.

»Ihr schnappt euch am besten den Tee und geht rüber ins Wohnzimmer. Bei uns läuft Weihnachten etwas anders ab, Tony«, erklärte sie mit einem Lächeln, wischte sich dabei eine wilde Haarsträhne aus dem Gesicht. »Das große Festessen gibt es bei uns schon an Heiligabend, da Sophie und Tim mit Elli morgen schon wieder losmüssen, um weiter zu Tims Eltern zu fahren.«

»Das erinnert mich daran, wo ist Soph? Sollte sie nicht schon längst da sein?«

Jane seufzte. »Sie sollten in der nächsten Stunde ankommen. Tim hat angerufen, sie stehen im Stau. Die Armen. Ich hoffe nur, sie schaffen es rechtzeitig, nicht dass der Truthahn zu trocken ist. Du isst doch Truthahn, mein Lieber?«

»Äh, sicher.«

»Gut.« Sie nickte. »Es gibt ja immer mehr Vegetarier und Veganer – was okay ist, keine Frage. Aber zu Weihnachten gehört einfach ein ordentlicher Truthahn.« Sie grinste breit.

In diesem Moment kam ein lautes Zischen und Blubbern vom Herd. Wasser war in einem Topf übergekocht.

»Mist, ich hab doch gesagt, du sollst dich um die Kartoffeln kümmern, Andy«, rief sie und schob den Topf mit einem Handtuch von der heißen Herdplatte. »Dieser Mann hat einfach die Aufmerksamkeitsspanne einer Fruchtfliege.«

»Mum, brauchst du Hilfe?«

»Ach, ihr seid doch gerade erst angekommen.«

»Das ist gar kein Problem.« Ich stellte meine Tasse zur Seite. Etwas zu tun war mir lieber, als nur herumzusitzen und Small Talk zu führen.

»Also gut. Scott, hol bitte den Weihnachtspudding deiner Großmutter aus dem Keller und tausch ihn gegen den von Sainsbury's aus. Der vom letzten Jahr war ungenießbar, das mach ich nicht noch einmal mit.«

Scott lachte. »Granny sieht nicht mehr gut und verwechselt manchmal Zutaten«, erklärte er mir grinsend.

»Und sie verwendet eindeutig zu viel Brandy«, fügte seine Mutter hinzu. »Tony, wenn du willst, kannst du Karotten schneiden.«

Ich nickte. »Okay, wo …«

»Warte, ich räum dir was frei.«

Wenig später stand ich an der Anrichte, bewaffnet mit einem Messer, einen Haufen Karotten vor mir. Jane kümmerte sich währenddessen um den Truthahn und die Kartoffeln. Bei den ganzen Gerüchen lief mir das Wasser im Mund zusammen.

»So, und ihr kennt euch also aus dem Theater? Bist du auch Schauspieler?«

Ich räusperte mich, sah zu der Tür, durch die Scott verschwunden war. Hoffentlich würde er bald zurückkommen.

»Ich? Nein, ich hab nur beim Bühnenbild mitgeholfen. Und Plakate designt.«

»Ah, nett. Ich finde es so spannend, dass ihr alles selbst macht in eurer kleinen Gruppe.«

»Hmm.«

»Manchmal wünsche ich mir ja schon, dass Scott etwas machen würde, was, nun ja, etwas sicherer ist, verstehst du, was ich meine?« Sie seufzte.

»Aber dann sehe ich ihn auf der Bühne und er ist einfach so wunderbar, ganz in seinem Element. Wie könnte ich da von ihm verlangen, das aufzugeben?«

»Er ist wirklich gut«, stimmte ich zu und begann die Karotten langsam in Scheiben zu schneiden.

»Ja, nicht wahr? Ich erinnere mich noch an das erste Mal, als er auf der Bühne stand. Es war nicht einmal eine Sprechrolle, er spielte einen Baum. Doch er hat so gestrahlt, war so glücklich. Das Bild hat sich für immer in mein Herz gebrannt.« Sie lachte. »Hach, Weihnachten macht mich immer etwas sentimental. Es wird immer schwieriger, die ganze Familie an den Tisch zu bekommen, weißt du?«

Ich schluckte schwer. Wenn man wenigstens eine Familie hatte, die man an denselben Tisch setzen konnte. »Kann ich mir vorstellen.«

In diesem Moment rutschte mir das Messer aus der Hand. »Ah, fuck.« Ich steckte mir den blutenden Daumen in den Mund.

»Zeig mal her.« Scotts Mutter stand sofort neben mir. »Du arbeitest nicht oft in der Küche, hm?« Sie sah zu meinen schief geschnittenen Karottenstücken und griff nach meiner Hand.

»Nicht wirklich«, murmelte ich.

»Ah, das scheint nicht tief zu sein.«

»Was ist los?« Scott sah seiner Mutter über die Schulter.

»Scott, hol ihm mal ein Pflaster.«

»Es geht schon«, murmelte ich mit hochrotem Kopf. »Ist nur ein verdammter Schnitt.«

»In meinem Haushalt wird nicht geflucht. Okay, Tony?«

»Sorry«, sagte ich kleinlaut.

»Ist was passiert?« Nun tauchte auch Scotts Vater in der Küche auf.

»Tony hat sich geschnitten.«

»Da lässt man ihn mal einen Moment aus den Augen und schon muss man ihn erneut verarzten«, ertönt eine Stimme hinter uns. Scott schob sich an seinem Vater vorbei, nahm meine Hand, platzierte ein auffälliges Pflaster mit einem tanzenden Schneemann auf den schmalen Schnitt.

»Dein Ernst? Frozen?«

»War das erste, das ich finden konnte.« Scott lächelte verschlagen.

»Okay, hier sind mir jetzt eindeutig zu viele Menschen in der Küche.« Jane klatschte in die Hände. »Scott, du übernimmst für Tony die Karotten.

Andy, kannst du im Esszimmer endlich mal den Tisch decken? Und du, Tony, setzt dich am besten ins Wohnzimmer zu Granny. Sie freut sich über etwas Gesellschaft.«

»Aber ich kann …«

»Hervorragende Idee.« Scott zog mich aus der Küche. »Bevor dir noch mehr zustößt. Du scheinst mir momentan ein bisschen zu masochistisch veranlagt zu sein.«

Ich verdrehte die Augen. »Es ist nur ein kleiner Schnitt.«

»Und das genügt für heute. Granny wird auf dich aufpassen. Nicht wahr, Granny?«

Scott zog mich an der Hand ins Zimmer nebenan.

»Endlich lässt du dich mal blicken. Im ganzen Haus rennst du schon rum, nur deiner alten Großmutter sagst du nicht guten Tag.«

Eine kleine alte Frau saß mit übereinandergeschlagenen Beinen im Sessel, nah bei der Tür. Ob sie vorhin schon dort gesessen hatte? Sie war mir nicht aufgefallen. In diesem riesigen Ungetüm von Sessel wirkte die zierliche Frau aber auch etwas verloren.

»Granny, du hättest ruhig etwas sagen können. Außerdem, hey, mit deinen neuen Haaren hätte ich dich fast nicht erkannt.« Er küsste seiner Großmutter auf die Wange.

»Unverschämt«, brummte sie, fasste sich ans toupierte dünne Haar. »Sie sind nur etwas heller und kürzer. Wo ist eigentlich dein Bruder hin?«

Scott zuckte mit den Schultern. »Ich schätze, er sitzt im Esszimmer an seinem Laptop und arbeitet.«

»Ts, es ist Weihnachten!«

»Meine Rede, darum hab ich dir auch ein Geschenk mitgebracht.« Er lachte und zog mich an der Hand nach vorne. »Das ist mein Freund Tony, er wird dir ein bisschen Gesellschaft leisten. Tu mir einen Gefallen und pass auf ihn auf. Er hat momentan die Tendenz, sich überall zu verletzen.«

Er zwinkerte mir zu. Ich schüttelte nur den Kopf und verdrehte die Augen.

»Soso, dann setz dich, mein Junge. Ich beiße nicht – zumindest, solange ich mein Gebiss nicht drinnen hab.«

»Ich hätte dich vor ihren schlechten Witzen warnen sollen.«

»Geh und hilf deiner Mutter, Junge.« Seine Großmutter scheuchte ihn davon. »Und du, setz dich endlich. Steh nicht herum wie ein Baum in der Landschaft.«

»Sie mag es, Leute herumzukommandieren.« Mit diesen Worten verschwand Scott aus dem Wohnzimmer.

Unsicher nahm ich auf dem Sofa Platz. Im Fernsehen lief ein Film mit stark überzeichneten Farben. Bestimmt eine Rosamunde Pilcher-Romanze. Der Ton war auf lautlos gestellt.

»Scott ist ein guter Junge. Manchmal etwas vorlaut und so naiv wie seine Mutter. Das ist eine gute, wenn auch gefährliche Eigenschaft. So was wird oft ausgenutzt.«

Wollte sie damit etwas andeuten? Die alte Frau musterte mich aufmerksam von der Seite. Ich erwiderte ihren Blick ruhig, ohne etwas zu sagen. Mochte sein, dass sie aussah wie eine zerbrechliche alte Frau, der Verstand hinter den hellen blauen Augen schien messerscharf zu sein.

»Wie ist das passiert?«

»Was?«

Sie deutete auf ihre linke Gesichtshälfte.

Ich strich über meine eigene. Meine Finger fuhren über die Prellung, die sich zum Glück bereits zum Großteil zurückgebildet hatte.

»Ach das.«

»Sag mir nicht, du wärst auf der Treppe gestürzt. Ich lebe lange genug, um die Spuren einer Schlägerei zu erkennen, wenn ich sie vor mir habe.«

Ich presste die Lippen zusammen.

Scotts Großmutter legte den Kopf schief. »Ich hoffe nur, den anderen hat es schlimmer erwischt als dich.«

»Leider nein«, murmelte ich.

»Hmpf.«

Scotts Großmutter stand von ihrem Sessel auf, ging langsam hinüber zur Vitrine. Nun da sie stand, wirkte sie noch kleiner und zerbrechlicher. Neugierig folgte ich ihren Bewegungen. Die alte Frau war schwer einzuschätzen. Sie holte zwei kristallene Gläser aus der Vitrine, trottete mit ihnen zurück zum Sessel.

»Du hättest wenigstens fragen können, ob du mir helfen kannst.«

Ich riss erschrocken die Augen auf. »Sorry.«

Sie lachte glucksend, setzte sich wieder und stellte die Gläser auf den kleinen Beistelltisch neben sich. Dann zog sie eine kleine, bauchige Flasche aus der großen Handtasche, die neben dem Sessel stand.

»Hast du schon mal Brandy getrunken, Junge?«

»Brandy? Noch nicht, glaube ich.«

Sie gluckste wieder. »Noch nicht ist die richtige Antwort. Das hier ist ein Selbstgebrannter von meinem Nachbarn.«

Sie füllte so schwungvoll ein, dass die honigfarbene Flüssigkeit beinahe überschwappte.

»Nun nimm schon eins. Noch mal steh ich bestimmt nicht auf.«

Ich griff nach einem der bauchigen Gläser und kam mir merkwürdig dekadent vor.

»Den größten Fehler, den man bei Brandy machen kann, ist ihn mit Eis zu trinken, hast du das gewusst?«

Ich schüttelte den Kopf.

»Jetzt nimm einen kleinen Schluck und behalte ihn im Mund. Erst dann kann er sein volles Aroma entfalten.«

Zunächst schmeckte der Alkohol für mich wie Medizin, stark, brennend, doch dann auch irgendwie herb, würzig, interessant. Ich schluckte. Augenblicklich breitete sich eine angenehme Wärme in meiner Brust aus.

Scotts Großmutter nickte mir wissend zu. »Gut, nicht?«

Ich konnte nur nicken, nahm einen weiteren Schluck. Das war tatsächlich gar nicht mal so übel.

»Weißt du, von all meinen Enkeln hat mich Scott am meisten überrascht. Ich dachte, er würde es am schwersten haben. Mit der ganzen Singerei, dem Theaterspielen und … na, du weißt schon, der Liebe.« Sie wedelte mit der Hand. Spielte die Großmutter etwa gerade auf Scotts Homosexualität an? Ich nahm schnell einen weiteren Schluck Brandy. »Aber von all meinen Enkeln wirkt er am glücklichsten mit dem, was er tut. Das hat mich eines Besseren belehrt.«

»Er tut das, was er liebt.«

Sie nickte. »Hm, er hat schon immer nach den Sternen gegriffen.«

»Er kann sie auch erreichen«, murmelte ich.

»Wie sieht es bei dir aus?«

»Bei mir?«

»Greifst du auch nach den Sternen?«

Ich starrte in das Glas, auf dessen Grund sich noch ein kleiner Rest honigfarbener Flüssigkeit befand. »Nicht so ganz. Ich bleib eher am Boden.«

»Das ist gut. Einer sollte immer am Boden bleiben. War bei mir und meinem Jimmy auch so. Willst du noch ein Schlückchen? Es gibt nichts

Besseres als Brandy, wenn man Weihnachten in dieser Familie überstehen will.«

»Gerne.«

Ruckzuck war das Glas wieder voll. Erfüllt von angenehmer Wärme lehnte mich zurück in das weiche Sofa, genoss den Moment der Ruhe. Aus dem Raum nebenan drang lautes Stimmengemurmel zu uns, begleitet von klapperndem Geschirr.

»Warum haben Sie den Fernseher lautlos gestellt?«

Scotts Großmutter zuckte mit den Schultern. »Ach, bei solchen Filmen braucht man keinen Ton, um zu verstehen, was passiert. Ich schau das nur wegen der schönen Landschaft, weißt du. Du willst zuhören?«

»Nein, ich …«

»Ich mach es gerne wieder lauter.« Sie nahm die Fernbedienung in die Hand, kurz darauf dröhnte die schnulzige Filmmusik durch den Raum.

»Ich mag es, wenn sie um ihre Liebe kämpfen müssen. Mein Jimmy hat es damals viel zu leicht mit mir gehabt.« Sie gluckste. »Ich war von Anfang an seinem Charme erlegen.«

Wie ich Scotts, wollte ich sagen, doch in diesem Moment erklang scheppernd die Türklingel.

»Ich geh schon.« Simon lief am Wohnzimmer vorbei.

»Ach, haben sie es endlich geschafft. Wird auch Zeit, ich hab Hunger.« Scotts Großmutter setzte sich in ihrem Sessel auf.

Jane lief vorbei. Im Flur wurde jemand mit großem Hallo begrüßt, Tempest begann wieder aufgeregt zu kläffen.

»Na, hat dir Granny schon die Ohren abgeschwätzt?« Scott tauchte in der Wohnzimmertür auf.

»Hey.« Ich grinste zurück.

Mein Enthusiasmus schien ihn zu überraschen, dann wanderte sein Blick zu dem Glas in meiner Hand.

»Oh nein, du hast ihm doch nichts von deinem Brandy gegeben, oder?«

Die alte Frau winkte ab. »Ach, nur ein Schlückchen, das verträgt der Junge.«

»Du bist unmöglich.« Scott schien zwischenBöseschauen und Lachen hin- und hergerissen zu sein. Er entschied sich für Letzteres. In seinen Augen blitzte der Schalk.

»Mir hast du noch nie was von deinem Brandy angeboten.«

»Tja, du kommst ja auch nur noch selten zu Besuch.«

»Touché.« Scott verzog das Gesicht. »Ich gelobe Besserung.«

»Den hier kannst du auch gerne wieder mitbringen.« Sie deutete auf mich. »Der unterbricht mich wenigstens nicht, wenn ich was erzähle. Und jetzt will ich was essen.«

Kapitel 14

Der Brandy wirkte stärker als gedacht. In dem Moment, als ich vom Sofa aufstand, schwankte alles so stark, dass ich mich kurz an der Anrichte festhalten musste.

»Wer hätte gedacht, dass du dich von meiner Großmutter abfüllen lässt.«

Ich seufzte. »Die hat es faustdick hinter den Ohren, glaub mir.« Die kleine Frau war bereits aus dem Raum in Richtung Esszimmer gezockelt.

»Das liegt in der Familie.« Scott lachte, strich über meinen Oberarm. »Komm, sehen wir zu, dass du etwas zu essen bekommst.« Grinsend schüttelte er den Kopf. »Dass man auf leeren Magen nichts trinken sollte, ist ja wohl das Erste, was man lernt.«

»Mir geht's gut. Ich bin nicht betrunken.«

»Sicher.«

Auf dem Flur kam uns ein kleines, blondes Mädchen entgegengerannt, den Hund auf den Fersen.

»Onkel Scott!«, rief sie begeistert. Weiter hinten standen eine dünne, hochgewachsene Frau und ein Mann, der sich gerade seinen edlen, schwarzen Mantel von Jane abnehmen ließ. Beide waren außerordentlich schick angezogen. Bilderbuchfamilie, schoss es mir durch den Kopf.

»Elli!«

Das Mädchen warf sich in Scotts Arme, ließ sich von ihm herumwirbeln. Tempest sprang kläffend an den beiden hoch. Automatisch trat ich einen Schritt zurück.

»Ich bin Alice, Scott. Ich bin Alice«, rief sie aufgeregt, kaum hatte er sie wieder abgesetzt.

»Alice? Da hab ich dich doch glatt mit meiner Nichte Elli verwechselt.« Scott kratzte sich am Kopf. »Tut mir außerordentlich leid.«

Elli verdrehte die Augen. »Dummkopf, ich spiele Alice in unserer Schulaufführung. Alice im Wunderland.«

»Das ist ja großartig. Gratuliere. Dann bin ich endlich nicht mehr der einzige Schauspieler in der Familie. Du wirst sehen, wir gründen noch eine ganze Schauspieler-Dynastie, Elli. Wie die Fox-Familie oder die Baldwins.«

»Ich hab keine Ahnung, wovon du redest.« Elli lachte und entblößte eine breite Zahnlücke.

Tempest kletterte indes schon wieder an meinem Hosenbein hoch. Dass Hunde immer so viel Aufmerksamkeit brauchten …

Auch Elli schien mich jetzt zu bemerken.

»Scott, wer ist das?«, raunte sie ihrem Onkel zu.

»Das ist Tony, er feiert dieses Jahr mit uns Weihnachten.«

»Hi«, sagte ich unsicher, wusste nicht, ob ich ihr die Hand reichen oder sonst irgendwas tun sollte. Ich war nicht gut mit Kindern, wusste nie, wie ich mit ihnen reden sollte. Es fiel mir schwer, Ellis Alter zu schätzen. Vielleicht sechs oder acht? Ich hatte keine Ahnung.

»Hallo«, antwortete sie schüchtern, versteckte sich halb hinter ihrem Onkel.

»Frohe Weihnachten, Bruderherz.«

Die elegante Frau umarmte Scott kurz. Ihr schmales Gesicht war gerahmt von glattem, braunem Haar, das ihr bis zum Kinn reichte. Jede Strähne saß perfekt.

»Ich hab schon gehört, dass du Besuch mitgebracht hast. Ich bin Sophie.« Sie reichte mir die Hand. »Und das ist mein Mann Tim.«

»Tony. Hi.«

Kurz hatte ich das Gefühl, als würde Sophie mich kritisch von oben bis unten mustern, doch im nächsten Moment setzte sie ein strahlendes Lächeln auf. Es erreichte nicht ihre Augen. »Ihr seid bestimmt schon alle fast verhungert.«

»Sieh mich an, ich falle fast vom Fleisch.« Scott lachte schallend.

»Ich will neben dir sitzen, Onkel Scott.« Elli zupfte an seinem Ärmel.

»Ich denke, das kriegen wir hin.«

Das Esszimmer war kleiner als gedacht, was dazu führte, dass wir alle ziemlich dicht beieinandersaßen. Ich fühlte mich etwas unwohl, so eingeengt zwischen Scott und seiner Großmutter. Doch es könnte schlimmer sein. Ich mochte die beißende Art der alten Frau, die mich anherrschte, ich sollte endlich aufhören sie zu siezen und sie gefälligst Liz nennen.

»Granny wäre auch okay – wobei ich mich schon alt genug fühle, mit einer Urenkelin. Schlimm genug, dass sie das arme Kind auch noch nach ihrer alten, tattrigen Urgroßmutter benannt haben. Mit diesem *Ur* fühle ich mich bereits wie ein Fossil.«

Bisher hatte ich viel zu wenig gegessen und eindeutig zu viel Brandy getrunken. Es war an der Zeit, das umzukehren. Das Festessen, das Jane gezaubert hatte, sah fantastisch aus. Solch einen großen Truthahn hatte ich zuvor nur in den Abbildungen der Kochzeitschriften meiner Mutter gesehen. Allein beim Anblick lief mir das Wasser im Mund zusammen, vom köstlichen Geruch ganz zu schweigen.

Granny Liz nahm mich unter ihre Fittiche, wies mir an, was ich unbedingt probieren sollte und wovon ich besser die Finger ließ – unter dem tadelnden Blick von Scotts Mutter.

»Lass noch genug Platz für meinen Weihnachtspudding«, raunte sie mir zu. »Der wird dir schmecken.«

Ich hatte den Mund zu voll mit Essen, um zu antworten. In den nächsten Minuten war alles ruhig am Tisch. Es war eine angenehme, zufriedene Stille, nur unterbrochen von dem Knuspern der Truthahnhaut, zufriedenen und schmatzenden Geräuschen, wenn man sich die Finger abschleckte.

»Du hast dich mal wieder selbst übertroffen, Mum.« Scott lehnte sich seufzend zurück und erntete zustimmendes Gemurmel.

»Nimm noch ein bisschen.« Jane schob ein weiteres Stück Truthahn auf Scotts Teller. »Hier, Elli, nimm auch noch was.« Sie wollte der Kleinen ebenfalls ein Stück reichen, doch Sophie hielt ihre Mutter am Arm fest.

»Nein, Mum, sie hatte bereits genug.«

»Aber Mum …«

Sophie strich ihrer Tochter über den Kopf. »Iss erst mal dein Gemüse auf, Schatz. Und später gibt es ja noch Weihnachtspudding.«

Jane reichte das Stück Truthahn auf ihrer Gabel an Andrew weiter.

»Wann müsst ihr morgen los?«, fragte sie Sophie und Tim.

»Wir wollen gleich nach dem Frühstück gehen.«

»Was? Ich dachte, ihr bleibt zumindest noch bis zum Mittagessen.«

»Bis nach Oxford sind es fast 90 Meilen, da sind wir locker wieder zwei Stunden unterwegs.«

»Dort seid ihr dann fast zwei Tage. Und wir kriegen nur einen Abend.«

»Mum, wir haben das doch besprochen.«

»So war das nicht ausgemacht. Ich …«

»Jeanie, die drei sind ganz Weihnachten unterwegs«, beschwichtigte Andrew seine Frau. »Lass sie doch mal irgendwo ankommen und sich entspannen.«

»Du hast recht. Tut mir leid.«

»Schon gut, Mum. Nächstes Weihnachten machen wir es andersherum.«

Anscheinend war in der Familie doch nicht alles perfekt. Scotts Mutter schien jedoch darum bemüht, sie zusammenzuhalten – während meine Mum unsere auseinandergerissen hatte.

»Siehst du, ich hab doch gesagt, man braucht Brandy, um hier ein Weihnachtsfest zu überstehen«, raunte mir Liz zu.

Ich nickte langsam. Es war anders, als ich es gewohnt war. Wo hier geredet, gelacht und vielleicht auch gezankt wurde, war bei uns geschwiegen worden. Ich erinnerte mich an das letzte Weihnachten, das wir gefeiert hatten. Beim Festtagsessen hätte man vermutlich eine Stecknadel auf den Boden fallen hören können. Mum hatte kaum etwas gegessen, Dad mehr getrunken – und ich hatte zwischen ihnen gesessen. Ein Puffer zwischen ihnen, der kein Puffer sein wollte.

Etwas berührte mein Knie. Scott lächelte mir zu. Ich ließ meine Hand ebenfalls nach unten gleiten, verschränkte meine Finger mit seinen, pickte währenddessen weiter Karotten mit der Gabel auf und tat, als würde ich den Gesprächen zuhören.

»Wer will den ersten Cracker ziehen?«

Natürlich hatten sie auch Christmas Cracker. Mum hatte mir einmal eine dieser Papierkronen aufgezogen. Vor vielen, vielen Jahren. Sie hatte mich angelächelt, auch wenn in ihrem Lächeln eine gewisse Traurigkeit gelegen hatte. *»Dein Vater meint es nicht so, Tony. Es ist okay, wenn du die Musical-CD gerne hörst.«*

»Ich!«, rief Elli aufgeregt.

»Wie wäre es, du ziehst ihn zusammen mit unserem Gast?« Scotts Mutter riss mich mit ihrem Lächeln aus meinen Gedanken.

»Ach, ich weiß nicht.«

»Komm schon.« Scott stupste mich an.

»Na gut.«

Scott rutschte mit seinem Stuhl zurück, sodass Elli und ich beide ein Ende des pinken Knallbonbons anfassen konnten.

Die leuchtenden Augen des Mädchens erinnerten mich daran, wie aufregend Weihnachten sein konnte, wenn man noch jung war. Bei mir war es immer mit Enttäuschung verbunden gewesen. Unsere Feste waren nie so prächtig wie die aus der Werbung oder von den Reklameplakaten. Meine Familie hatte nie am Essenstisch gelacht.

Ich schenkte Elli ein Lächeln. »Auf drei, ja?«

Sie nickte eifrig.

Meine Halbschwester würde dieses Jahr ihr erstes richtiges Weihnachten feiern. Vielleicht zog sie in diesem Moment mit ihrem Dad an einem Christmas Cracker – und meine Mutter würde bei dem Anblick lachen und in die Hände klatschen, wenn sie es geschafft hatten. Wie in der Bilderbuchfamilie, die sie sich immer gewünscht hatte.

»Eins … zwei … drei …« Knall. Ich hielt das längere Ende in der Hand.

»Oh.« Elli schaute enttäuscht auf ihr kurzes.

»Das nächste Mal, Liebes«, versuchte sie ihr Vater aufzumuntern.

»Was ist drin?«, fragte Scott.

Ich leerte den Inhalt des Crackers in meine Hand.

»Oh, ein Ring.« Elli zog eine traurige Schnute. Eine grüne Papierkrone sowie ein zusammengefaltetes Blatt waren ebenfalls dabei.

»Na los, lies den Witz vor«, forderte mich Granny Liz auf.

Ich räusperte mich. »Na gut. Wie nennt man einen alten Schneemann?«

Alle sahen mich gespannt an.

»Eine Pfütze.«

Der gesamte Tisch lachte. »Der war zur Abwechslung sogar ganz gut«, befand Andrew.

Als Nächstes waren Scotts Eltern dran. Während sie sich noch auf eine Farbe einigten, lehnte ich mich zu Elli rüber.

»Elli, magst du den Ring haben?«

»Aber du hattest doch das längere Ende.«

»Ach, sieh doch, er passt mir gar nicht.« Ich schob ihn über meinen Ringfinger, er reichte gerade mal bis zum zweiten Fingerglied. »Und außerdem ist Pink nicht wirklich meine Farbe, meinst du nicht auch?«

Ein Grinsen breitete sich auf ihrem Gesicht aus. »Nicht wirklich.«

»Na also.« Mit einem Zwinkern legte ich ihr den Ring in die Hand. »Willst du auch die Krone?«

»Oh nein, die ziehst du auf«, widersprach Scott und nahm mir das zusammengefaltete Papier aus der Hand und setzte sie mir vorsichtig auf den Kopf.

Elli kicherte. »Grün steht dir viel besser als Pink.«

»Danke.« Lachend lehnte ich mich zurück und sah dabei zu, wie Jane sich zur Königin krönte. Scott legte seine Hand wieder auf mein Knie. Ich sah ihn an. In seinen Augen spiegelte sich dieselbe Wärme wider, die ich in mir fühlte – und dieses Mal lag es nicht am Brandy.

Es dauerte, bis jeder eine dieser bunten Papierkronen auf dem Kopf hatte, doch das war okay. Niemand war in Eile, niemand hatte noch etwas vor. Der komplette Raum war erfüllt von lautem Gelächter, egal wie schlecht die Witze in den Knallbonbons waren. Ich lehnte mich zurück, beobachtete, wie die Familie miteinander umging. Mochte sein, dass es kurz zuvor noch Differenzen zwischen Sophie und ihrer Mutter gegeben hatte, doch jetzt zogen sie gemeinsam an einem Christmas Cracker. Sie waren nicht perfekt – wer war das schon? –, aber sie hielten zusammen. Sie hatten jemanden wie mich in ihrer Mitte aufgenommen, ohne mit der Wimper zu zucken. Ohne viel zu fragen.

Scotts Hand lag entspannt auf meinem Oberschenkel, während sein Gesicht strahlte. Nun, da ich seine Familie kannte, verstand ich besser, wie er so sein konnte, wie er war. Positiv, voller Leben und Liebe.

So viel echte Fröhlichkeit, geballt in einem Raum, hatte ich schon lange nicht mehr erlebt – vielleicht sogar noch nie. Zum ersten Mal dachte ich an Skinner und die Jungs. Was sie wohl an diesem Tag machten? Letztes Jahr hatten wir an einer Mitternachtsmesse teilgenommen – nicht um zu beten, sondern weil die Messeteilnehmer eine leichte Beute waren. Mehrere Brieftaschen hatten an jenem Tag den Besitzer gewechselt. Wir hatten sogar zwei Autos aufgebrochen.

Bei diesen Gedanken bildete sich ein Kloß in meinem Hals. Diese Leute, die mir so freundlich ihr Haus geöffnet hatte, wussten nicht, wer ich wirklich war. Ich betrachtete die Hand auf meinem Oberschenkel. Nicht mal Scott wusste, wer ich wirklich war. Wem machte ich hier was vor? Wenn sie es wüssten, würden sie mich sofort vor die Tür setzen – und ich könnte es ihnen nicht einmal verdenken.

»Ich brauch kurz mal frische Luft«, murmelte ich Scott zu und stand auf. Der neugierigen Blicken der anderen bewusst, ging ich zur Terrassentür und schlüpfte hinaus.

Der Regen hatte nachgelassen, trommelte nur noch sanft gegen das Glasdach über der gepflasterten Terrasse. Ich inhalierte die kühle Nachtluft, zog die Zigarettenpackung aus meiner Hosentasche und zündete mir eine Kippe an.

»Alles okay?« Natürlich war mir Scott nach draußen gefolgt.

»Klar.« Ich räusperte mich. »War nur ein bisschen viel auf einmal.«

Scott nickte langsam. »Das kann ich mir vorstellen.«

Ich drehte ihm den Rücken zu, sah hinaus in den Garten, dessen Büsche und Bäume nur düstere Schemen in der Nacht abbildeten.

»Vielleicht war das alles doch keine so gute Idee. Ich weiß, meine Familie kann ziemlich anstrengend sein – und du hast sie komplett geballt abbekommen. Selbst Granny.«

Ich schüttelte den Kopf. »Daran liegt es nicht. Deine Familie ist toll. Wirklich.« Meine Stimme versagte.

Ich spürte Scotts Hand auf meinem Rücken, sie gab mir die Kraft weiterzusprechen.

»Sie lässt mich nur meine vermissen, weißt du? Wir waren nie so eng wie ihr. Es war schon immer schwierig. Aber ganz früher, bevor Dad seinen Job verloren hat, da waren wir normal. Mum kochte, Dad kam heim zum Abendessen. Wir hatten nie viel, aber das war okay.«

Ich räusperte mich, wünschte, ich könnte dieses Kratzen aus meiner Stimme bekommen.

»Es ist lange her, seit ich das letzte Mal am gleichen Tisch mit meiner Familie gesessen hab. Jahre mittlerweile. Es ist jetzt sogar über ein Jahr her, seit ich meine Mum das letzte Mal gesehen hab.«

Der Kloß drückte nun meine Kehle zu, Tränen stiegen mir in die

Augen. Ich nahm einen tiefen Zug von der Zigarette, wollte nicht schon wieder vor Scott weinen.

»Komm her.« Scott zog mich sanft in eine Umarmung. Es schien ihm egal zu sein, dass man uns vom Esszimmertisch vielleicht sehen konnte. »Ich wusste das nicht, tut mir leid.«

»Ich rede auch nicht darüber«, murmelte ich.

»Weißt du, ich glaube, genau das ist ein Problem. Es bringt nichts, Gefühle in sich hineinzufressen. Manchmal müssen sie einfach raus.«

Ich schniefte, löste mich aus der Umarmung. »Es geht schon wieder. Jetzt hätte ich dich fast abgefackelt.« Ich hob die glimmende Kippe hoch, versuchte es mit Lachen, doch es klang krächzend und heiser.

Scott ging darauf ein. »Du solltest dir einen Aschenbecher besorgen, bevor du anfängst zu rauchen. Das macht es einfacher.«

Ich hustete. »Sorry.«

»Hier.« Er reichte mir eine kleine Schale.

»Danke.« Ich zerdrückte die Kippe, hielt inne und seufzte. »Fuck, in der letzten Zeit heule ich eindeutig zu oft.«

»Weinen ist nicht schlimm, Tony. Es ist eine der ehrlichsten Reaktionen, die ein Mensch hat.«

Ich schluckte, verschränkte die Arme. »Ich schätze, ich fühle mich nicht gerne schwach.«

»Das hat doch nichts mit Schwäche zu tun.«

»Nein? Warum fühlt es sich dann so an?«

»Du vermisst deine Familie. Das ist doch völlig normal. Was ist zwischen dir und deiner Mum passiert, Tony?«

Er strich mir mitfühlend über den Rücken. »Wir müssen auch nicht darüber sprechen, wenn dir das lieber ist. Aber ich glaube, es könnte dir guttun.«

Ich atmete ein paar Mal zitternd ein und aus. *»Darüber sprechen bringt nichts. Abhaken, weitermachen«*, hörte ich Skinners Stimme im Kopf. Er hatte damals nichts wissen wollen. Doch hier mit Scott fanden die Worte plötzlich zu mir, suchten sich einen Weg nach draußen.

»Wir hielten zusammen, meine Mum und ich, als alles den Bach hinunterging. Dad verlor seinen Job und fand keinen neuen. Dann fing er an zu trinken.« Ich rieb mir fröstelnd die Oberarme. »Er wird wütend, wenn er besoffen ist. Nicht, dass er handgreiflich wird oder so. Er wird einfach etwas lauter, flucht über die beschissene Welt und wie abgefuckt alles ist. Das war scheiße unheimlich als Kind.«

»Das kann ich mir vorstellen.«

»Meine Mum sorgte dafür, dass ich nicht alles mitbekam, aber wir lebten in einer verfickt kleinen Wohnung. Es gab kein Entkommen. Sie sprach davon, wie sich bald alles ändern würde. Dad müsste nur einen neuen Job finden.« Ich schnaubte. »Doch er versumpfte immer mehr. Wir verloren unsere Wohnung, mussten in eine noch kleinere ziehen, in dieses verdammte Drecksloch in Hackney. Wir waren endgültig am Boden angekommen. Es ging gar nicht mehr darum, dass Dad einen neuen Job fand. Es ging nur noch darum, da wieder irgendwie rauszukommen. Nun, sie fand einen Weg.« Ich tastete nach meiner Zigarettenpackung, zog eine weitere Kippe hervor, zündete sie an und zog daran.

»Was ist passiert?«

»Sie hat auf der Arbeit diesen Mann kennengelernt und meinen Dad für ihn verlassen. Plötzlich hatte sie Geld, ein Haus und einen verfickten neuen Ehemann namens Thomas. Ich war nicht mehr wichtig.«

Scott schüttelte den Kopf. »Das glaube ich nicht.«

»Sie zog aus. Meinte, sie würde mich bald nachholen. Sie und Thomas wollten erst einmal das Haus renovieren, Platz schaffen und so 'n Bullshit. Lauter leere Versprechungen. Dann wurde sie schwanger, alles drehte sich auf einmal nur um das Baby. Sie hat mich einfach so ersetzt. Jetzt hat sie ihre perfekte kleine Familie.«

»Das ist doch Unsinn. Du gehörst ebenso dazu wie das Baby.«

Ich schüttelte den Kopf. »Ich war so sauer. So *verdammt* sauer. Ich hab den Kontakt zu ihr abgebrochen.«

»Du hast was?«

»Es ist noch mehr zwischen uns vorgefallen. Da war dieser große Streit.« Und dann noch das mit Thomas, wie ich ihn behandelt hatte …

»Was ist dann passiert?«

Ich zuckte mit den Schultern. »Nichts.« Zitternd blies ich Rauch in die Luft. Was danach kam, würde ich Scott nicht erzählen. Das ging nur mich und Skinner etwas an.

Scott seufzte. »Scheiße. Das tut mir alles echt leid. Hat deine Mum nicht mal mehr versucht, Kontakt aufzunehmen?«

Ich schüttelte den Kopf, schob das Bild von der Schreibtischschublade mit den Briefen in meinem Kopf zur Seite. »Ich bin ihr egal.«

»Das glaube ich nicht.«

»Glaub es oder glaub es nicht. Es ist so!«, fuhr ich ihn an. »Fuck! Ich wollte nicht darüber reden! Ich hasse diese Gefühle. Ich hasse … was diese Gedanken mit mir machen.« Schon wieder stiegen Tränen in mir auf. »Fuck!«

»Nur wenn du es verdrängst, heißt das nicht, dass die Gefühle weggehen. Vielleicht solltet ihr noch mal versuchen miteinander zu reden …«

»Bist du jetzt mein verdammter Therapeut oder was?«

»Ich will dir nur helfen.«

»Du kannst mir nicht helfen. Es ist vorbei.«

Für eine kurze Weile lag Stille zwischen uns, nur das Rauschen des Windes und das sanfte Klopfen des Regens waren zu hören. Wir beide hingen wohl unseren Gedanken nach. Wo war all die Wut hin, die ich auf meine Mutter hatte? Sie hatte ein klaffendes Loch in meiner Brust hinterlassen. Ich wäre lieber wütend gewesen als so traurig. Mit Wut konnte ich besser umgehen.

»Ich wünschte, ich könnte dir etwas von dem Ballast abnehmen, den du mit dir herumträgst«, sagte Scott leise. »Ich würde dir so gerne helfen.«

»Ich weiß.« Ich seufzte tief, zerdrückte die zweite Zigarette, die heruntergebrannt war, ohne dass ich mehr als ein, zwei Züge genommen hatte.

Zum ersten Mal, seit ich ihm von meiner Mum erzählt hatte, sah ich Scott direkt an, suchte nach Worten, um ihm zu erklären, wie sehr er mir half, ohne es zu wissen. Er brachte zwar einiges in mir zum Einsturz, baute aus den Trümmern aber gleich wieder was Neues auf. Ich wusste nicht, was ich sagen sollte, darum lehnte ich mich vor und küsste ihn zärtlich. Das schien Scott zu überraschen, denn er trat automatisch einen Schritt zurück.

Er lachte ungläubig. »Du überraschst mich immer wieder. Du kannst manchmal ganz schön ablehnend sein, weißt du das? Und im nächsten Moment küsst du mich dann wieder.«

»Tut mir leid«, sagte ich ehrlich betroffen. So hatte ich das gar nicht wahrgenommen.

»Ich weiß nie, was genau in dir vorgeht, was du als Nächstes tust.«

Ich fuhr mir durch die Haare. »Ich bin nicht gut in so was, ich weiß. Ich bin kompliziert. Aber ich hatte vorher noch nie eine Beziehung, ich weiß nicht, wie man so etwas macht.«

»Reden hilft schon mal, Tony. Erzähl mir, was dich beschäftigt. Ich hab dich nämlich sehr gern, weißt du? Auch wenn du verdammt kompliziert bist.«

Ich lachte erleichtert. »Ich dich auch. Jetzt würde ich dich gerne küssen. Mit Ankündigung dieses Mal.«

Scott grinste und trat einen Schritt auf mich zu. »Dann sollte es dieses Mal auch klappen.«

Ich musste an Scotts Aussage denken, dass Gefühle irgendwohin mussten. Meine für Scott lagen alle in diesem Kuss. Ich zog ihn näher an mich heran, vergrub die Hand in seinen Haaren.

»Verdammt«, murmelte Scott atemlos gegen meine Lippen. »Meine Familie kann uns vermutlich von drinnen sehen.«

Widerwillig lösten wir uns wieder voneinander.

»Nach dem Weihnachtspudding können wir uns in mein Zimmer verkriechen.«

Ich nickte schwer atmend. War das ein Versprechen auf mehr?

Kapitel 15

Scotts komplette Familie sah auf, als er die Terrassentür mit einem Quietschen zur Seite schob und wir zurück ins warme Haus traten. Jane lachte. »Ihr müsst ja Eiszapfen sein, so lange, wie ihr draußen gewesen seid.«

Ich versuchte an den fröhlichen Gesichtern zu erkennen, wie viel sie mitbekommen hatten. Auf der Terrasse war es dunkel, die Tür war zur Hälfte von einem dichten Vorhang verdeckt, unmöglich, dass sie uns gesehen hatten. Aber spielte das überhaupt eine Rolle? In diesem Haus mussten wir nicht Versteck spielen.

»Es ist noch Plumpudding da«, rief Elli mit einem Grinsen.

»Wie, ihr habt ohne uns angefangen?« Scott tat, als wäre er empört.

»Es ist noch genug da«, beschwichtigte ihn seine Mutter.

»Das ist nicht meiner«, raunte mir Granny Liz zu, kaum hatte ich mich auf meinen Platz gesetzt. »Das weiß ich genau. Da fehlt der Brandy.«

Mehr aus Anstand als aus Appetit aß ich ein Stück des kuchenähnlichen Weihnachtspuddings. Ich war eigentlich kein Fan von Trockenfrüchten, doch ich wollte nicht mit der Tradition brechen. Scott zeigte deutlich mehr Begeisterung und nahm sogar noch Nachschlag.

Ich dachte daran, was er über sein Zimmer gesagt hatte. Beiläufig ließ ich meine Hand unter den Tisch gleiten, spießte währenddessen mit der Gabel noch ein weiteres Stück Pudding auf und tat, als würde ich Simon zuhören, der Andrew seine neuste Business-Idee erklärte. Die Hand unter dem Tisch ließ ich zu Scotts Knie wandern. Aus den Augenwinkeln konnte ich sehen, wie er mit dem Essen innehielt. Ich strich mit dem kleinen Finger und dem Ringfinger über die Innenseite seines Oberschenkels, ließ die Hand immer weiter nach oben wandern. Scotts Gabel schwebte in der Luft, kaum merklich keuchte er leise.

Ein Grinsen umspielte meine Lippen. Ich hatte erreicht, was ich wollte.

Ich räusperte mich. »Ich glaube, ich würde mich gerne ein bisschen hinlegen, wenn das okay ist. Ich bin echt müde.« Noch bevor ich das sagte, fiel mir auf, dass ich überhaupt keine Ahnung hatte, wo ich die Nacht verbringen sollte.

»Aber natürlich.« Andrew nickte mir zu.

»Wir haben eine Matratze in Scotts Zimmer geschoben. Ich hoffe, das ist okay. Wir haben leider nur ein Gästezimmer und in dem übernachten schon Sophie, Tim und Elli.«

Ich versuchte mir meine Erleichterung nicht zu sehr anmerken zu lassen. »Das ist wunderbar, danke.«

»Komm, ich bring dich nach oben«, sagte Scott rasch und sprang auf.

»Du bist wahnsinnig.« Scott führte mich die Treppe hinauf in den ersten Stock. Unten konnte man die anderen im Esszimmer reden hören, keiner folgte uns.

»Ja?« Ich konnte mir ein Grinsen nicht verkneifen. »Manchmal hab ich einen leichten Hang dazu.«

Oben erwartete uns ein langer Gang. An den Wänden hingen zig Kinderfotos der drei Geschwister. Scott schien ein glückliches, pummeliges Kind gewesen zu sein, auf den meisten Bildern strahlte er in die Kamera.

»Süß«, kommentierte ich.

»Oh, ignorier das.«

Scott ging vor mir. Ich strich ihm leicht über den Rücken. »Welches ist dein Zimmer?«

»Das hinten am Gang, ich …«

Ohne ihn aussprechen zu lassen, packte ich ihn, drängte ihn gegen die Wand und küsste ihn ungestüm. Die Bilderrahmen um uns herum wackelten. Langsam löste ich mich von ihm. Sekundenlang verhakte sich unser Blick, Scotts hastiger Atem streifte meine Wange. Meine Mundwinkel zuckten. Ich schien ihn tatsächlich sprachlos gemacht zu haben. Mit der Zungenspitze fuhr ich sanft über seine Lippen, ließ ihn sich nach mehr sehnen. Ich drängte mich dicht an ihn, presste mein Becken gegen seines, wollte ihn spüren lassen, wie erregt ich war. Scotts Augen weiteten sich.

»Du …«

Ich ließ ihn nicht ausreden, sondern biss ihn sacht in die Unterlippe, dann entfernte ich mich mit einem diabolischen Grinsen.

»Dann sollten wir uns mal dein Zimmer anschauen, hm?« Ich zwinkerte ihm zu.

Es gefiel mir, wie mir Scott atemlos mit leicht geöffnetem Mund hinterherstarrte. Seine Unterlippe unnatürlich rot, malträtiert durch meinen Biss. So verlockend, ich musste mich regelrecht zwingen weiterzugehen.

Das Zimmer war klein. Ähnlich klein wie meins in Dads Wohnung. Nur dass dieses voll war mit Zeug – auch wenn er gar nicht mehr hier wohnte. Die Wände waren ähnlich zugekleistert mit Plakaten wie in seinem WG-Zimmer, auf dem Bett entdeckte ich ein paar alte Kuscheltiere. Es war schmal, nur gedacht für eine Person. Auf dem Boden lag eine weitere Matratze.

»Wir können das hier nicht machen.« Scott stand hinter mir, noch immer atemlos.

»Schh.« Ich legte ihm den Zeigefinger auf den Mund, fuhr damit über die wunderbar volle Unterlippe.

»Aber …«

»Kein Aber. Kein Sprechen.«

Ich schloss die Tür hinter ihm, drückte ihn dagegen, nahm sein Gesicht in die Hände und küsste ihn. Erst sanft, zärtlich, ließ unsere Zungen sich umspielen, gab ihm genug Raum. Dann intensivierte ich den Kuss, küsste ihn lange, innig, tief, ließ die Hände an seinen Schultern nach unten wandern, knöpfte das Hemd auf.

»Ehrlich, Tony, nicht hier …«

Doch ich dachte nicht daran aufzuhören. Wieder biss ich ihm in die Lippe. »Nicht sprechen, hab ich gesagt.«

Scott stöhnte gegen meinen Mund, als ich eine Hand in seine Hose schob. Er gab den Widerstand auf, ließ mich machen. Meine Lippen wanderten über seinen Hals, saugten sich an der weichen Stelle zwischen Hals und Schlüsselbein fest. Das leise Stöhnen machte mich heiß, ich wollte mehr davon. Kurz entschlossen kniete ich mich vor ihm hin, knöpfte rasch seine Hose auf und zog sie ihm samt der Pants herunter.

»Tony, warte … Oh Gott.«

Scotts Augen weiteten sich, als ich seinen Penis mit der Hand umschloss, sie langsam auf und ab bewegte.

Es war ein merkwürdiges Gefühl, auf der anderen Seite zu stehen. Normalerweise war ich es, der es sich von jemandem besorgen ließ, doch es war erstaunlich berauschend, nahezu ebenso erregend, zu sehen, wie Scott sich verkrampfte, den Kopf nach hinten lehnte, die Augen geschlossen und sich auf die Unterlippe biss, um nicht zu laut zu werden. Mit Scott war alles anders, schoss es mir durch den Kopf. Ohne ihn aus den Augen zu lassen, lehnte ich mich nach vorne, legte die Lippen auf seinen pochenden Schwanz.

Scotts schnappte hilflos nach Luft. »Oh fuck.«

Je länger ich mit ihm zusammen war, desto mehr brachte ich ihn zum Fluchen. Keine Ahnung, ob man das einen guten Einfluss nennen konnte.

Ich nahm ihn so weit wie möglich in mir auf.

Endlich konnte er ein richtiges Stöhnen nicht mehr zurückhalten. Kurz darauf war es bereits so weit. Der Orgasmus überrollte ihn, in heißen Schüben entlud er sich.

Scott seufzte, atmete schwer. Seine Hände krallten sich an die Wand, als suche er nach Halt. Ich grinste ihn an, stand auf und küsste ihn.

»Du bringst mich noch um«, murmelte er an meine Lippen.

»Das war schon geil, hm?« Ich zwinkerte ihm zu, gab ihm einen neckischen Kuss und zog ihn aufs Bett.

»Was, wenn meine Eltern reingekommen wären?«

Scott lag auf dem Rücken, mit offenem Hemd und nur mit Boxershorts bekleidet. Noch immer atmete er schwer.

Ich stützte mich auf meinem Ellenbogen ab und beobachtete ihn. »Wären sie nicht, du hast ja die Tür versperrt.« Ich lachte leise.

Scott kicherte ebenfalls. »Verdammt, du bist echt verrückt.«

»Ein bisschen.« Ich streckte mich auf dem Bett aus, lächelte zufrieden.

Scott drehte mir den Kopf zu. »Und du hattest echt noch nie eine Beziehung?«

»Nur eine kurze mit einem Mädchen.«

»Einem Mädchen?« Scott sah mich überrascht an.

»Ich hab halt herumexperimentiert.« Ich schmunzelte. »Sie hat noch vor mir gewusst, dass ich schwul bin. Und hat mir durch ’ne Menge hindurchgeholfen.« Schlechtes Gewissen regte sich in mir. Vielleicht sollte ich mich doch mal bei Molly melden …

»Aber mit einem Kerl hattest du noch nie eine Beziehung?«

»Das bedeutet nicht, dass ich keinen Sex hatte.«

Scott räusperte sich. »Natürlich. Bei mir ist das andersherum.«

Ich runzelte die Stirn. »Wie meinst du?«

»Ich hatte Beziehungen, aber keinen Sex.«

Ich setzte mich auf. »Du hattest noch nie Sex?«

Er sah beschämt zur Seite. »Ist das ein Problem?«

»Natürlich nicht«, beeilte ich mich zu sagen. »Ich hab gar nicht darüber nachgedacht, sorry.«

Hatte ich wirklich nicht. Meine ersten Erfahrungen hatte ich mit sechzehn gemacht. Ich war einfach davon ausgegangen, dass es bei Scott ähnlich gewesen sein musste, so offen, wie er mit seiner Sexualität umging.

»Deswegen ist Reden immer ganz praktisch, weißt du?« Er zwinkerte mir zu.

Ich räusperte mich. »Also, wir müssen nichts machen, was du nicht willst.«

»Oh, das vorhin hat mir schon gut gefallen.« Scott rollte sich zur Seite, sodass wir uns gegenüberlagen.

Ich streckte meine Zunge aus, konnte damit fast seine Nasenspitze berühren. Er lachte und lehnte sich vor, legte seine Lippen auf meine. Ich schloss die Augen, ließ ihn dieses Mal den Kuss dirigieren. Viel zu früh nahm er wieder Abstand, blieb aber mit seinem Gesicht nur wenige Zentimeter von meinem entfernt.

»Manchmal frage ich mich, was du mit so einem wie mir willst.«

Ich runzelte die Stirn. »Was meinst du damit?«

»Na ja, ich hätte nie gedacht, dass so jemand wie du auf jemanden wie mich steht.«

»Was heißt *jemand wie ich*?«

»Na ja, du bist echt heiß. Und ich bin im Grunde ein … Plumpudding.« Scott lachte leise.

Prustend schubste ich ihn von mir. »Weißt du, Plumpudding ist wahnsinnig lecker.«

»Du stehst also auf Plumpudding?«

»Ich stehe auf *diesen* Plumpudding.« Ich lehnte mich über ihn, vergrub knurrend meine Lippen in seiner Halsbeuge, leckte mit der Zunge über seinen Adamsapfel.

Scott kicherte. Langsam arbeitete ich mich hoch zu seinen Lippen. »Weißt du, ich hab mich am Anfang vor allem in dein Lachen verliebt.«

Ich küsste seine Mundwinkel. Erst da fiel mir auf, was mir da herausgerutscht war. Ich hatte von verliebt gesprochen. Liebe. Verdammt. Abrupt setzte ich mich auf.

»Meinst du das ernst?«, fragte Scott heiser.

Ich schluckte, nickte langsam. »Ich schätze schon.«

Er legte den Kopf schief, der Schalk blitzte in seinen Augen. »Du schätzt?«

Er spielte auf unseren ersten Kuss an. Ich verdrehte die Augen.

»Lies da nicht so viel rein, Mullinger.«

Ich lehnte mich wieder vor, küsste ihn, hauptsächlich, um ihn davon abzuhalten zu sprechen.

Fuck. Ich saß am Fußende des Bettes. Scott lag auf dem Bauch, ausgebreitet auf der ganzen Matratze und schlief tief und fest. Ich lauschte seinen gleichmäßigen Atemzügen.

Verdammte Scheiße, ich hatte von Liebe gesprochen. Von *Liebe*. Hatte ich mich in Scott Mullinger verliebt? Alle Anzeichen sprachen dafür. Ich verbrachte das verdammte Weihnachtsfest mit ihm und seiner Familie. Als ich verletzt gewesen war, war ich zu ihm gekommen, nicht zu meinen Freunden. Zudem konnte ich an nichts anderes denken, als mit ihm zu schlafen. Dabei ging es mir nicht ums Ficken. Es ging um mehr als das. Verdammt noch mal viel mehr als das. Ich vergrub das Gesicht in den Händen. Das war nicht gut.

Ich brauchte dringend frische Luft. Langsam stand ich auf, schlüpfte in meine Schuhe. Im Haus war alles still, kein Mucks war zu hören. Vorsichtig tappte ich über die Dielen, die Treppe hinunter. Im Flur nahm ich einen der Schlüssel vom Holzbrett, zog meine Jacke an. Ich erschrak fast zu Tode, als Tempest auf einmal schwanzwedelnd neben mir stand. Für einen Moment hatte ich Angst, sie würde anfangen zu bellen und das ganze Haus aufwecken. Doch sie gähnte nur fiepsend.

»Ich kann dich nicht mitnehmen«, murmelte ich, streichelte dem Hund über den Kopf, ließ mir sogar die Hand abschlecken. »Geh wieder zurück in dein Körbchen. Ich bin bald wieder zurück.« Merkwürdigerweise gehorchte sie sogar.

Draußen atmete ich tief ein, zog die Kapuze über den Kopf. Der Sprühregen würde sie schnell durchweicht haben. Ich musste laufen, musste mich bewegen. In Crawley herrschte eine Ruhe, die ich von London nicht gewohnt war.

Ich lief die Straße entlang, die Hände tief in den Jackentaschen vergraben. Ich musste eine Entscheidung treffen, es ließ sich nicht länger aufschieben. Entweder würde ich Scott die Wahrheit erzählen müssen, über meine Freunde, unsere erste Begegnung, oder ich musste die Beziehung mit ihm beenden, bevor es noch schlimmer wurde.

Ein Teil von mir wusste, dass es für die zweite Variante bereits zu spät war. Und die erste Variante bereitete mir eine Scheißangst. Scott würde enttäuscht von mir sein, nicht verstehen, dass ich damals diesen Weg gewählt hatte. Dann bestand da noch das Problem mit der Gang. Musste ich ihnen auch die Wahrheit sagen? Konnte ich Skinner von Scott erzählen? Würde er es verstehen? Die zwei Welten, die ich mir aufgebaut hatte, waren so verschieden. Konnten sie miteinander fusionieren? Oder würde ich mich für eine entscheiden müssen?

Skinner und Scott hatten mich beide auf ihre Weise gerettet. Beide waren ein Teil meines Lebens. Wie konnte ich einen wieder streichen?

»Warum ist das nur so kompliziert?«, murmelte ich, blieb stehen, atmete tief ein und aus. Die kalte Winterluft tat gut. Ich runzelte die Stirn, streckte die Hand aus. Das war kein Sprühregen mehr. Kleine Flocken landeten auf meiner Hand. Schnee an Weihnachten. Ein Grinsen schlich sich auf mein Gesicht. Wie kitschig. Scott würde das gefallen.

Auf der Straße schmolz der Schnee sofort, doch auf den Büschen der Vorgärten und den schmalen Wiesenstreifen bildete sich bereits eine dünne weiße Schicht. Eine unberührte Decke aus Eiskristallen, die im Licht der Straßenlaternen glitzerte. Schnee war nur schön, solange er unberührt war.

Kapitel 16

Der Schnee hielt sich nicht lange. Bereits am Morgen war nur noch eine feine Schicht Pulverschnee auf den Wiesen zu erkennen.

»Du hättest mich wecken können«, beschwerte sich Scott, als ich ihm von meinem nächtlichen Ausflug erzählte.

Ich schüttelte den Kopf. »Du hast so zufrieden ausgesehen im Schlaf.«

Scott gähnte. »Ich hatte auch allen Grund dazu.«

Ich lehnte mich zu ihm, verharrte kurz vor seinen Lippen. »Denk nur daran, was ich noch alles mit dir machen könnte.«

Seine Augen funkelten. »Wird Zeit, dass wir wieder zurück in die Wohnung kommen, wo wir komplett für uns sind.« Er küsste mich.

»Hm, sehr verlockend.«

Ich würde ihm die Wahrheit sagen müssen. Das war ich ihm schuldig. Ich musste nur den richtigen Zeitpunkt finden.

Über Nacht war nicht nur der Schnee, sondern auch der Weihnachtsmann gekommen. Die Strümpfe, die Familie Mullinger im Wohnzimmer aufgehängt hatte, waren prall gefüllt mit Geschenken. Elli war völlig aus dem Häuschen, als sie entdeckte, dass der Weihnachtsmann sogar von dem Stück Plumpudding abgebissen hatte, das sie ihm hingestellt hatte.

Ich lehnte mich zurück, beobachtete das Treiben, wie sie ihre Päckchen auspackten, dabei lachten und scherzten. Scott freute sich besonders über das Geschenk von Elli: ein kleiner Totenkopf aus Plastik, der Shakespeare rezitieren konnte.

»Nein, wie schön!«, rief Jane, als sie die Portraitzeichnung auspackte. »Schau mal, Andy. Scotty, wie er leibt und lebt. Wo hast du das machen lassen?«

Scott lächelte. »Der Künstler sitzt auf dem Sofa.«

Ich spürte, wie ich rot wurde. »Ist nur eine kleine Zeichnung.«

»Das hast das gemacht?« Scotts Mutter strahlte mich an. »Meine Güte, du hast wirklich Talent. Das bekommt einen Ehrenplatz hier im Wohnzimmer.«

»Das ist lieb, danke.«

»Wir haben auch was für dich.« Sie lächelte und hielt mir eine kleine, mit Eiskristallen verzierte Tüte hin.

Meine Augen weiteten sich überrascht. »Das wäre doch gar nicht notwendig gewesen.«

Scotts Vater winkte ab. »Es ist nur eine Kleinigkeit.«

In der Tüte steckten einige Leckereien, zwei Mince Pies und etwas Fudge. Zusätzlich entdeckte ich ein Glas mit selbst gemachter Orangenmarmelade.

»Das ist wirklich nett, danke!« Ich hatte einen Kloß im Hals, wusste nicht, was ich sonst sagen sollte. Ich meinte das ernst. Sie hätten mir nichts schenken müssen.

Scotts Mutter schloss mich kurz in die Arme. »Fröhliche Weihnachten.«

Für einen Moment schossen mir Tränen in die Augen. Wann hatte mich meine Mutter das letzte Mal so umarmt? Ich schluckte. »Frohe Weihnachten.«

»Ich hab auch noch was für dich.« Scott ließ sich neben mir aufs Sofa plumpsen, reichte mir einen Umschlag.

»Wir haben nicht gesagt, dass wir uns was schenken.« Ich fühlte mich schlecht, weil ich für niemanden etwas hatte.

Scott winkte ab. »Öffne es einfach.«

Zwei Karten fielen mir entgegen. Eintrittskarten für *Les Misérables*. Das Musical, das ich zusammen mit meiner Mum gesehen hatte, vor vielen, vielen Jahren. Dessen Musik mir immer noch dann und wann im Kopf herumschwirrte, trotz all den Änderungen in meinem Leben.

»Und, freust du dich?« Scott sah mich gespannt an.

»Sehr. Aber … ich kann das nicht annehmen«, sagte ich mit belegter Stimme. »Die Karten sind zu teuer.«

»So teuer waren sie gar nicht. Und ich hab ja auch was davon. Vorausgesetzt du nimmst mich mit.« Er zwinkerte mir zu.

Ich lachte. »Das muss ich mir noch gut überlegen.«

Scott zwickte mich in die Seite. »Ich habe schlagkräftige Argumente.«

»Ach ja?«

»Wir können darauf näher eingehen, wenn wir wieder zu Hause sind.« Er grinste verschwörerisch.

Zurück im lauten London. Endlich. Nachdem wir noch den Nachmittag mit Scotts Familie verbracht und gemeinsam die Weihnachtsansprache der Queen angeschaut hatten, war ich froh, als wir uns verabschiedeten. Scotts Mutter versuchte uns noch zu überreden, auch den Boxing Day bei ihnen zu verbringen, doch Scott nutzte als Ausrede, dass er noch dringend seinen Text lernen musste.

Seufzend schloss er die Haustüre auf. »Das waren spannende Weihnachten.«

»Voller Überraschungen«, murmelte ich.

»Du warst sehr still auf der Heimfahrt.«

Das lag daran, dass ich darüber nachgedacht hatte, wie ich Scott alles erzählen sollte – und keinen Schritt weitergekommen war.

»Ich bin einfach nur müde, das ist alles.«

»Du hast dich jedenfalls gut geschlagen.« Scott grinste, während er wie ein Flamingo auf einem Bein stand und sich den Schuh vom Fuß zog. »Sie mögen dich.«

»Meinst du?« Ich hängte meine Jacke an die Garderobe. Zurück in der Wohnung zu sein fühlte sich tatsächlich ein bisschen an wie heimkommen.

»Du hast sie doch gehört, du bist jederzeit willkommen.«

»Ach, sie war doch nur höflich«, murmelte ich.

»Meine Mum gibt nicht jedem was von ihrer Orangenmarmelade ab. Normale Gäste bekommen nur Erdbeere.«

Ich lachte. »Dann fühle ich mich geehrt.«

»Willst du einen Tee?« Scott lief voran in die Küche.

»Klar. Ich bekomme ja mittlerweile schon Entzugserscheinungen, wenn ich nicht meine tägliche Dosis Schwarztee kriege.«

Scott grinste. »Wusste ich doch, dass ich dich noch zum Tee-Junkie mache.«

Er stand mit dem Rücken zu mir, griff nach einer Dose. Ich nutzte den Moment, stellte mich dicht hinter ihn, fuhr mit der Zungenspitze über seinen Nacken, nur um ihn kurz darauf dort zu küssen. Ob unbewusst oder nicht, Scott drückte seinen Rücken durch, presste seinen Arsch gegen mein Becken. Ich spürte, wie ich hart wurde.

»Verdammt, du machst mich fertig, Mullinger.« Ich gab ihm einen letzten Kuss auf den Nacken, ging wieder auf Abstand und ließ mich breitbeinig auf einen der Küchenstühle fallen.

Scott drehte sich um. In seinen Augen lag dieses Funkeln, von dem ich mittlerweile genau wusste, dass es auftrat, wenn er erregt war. Er nahm zwei Tassen, stellte eine vor mich und setzte sich mit der anderen mir gegenüber.

»Davon abgesehen, dass du angefangen hast, seit wann nennst du mich Mullinger?«

Ich zuckte mit den Schultern, grinste frech. »Ich schätze, seitdem ich dir einen geblasen habe.«

Scott lachte prustend. »Was soll ich daraus jetzt lesen, hm?«

»Keine Ahnung – dass ich dich Mullinger nenne, wenn ich scharf auf dich bin?«

In Scotts Augen blitzte der Schalk auf. »Solange du nicht von mir verlangst, dass ich Hawkins schreie, wenn ich komme, kann ich damit leben.«

Ich lachte und nippte vorsichtig an dem heißen Tee. War jetzt ein guter Augenblick, um zu reden? Immerhin saßen wir gemütlich zusammen. Das wäre theoretisch eine passende Gelegenheit. Nur wie und wo sollte ich anfangen?

Scott beobachtete mich mit nachdenklich gerunzelter Stirn. Wenn ich erst einmal anfing, würde es schon zu einem Selbstläufer werden. Ich atmete tief durch.

»Ich muss dir was sagen.«

Das schien Scott aus einem Gedanken gerissen zu haben. Er nickte schnell mit dem Kopf. »Ja, ich dir auch … Ich will mit dir schlafen.«

Es dauerte ein paar Sekunden, bis die Info mein Gehirn erreicht hatte. »Eh … was?«

»Ich will, dass wir Sex haben.«

»Ähm, so richtig?«

Scott fuhr sich nervös durchs Haar. »Äh ja, was auch immer du unter *so richtig* verstehst.«

Verdammt, mein Kopf war zu sehr mit anderen Dingen beschäftigt. Ich stellte mich gerade extrem dumm an! »Sorry. Ich hab damit gerade echt nicht gerechnet. Bist du sicher?«

Scott nickte langsam. »Ja.« Er seufzte. »Ja, ich will es. Ich konnte in den letzten Tagen an nichts anderes mehr denken.« Sein Lachen klang unsicher. »Also … was denkst du?«

»Ja!«, kam es wie aus der Pistole geschossen aus meinem Mund. »Sorry, na klar will ich mit dir schlafen. Jetzt sofort?«

»Oh Gott, darf ich meinen Tee noch austrinken?«

Wir sahen uns kurz an, brachen in prustendes Gelächter aus. Die ganze Szene wirkte auf einmal so sonderbar. Ich war mir sicher, dass wir beide mit den Gedanken gerade in einem komplett anderen Zimmer waren. Trotzdem nippten wir weiter an unseren heißen Getränken. Aufregung machte sich in meinem Magen breit. War es wirklich so weit? Würden wir es tun? Am liebsten wäre ich gleich hoch ins Schlafzimmer gestürmt.

Scott räusperte sich. »Was wolltest du mir vorhin sagen?«

»Nicht so wichtig«, sagte ich schnell, konnte ihm dabei nicht in die Augen schauen. Das war definitiv nicht der richtige Zeitpunkt für so ein Gespräch – auch wenn ich mich langsam fragte, ob der je kommen würde …

Wir ließen uns Zeit. Viel Zeit. Auch wenn ich Scott am liebsten die Klamotten vom Leib gerissen hätte, ließ ich ihn das Tempo vorgeben. Wir knieten beide noch völlig angekleidet auf dem Bett. Ohne meinen Blick loszulassen, knöpfte Scott mir langsam das viel zu große Hemd auf.

»Hm, ich mag es irgendwie, wenn du meine Kleidung trägst.«

Ich grinste. »Macht dich das an?«

»Hmm«, murmelte er zustimmend, lehnte sich vor und ließ die Lippen über meine nackte Halsbeuge wandern. Über meinen Körper jagten Schauer. Diese vorsichtigen, zaghaften Berührungen lösten in mir so viel mehr aus als all meine bisherigen Sexabenteuer – und dabei hatten wir noch nicht einmal richtig angefangen. Ich war selbst überrascht über meine heftigen Empfindungen. Seine Zungenspitze zog feuchte Kreise über mein Schlüsselbein.

Seufzend lehnte ich mich ihm entgegen. Seine Hände glitten von der Hüfte über meinen Rücken, die Berührung war so sanft, so zaghaft, ich wünschte mir, er würde stärker zupacken, und irgendwie auch nicht. Meine Erektion pochte gegen den engen Stoff der Jeans.

Ich wollte nicht mehr warten. Mit fahrigen Handbewegungen öffnete ich meinen Gürtel, machte die Hose auf.

Scott atmete scharf ein, als ich seine Hand nahm und erst langsam über meinen Bauch dirigierte und sie dann unter den Bund meiner Boxershorts schob. Dabei hielt ich Scotts Blick gefangen und stöhnte leise, als seine Finger mich umschlossen. Endlich.

Nur wenige Zentimeter trennten unsere Gesichter, Scotts hastiger Atem streifte über meine Wange, meine Lippen. Ich überbrückte den Abstand zwischen uns, stieß die Zunge ungestüm in seinen Mund, gleichzeitig begann Scott seine Hand zu bewegen. Das hier war anders, so viel mehr als alles zuvor. Sein Geruch, seine Wärme… Ich wollte bei ihm sein, *in* ihm.

Die Hose war nun endgültig störend. Hastig befreite ich mich aus dem Klamottengefängnis, streifte sie samt der Boxershorts ab und kniete nun vollkommen nackt vor Scott, dessen Blick an mir heruntterglitt. Er sah mich so zum ersten Mal, fiel mir auf.

Ein Schmunzeln umspielte meine Lippen. »Gefällt dir, was du siehst?«

Selbstbewusst stemmte ich die Arme in die Seite.

Scotts Augen funkelten. »Joa, kann man so stehen lassen.«

Ich prustete. »Stehen lassen? Da sollte man eher was dagegen unternehmen.« Ich fasste mir an meinen Ständer, ließ die Hand langsam auf und ab gleiten, genoss das Gefühl. »Ich kann das auch allein machen, wenn du nicht helfen willst.«

»Untersteh dich.« Er robbte nach vorne, stieß mich zurück aufs weiche Bett, sodass ich auf dem Rücken lag, arbeitete sich mit den Lippen von meinem Bauch vor bis zu meiner Leiste. Verharrte dort zögernd.

»Na, mach schon.« Ich seufzte leise.

»Sicher, dass deine Rippen das überstehen?«

Aus mir drang eine Mischung aus Schnauben und Lachen. »Das fragst du jetzt? Nachdem du mich schon aufs Bett gestoßen hast?«

»Ich wollte nur …«

»Mir geht es gut. Ehrlich.«

Ich setzte mich leicht auf, versicherte Scott mit meinem Blick, dass alles okay sei. Kurz darauf umfasste er mich mit seiner Hand, bewegte sie quälend langsam rauf und runter.

»Oh jaa.«

Ich sah, wie Scott den Kopf neigte und kurz zögerte.

»Du … ähm … bist sicher, dass du gesund bist, oder?«

»Ja, ich mach's sonst nie ohne Kondom und ich lass mich regelmäßig … Fuck …« Ich krallte die Hände in das Bettlaken, ließ mich nach hinten fallen und schloss die Augen, während sich Scotts Mund um meinen Schwanz schloss. Mein Verstand schaltete sich aus, ich stöhnte laut auf. Ein Glück war sonst niemand im Haus. Es war wahrlich nicht das erste Mal, dass ein Kerl das bei mir machte, doch so etwas hatte ich noch nie gefühlt. Es ging nicht darum, so schnell wie möglich Erlösung zu finden. Es ging um so viel mehr als das.

»Fuck.« Ich saß gegen den Bettpfosten gelehnt, mein Atem beruhigte sich nur langsam wieder. Mit einem Taschentuch wischte ich mir über den Bauch.

Scott saß am anderen Bettende, lehnte sich auf seine Hände gestützt zurück und grinste zufrieden. Unsere Beine berührten sich in der Mitte, verschränkten sich. Ich stupste seinen Oberschenkel an.

»Du hast mir noch entschieden zu viel an.«

Während Scott nach wie vor Hosen und T-Shirt trug, war ich komplett nackt. Selbst die Strümpfe hatte ich mir von den Füßen geschoben.

»Ich genieße gerade den Anblick.«

»Den wirst du heute noch länger haben. Aber jetzt bin ich dran mit schauen.« Ich grinste. »Komm schon, zieh dich aus.«

»Sicher, dass du das sehen willst?« Scott wich meinem Blick aus.

Seufzend setzte ich mich auf. »Ist das wirklich dein Ernst? Zweifelst du nach allem immer noch daran, dass ich dich sexy finde? Zieh dich aus! Sofort!«

»Huh, du wirst ja richtig dominant.«

»Fordere nicht heraus, wie dominant.«

Scott schob sich das T-Shirt über den Kopf und warf es in die Ecke. Als Nächstes war die Hose dran.

»Die Boxershorts auch noch«, sagte ich, als er zögerte.

Scott lachte leise. »Zu Befehl.«

Endlich war auch er nackt. Ich ließ den Blick über seinen Körper gleiten, verstand nicht, warum er sich schämte. Mochte sein, dass er ein paar Pfunde mehr auf den Rippen hatte, aber das machte ihn nicht unattraktiver – nur etwas weicher. Grinsend kam ich näher. Es gab einen Weg, wie ich diese Unsicherheit aus seinem Blick vertreiben konnte. Ich zog sein Gesicht für einen Kuss zu mir, vergrub meine Zähne in seine Unterlippe, was ihn aufstöhnen ließ. Dann schob ich Scott sanft, aber bestimmt zurück in die Kissen und begab ich mich auf Erkundungstour. Ich ließ mir Zeit, erforschte mit Lippen und Händen jeden Millimeter seines Körpers, genoss es, wie Scott auf meine Berührungen reagierte. Sein Körper war weich, die Haut angenehm warm. Meine Zunge umspielte seine Brustwarze, entlockte ihm ein Stöhnen. Seine Erektion presste sich heiß und fordernd gegen meinen Bauch. Ich rutschte weiter nach oben, meine Lippen arbeiteten sich zu seinem Mund vor.

»Du hast gesagt, du willst mit mir schlafen«, murmelte ich und küsste ihn.

»Ja«, hauchte Scott atemlos.

»Meintest du da eher aktiv oder passiv?«

»Oh.« Er räusperte sich. »Ich weiß nicht. Was magst du lieber?«

»Aktiv.«

»Okay.«

»Bist du sicher?«

Scott atmete tief durch, sah mir fest in die Augen und nickte. »Ja.«

»Wir brauchen Gleitgel und Kondome.«

»Im Nachttisch. Ich geh noch kurz ins Bad.«

Ein Lächeln huschte über seine Lippen. Er stand auf und lief durch den Raum. Zum ersten Mal konnte ich seinen nackten Hintern bewundern.

Ich wollte ihn. Ich wollte ihn sofort. Doch ich rief mir ins Gedächtnis, dass es Scotts erstes Mal war und ich wollte ihn nicht überfordern. Er sollte es genießen können und darum würde ich mir Zeit nehmen. Ich griff nach der Tube und verteilte das Gleitgel auf meinen Fingern.

»Oh Gott, Tony.«

»Entspann dich«, murmelte ich.

Verdammt, war das heiß. In mir flammte der Gedanke auf, dass ich so etwas noch nie zuvor erlebt hatte. Jeder Sex, den ich bisher gehabt hatte, war schnell und stürmisch gewesen. Um nichts in der Welt hiermit zu vergleichen …

»Ich glaube, ich bin jetzt bereit«, flüsterte Scott.

Er griff nach der Packung Kondome auf dem Bett neben sich.

»Du bist sicher, dass du das willst?«, fragte ich atemlos, bettelte innerlich, dass er jetzt keinen Rückzieher machen würde.

In Scotts Gesicht standen Lust und Zögern gleichermaßen geschrieben, doch er nickte. »Ich würde dich nur gerne dabei ansehen, wenn das okay ist.«

»Klar«, antwortete ich überrascht. Das war auch für mich Neuland. Bisher hatte ich hauptsächlich schnellen Sex in Clubs gehabt. Da stellte sich die Frage nach der Position oft gar nicht erst.

Scott schloss die Augen, ließ den Kopf nach hinten sinken.

Gott, wie sehr wollte ich ihn sofort ficken. Aber ich würde vorsichtig sein. Scott schien jedoch etwas gegen mein zaghaftes Vorgehen zu haben und schob mir mit einer allessagenden Bewegung sein Becken entgegen.

»Sicher?«, fragte ich ein letztes Mal.

»Mach«, erwiderte Scott und schlang seine Beine um mich. Nun konnte ich es nicht eilig genug haben, mir ein Gummi überzustreifen und Gleitgel aufzutragen.

Mit beiden Händen umfasste ich seine Hüften, zog ihn etwas näher zu mir heran.

»Oh Gott.« Scott erzitterte unter mir.

Ganz vorsichtig glitt ich in ihn, gab ihm genug Zeit, sich an das Gefühl zu gewöhnen, sich zu entspannen. Scotts Augen waren weit aufgerissen, der Blick entrückt, aber fest auf mich gerichtet. Ich hatte sie ebenfalls geöffnet, wollte, dass er sah, wie sehr er mich anmachte, wie viel er mir bedeutete. Mit den Händen krallte er sich an meinem Rücken fest. Seine Nähe war so intensiv, das Gefühl so… atemberaubend. Leise stöhnend verharrte ich mit meinen Lippen vor seinen.

»Du fühlst dich so verdammt gut an«, flüsterte ich. »Ist es okay für dich?«

Scott griff mir als Antwort in den Nacken, zog mich zu einem Kuss heran. Ich begann mich in ihm zu bewegen.

Ich konnte nicht aufhören, ihn anzusehen, konnte nicht mehr denken, versank in dem intensiven Blick seiner braunen Augen, bis er sie schloss, den Kopf zurücklehnte und sich an den Schwanz griff.

»Oh Gott … Fuck …« Ich schloss ebenfalls die Augen, spürte, wie ich mich immer schneller dem Höhepunkt näherte, bis ich kurz darauf kam. Keuchend presste ich meine Stirn gegen Scotts. Mit einem erschöpften Grinsen legte ich meine Hand auf seine und nach nur wenigen Bewegungen erreichte er ebenfalls den Höhepunkt. Wenig später folgte mir auch Scott. In purer Ekstase verzog er das Gesicht und stöhnte laut. Ich küsste seine geschwollenen Lippen.

»Fuck, war das gut.«

»Hmm«, brummte Scott atemlos.

Ich drückte meine Lippen auf seinen Hals, atmete tief ein und aus. Dann rollte ich mich von ihm, entfernte das Kondom, verknotete es und warf es auf den Boden.

Beide lagen wir auf dem Rücken, starrten an die Decke, während unser Herzschlag nur langsam zu seinem normalen Rhythmus zurückfand.

»Alles okay?«, fragte ich vorsichtig, sah Scott von der Seite an.

Er drehte ebenfalls den Kopf. »Ohh ja.« Ein Grinsen schlich sich auf seine Lippen. »Das war der Wahnsinn. Ist das immer so?«

»Oh nein, nur mit mir.« Ich zwinkerte und küsste ihn kurz. »Hab besser Sex nur mit mir, für den Rest deines Lebens.«

Erst als die Worte draußen waren, begriff ich, wie sie klangen. »Ich meinte damit nicht, dass wir … du weißt schon … bis zum Rest unseres Lebens …«

Scott lachte schallend. »Ich hab's schon verstanden, keine Panik. Und da sagst du, du wärst kein Romantiker.«

Er legte den Arm um mich, strich mit den Fingerspitzen über meine Schulter. Automatisch rutschte ich näher an ihn heran. Ich war nie ein Kuscheltyp gewesen. Schon damals mit Molly nicht und erst recht nicht danach. Nach dem Sex war ich immer sofort verschwunden. Jetzt lag ich hier mit Scott, träge und immer noch nackt. Doch ich musste zugeben, ich genoss es, mein Gesicht in seine Halsbeuge zu drücken, seinen Geruch tief einzuatmen. Scott hatte mich verändert, das ließ sich nicht mehr rückgängig machen.

»Verdammt, Mullinger, ich glaube, ich hab mich echt in dich verliebt.«
Sein Lachen ließ meine Wange vibrieren.
»Dito, mein Lieber, dito.«

Kapitel 17

Der Rauch aus meiner Zigarette vermischte sich mit dem dünnen Nebel, der durch die Straßen waberte. Ich hätte mit der U-Bahn fahren können, doch ich genoss die kühle Luft am frühen Morgen. Die Geschäfte auf der Borough High Street öffneten gerade Türen und Fenster, aus den Küchen der Cafés waren das Klappern von Geschirr und gestresste Rufe zu hören. Der Geruch von frischem Kaffee und Frühstück wehte auf die Straße, ließ meinen Magen hungrig knurren.

Ob Scott bereits wach war? Ich hatte das Haus verlassen, ohne ihn zu wecken. Wie zufrieden er im Schlaf ausgesehen hatte … Hoffentlich war er nicht sauer. Aber ich musste ein paar Dinge klären, bevor ich ihn wiedersah.

Ich nahm einen tiefen Zug von der Zigarette. Fuck, so einfach kam ich da nicht mehr raus. Ich hatte mich hoffnungslos verliebt in diesen dicken, theatralischen Jungen, der unbedingt Musicaldarsteller werden wollte. Ausgerechnet ich …

Es ließ sich nicht länger leugnen, dass ich vor einem handfesten Problem stand. Ich konnte Scott nicht die Wahrheit sagen. Es ging einfach nicht. Wie zur Hölle sollte er es verstehen? Ich musste dringend mit jemandem über diesen ganzen Schlamassel reden. Mit jemandem möglichst Außenstehenden.

Die letzte Station fuhr ich mit der U-Bahn. Noch immer früh am Morgen stand ich vor der Haustür. Es war ewig her, seit ich das letzte Mal hier gewesen war. Ich klingelte. Zum Glück wusste ich, dass Molly bekennende Frühaufsteherin war.

Wenig später öffnete sich die Tür und ein verschlafenes Gesicht schaute hervor.

»Was zum Teufel machst du hier?«

»Ich glaub, ich brauch deine Hilfe«, sagte ich kleinlaut.

Molly seufzte, stieß die Tür einen Spalt weiter auf. »Was hast du angestellt?«

Ich ging an ihr vorbei in die Wohnung. Molly schloss die Tür hinter mir und lehnte sich dagegen.

»Nichts. Es ist nicht so, wie du denkst.«

»Ach nein?« Sie hob zweifelnd die Augenbrauen.

Die WG hatte sich seit dem letzten Mal nicht viel verändert. Die bunten Acrylbilder hoben sich von den dunkelblauen Wänden des Flurs ab, ein paar neue waren dazugekommen. Molly hatte eine Vorliebe für grelle Farben.

»Wer in Gottes Namen klingelt so früh?« Ein weiteres müdes Gesicht lugte aus einem Zimmer. Bei meinem Anblick verfinsterte sich der Blick des Mädchens. »Nicht der schon wieder.«

»Kate«, erwiderte ich kalt.

»Der hat doch nicht vor zu bleiben, oder?«

»Nein, er kriegt jetzt einen Kaffee und danach kann er wieder gehen.« Molly drehte mir den Rücken zu und verschwand in der Küche. Ohne Kate weiter zu beachten, folgte ich ihr.

»Sie kann mich immer noch nicht leiden, hm?«

»Kannst du es ihr verübeln?«

»Nein.«

Im letzten Jahr, bevor Skinner die WG in Clerkenwell organisieren konnte, hatte mich Molly ein paar Tage lang bei ihr übernachten lassen. Im Nachhinein musste ich zugeben, dass ich mich unmöglich verhalten hatte. Nachts völlig betrunken heimgekommen, die Spüle vollgekotzt, ohne sie sauber zu machen … Sie hatte ein Recht darauf, sauer auf mich zu sein. Beide hatten das.

Molly lehnte sich gegen die Küchentheke, band ihre langen dunkelblonden Locken zu einem Pferdeschwanz zusammen.

»Also? Weswegen bist du hier?«

Ich biss mir auf die Unterlippe, ließ mich langsam auf einen der Stühle am schmalen Esstisch sinken.

»Mein Leben ist ein Chaos.« Ich seufzte leise.

»Schön, dass du das selbst erkennst.« In Mollys Augen lag kein Mitleid. Vielleicht war das gut so.

»Ich hab jemanden kennengelernt«, begann ich zu erzählen. Berichtete ihr von meiner Begegnung mit Scott, von der Lüge, auf der unser

Kennenlernen fußte. Molly unterbrach mich nicht, auch wenn ihr Blick mich verurteilte.

»Ich weiß nicht, was ich tun soll. Soll ich es ihm erzählen? Ich will ihn nicht verlieren«, beendete ich meine Erzählung, vergrub das Gesicht kurz in den Händen. Als ich wieder aufblickte, hatte sich Molly mir gegenübergesetzt.

»Du wirst es ihm erzählen müssen. Lügen werden mit der Zeit immer größer und schlimmer. Eines Tages wird es ohnehin rauskommen. Besser, du sagst es ihm.«

»Aber wie?«

»Du solltest dich zunächst von der Gang distanzieren.«

»Aber …«

»Sag jetzt nicht schon wieder, sie seien deine Familie, Tony. Das sind sie nicht. Sie sind Kriminelle, die dich in ihr Spiel gezogen haben. Noch kannst du da raus.«

»Ich weiß nicht …«

»Hast du Angst vor diesem Skinner? Du könntest mit der Polizei reden.«

»Was? Nein. Spinnst du? Ich habe keine Angst vor ihm.«

»Was ist es dann? Warst du in ihn verknallt?«

»Das ist es nicht«, druckste ich herum. Das war komplizierter. Zu kompliziert, um es Molly zu erklären.

»Du weißt, dass du so nicht mehr weitermachen kannst, oder? Eines Tages geht was schief und dann gehörst du zu den Menschen, die wegen einer Nichtigkeit auf der Straße erschossen worden sind. Weil sie irgendeine Territoriumsgrenze überschritten haben oder so ein Unsinn. Man hört das ja jeden Tag in den Nachrichten. Zieh einen Schlussstrich, bevor es zu spät ist, Tony.«

Ich leckte mir nervös über die Lippen. »Wir sind nicht so eine Gang …«

»Ach nein? Woher sind die Wunden?«

Meine Finger strichen automatisch über die linke Wange. Nur noch eine kleine Kruste und eine gelbe Verfärbung rund ums Auge waren zu sehen. Bald würde meine Begegnung mit den Blackies vergessen sein. Zumindest äußerlich.

»Du verstehst das nicht …«

Molly schüttelte traurig den Kopf. »Ich glaube eher, du verstehst das nicht. Oder willst es nicht verstehen. Mit dieser Gang verbaust du dir deine Zukunft – und sag jetzt nicht schon wieder, du hast keine Zukunft«, redete sie schnell weiter, als ich den Mund öffnete. »Du weißt genauso gut wie ich, dass das nicht stimmt. Du kannst deinen Schulabschluss an der Abendschule nachholen, eine Ausbildung anfangen und mit deinem Scott zusammen sein. Ein normales Leben führen.«

Ich schwieg, wich ihrem Blick aus, kaute nervös auf der Nagelhaut meines Daumens herum. Wie hatte ich denken können, dass Molly mir helfen würde. Wir waren längst nicht mehr vierzehn. Sie konnte mir nicht mehr aus jedem Schlamassel heraushelfen, in dem ich mich befand.

»Es ist nicht so einfach, wie du dir das vorstellst.« Ich konnte Skinner und die Gang nicht einfach aus meinem Leben streichen.

Molly seufzte. »Einfach ist es nie. Nur – manchmal muss man ins kalte Wasser springen und etwas wagen, wovor man sich fürchtet.«

Ich stand auf. »Danke für den Kaffee.«

Sie verdrehte die Augen. »Ja klar, hau wieder ab. Du konntest es noch nie leiden, wenn man dir die Wahrheit sagt. Wirf dein Leben nicht weg, Tony. Es ist nicht so wertlos, wie du denkst.«

Mit schnellen Schritten verließ ich die Wohnung, ließ die Tür hinter mir zufallen.

Ich suchte nach dem Gefühl des Heimkommens, der Vertrautheit und Zufriedenheit, die einen erfüllte, wenn man zu Hause war. Doch alles war überlagert von einer angstvollen Nervosität. Die Luft im ungeputzten Treppenhaus war stickiger denn je. An meinen Füßen schienen Gewichte zu hängen, ließen mich langsamer werden, je näher ich der Wohnungstür kam.

Sie waren definitiv da, Rap-Musik schallte durchs gesamte Gebäude. Ich atmete tief durch, schloss auf. Keiner hörte es, niemand bekam mit, dass ich zurück war, bis ich vor ihnen im Wohnzimmer stand.

Alle waren da – und noch mehr. Olli saß auf dem Brett vor dem offenen Fenster und rauchte, ein Fuß hing draußen frei in der Luft. Rechts neben ihm saß die blonde Cherry auf dem Sofa. Langsam war ihr der Babybauch anzumerken. Max fläzte auf dem anderen Sofa, die Füße auf den Tisch gelegt, ein mir unbekanntes Mädchen hatte ihren Kopf auf seinen

Schoß gebettet. Ihre Füße lagen übereinandergeschlagen auf Nandos Knien, der am anderen Ende des Sofas saß. Kevin und Dave hockten auf dem verranzten Esstisch, beide ein Bier in die Hand.

Alle starrten mich an.

»Na schaut mal, wer sich verfickt noch mal wieder hier blicken lässt.« Max schnaubte abfällig.

Ich erwiderte nichts, suchte zunächst den Blick von Skinner. Er saß wie immer in seinem Sessel, die dünnen Beine überschlagen. Es war schwierig zu erkennen, was er dachte. Doch das war es bei ihm immer.

»Wo bist du gewesen, coño? Wir haben uns Sorgen gemacht.« Nando sah mich böse an.

Ich räusperte mich. »Ich hab etwas Zeit gebraucht.«

»Bullshit«, rief Max. »Jeden von uns hat es schon mal erwischt. Als mir die Pembury Boys die Seele aus dem Leib geprügelt haben, hab ich mich nicht verkrochen wie ein feiges Schwein.«

»Halt die Klappe, Rocket.« Skinner sprach leise und ruhig. »Also, was ist passiert?«

Mit schnellen Worten erzählte ich davon, wie Ryan Akintoda mich in die dunkle Gasse gezerrt und wie er und seine Freunde auf mich eingeschlagen hatten. Auch seine Nachricht an Skinner wiederholte ich.

»Warum bist du damit nicht direkt zu mir gekommen?«

Ich zuckte mit den Schultern. »Ich brauchte einfach etwas Abstand.«

»Abstand? Warum Abstand?«, rief Nando und gestikulierte wild mit den Händen. »Wir sind familia. Von der Familie braucht man keinen Abstand.«

»Ich glaub, ich geh dann mal besser.«

Das mir unbekannte Mädchen wollte aufstehen. Doch Max drückte sie an den Schultern zurück auf seinen Schoß.

»Du bleibst. Jetzt red mal keinen Scheiß, Tony. Gehörst du überhaupt noch zur Familie oder nicht?«

Alle Augen waren auf mich gerichtet. Ich wünschte, es wären nur die Jungs da, ohne Mädelsanhang. Mein Zögern dauerte zu lange.

»Seht ihr«, rief Max triumphierend. »Das Arschloch will gar nicht mehr dazugehören!«

»Halt die Fresse!«, zischte ich, ballte die Fäuste. Was verstand er schon von meinem Leben? Er hatte keine Ahnung!

»Ich soll die Fresse halten? Warum? Weil ich die verfickte Wahrheit sage?« Max sprang auf, das Mädchen wich ihm in letzter Sekunde aus. Fast hätte sein Knie ihren Kopf erwischt.

»Pass doch auf«, fauchte sie.

Max und ich funkelten uns an, jeder Muskel unserer Körper angespannt. War ja klar, dass es eines Tages zwischen uns knallen würde.

»Ihr führt euch auf wie dumme Kinder!«, herrschte uns Skinner an. Er stand auf, packte mich am Arm und zog mich unsanft mit sich. »Komm mit«, knurrte er.

Ich wagte keine Widerworte.

Skinner führte mich mehrere Treppen nach oben, bis unters Dach, stieß dort eine schwere Metalltür auf. Kalter Wind empfing uns mit Geheul, zerrte an unseren Kleidern.

»Na, mach schon.«

Skinner schubste mich ins Freie, kam hinterher und ließ die Tür los. Mit einem Knallen flog sie zu.

Ich war noch nie hier oben gewesen, wusste gar nicht, dass man das bei unserem Haus konnte. Die Höhe ließ ein mulmiges Gefühl in meiner Magengegend entstehen, weckte Erinnerungen. Fröstelnd verschränkte ich die Arme, sah unsicher zu Skinner. Was hatte er vor?

Der Wind wehte ihm das blonde Haar ins Gesicht, ließ mich kaum seine Miene erkennen, um abzuschätzen, wie sauer er war.

»Ich will jetzt die ganze verdammte Wahrheit hören. Was ist in den vergangenen Wochen passiert?«

Ich erinnerte mich noch gut an den Abend, an dem Skinner mich gegen die Wand gestoßen hatte. Schon damals hatte er vermutet, dass es etwas gab, das ich ihm nicht erzählte. Für einen kurzen Moment schloss ich die Augen. Vielleicht war es zur Abwechslung mal ganz gut, die Wahrheit zu sagen.

»Ich hab jemanden kennengelernt«, fing ich zögerlich an. Es fühlte sich an wie ein Déjà-vu, nur dass dieses Mal nicht Molly, sondern Skinner mir gegenüberstand.

Skinner schnaubte, ging ein paar Schritte zur Brüstung. »Wusste ich's doch. Bist du echt so dumm, Tony?«

Ich starrte ihn überrascht an.

»Du hintergehst deine Familie nur wegen einem verdammten Kerl?«

»Ich hab euch nicht hintergangen …«

Skinners Augenbrauen schossen in die Höhe. »Ach nein? Wie nennst du es dann? Du hast uns angelogen, für dumm verkauft und im Stich gelassen.«

»Aber …«

»Ganz oder gar nicht. Du kennst die Regel. Ich will nichts davon hören, wie verflucht toll dieser Kerl ist.« Er winkte energisch ab. »Ich will nicht einmal wissen, wie er heißt. Das ist mir alles scheißegal! Was mir nicht egal ist, ist die Gang. Wir sind keine Zweckgemeinschaft, sondern Familie. Du weißt das!«

»Ja, weiß ich«, sagte ich leise.

»Gerade in der letzten Zeit ist das verdammt wichtig. Aus uns kann was werden, Tony. Wir sind gerade dabei aufzusteigen, verstehst du das nicht? Ich brauche jetzt jeden Mann – und zwar mit seinem ganzen Kopf. Du kannst nicht einfach auftauchen, wann es dir gerade reinpasst. So läuft das verdammt noch mal nicht. Ist das klar?«

Ich nickte langsam. Skinner starrte mich einige Sekunden lang an. Ich erwiderte den scharfen Blick aus den blauen Augen, wagte es aber nicht, etwas zu sagen.

Skinner atmete tief aus, schüttelte etwas von seiner Anspannung ab. »Es tut mir leid, dass dir das mit den Blackies passiert ist. Glaub mir, sie werden dafür bezahlen. Akintoda wird dafür büßen, das verspreche ich dir.«

»Ist okay. Darum geht's mir nicht.« Meine Stimme klang schwach, viel zu leise. »Ich hatte eine Scheißangst.« Es tat seltsam gut, das zuzugeben. Vor niemandem sonst konnte ich das.

Skinner kam näher, legte die Hand um meinen Hinterkopf und sah mich ernst an. »Ich weiß. Wir waren alle schon in so einer Situation. Nimm die Angst und die Wut und behalte sie in dir. Benutze sie als Waffe, wenn es so weit ist.«

Ich nickte. Skinners Gesicht war dicht vor mir. Verdammte Scheiße, was war ich mal in diesen intensiven Gesichtsausdruck von ihm verknallt gewesen.

»Ich will dich nicht verlieren, Tony. Du gehörst zu uns. Für so jemanden wie Nando bist du ein Vorbild. Er braucht dich. Wenn du dich dazu entschließt zu gehen, dann ist das für immer, verstehst du? Es gibt kein

Zurück.« Er seufzte. »Aber denk daran. Wenn mit deinem Kerl Schluss ist – und das wird es irgendwann sein –, dann stehst du komplett allein da. Dann hast du niemanden mehr.« Seine Hand packte mich im Nacken, unsanft schob er mich in Richtung Brüstung.

»Ich hab dich nach hier oben gebracht, um dich daran zu erinnern, dass es schon mal eine Zeit gegeben hat, in der du niemanden hattest. Erinnerst du dich?«

Kalte Angst packte mich, als er mich immer näher an den Rand schob. Unter uns rauschte der Verkehr vorbei, Leute liefen mit geduckten Köpfen über die Gehwege, keiner von ihnen schaute nach oben. So war es auch damals gewesen. Niemand hatte nach oben gesehen – bis auf Skinner.

»Ich erinnere mich«, antwortete ich atemlos, versuchte mich aus seinem Griff zu befreien.

»Wirklich? Weißt du noch, wie verzweifelt du gewesen bist? Von allen verlassen, in Stich gelassen. Ich hab dich von diesem Dach gezogen, dir eine Familie gegeben.«

»Ich weiß.«

»Du wärst tot ohne mich!«

»Ich weiß!« Meine Stimme hatte fast keinen Ton mehr. Panik schnürte mir den Hals zu. Ich hörte den Verkehrslärm unnatürlich laut unter uns.

Endlich ließ Skinner mich los. Keuchend taumelte ich nach hinten, weg von dem Abgrund, weg von der Erinnerung an das Gefühl, als meine Zehenspitzen bereits über den Rand gereicht hatten. Nur noch ein einziger Schritt hatte gefehlt. Ein winziger Schritt. Tränen brannten in meinen Augen.

Skinner betrachtete mich mitleidig. »Ich will dir nicht wehtun, Tony. Ich will nur, dass du verstehst, wo du hingehörst. Wo dein Platz ist.«

»Ich hab verstanden.«

»Bist du sicher?« Er legte den Kopf schief.

Ich schluckte. Nickte. Wollte nur so schnell wie möglich runter von diesem Dach.

Kapitel 18

Scott war sauer, das konnte ich schon von Weitem sehen. Normalerweise war sein Gesicht nicht so verkniffen und ernst, schon gar nicht, wenn ich auf ihn zukam, doch dieses Mal erwartete er mich mit versteinerter Miene. Auch das noch. Als ob der vergangene Tag nicht schon schlimm genug gewesen wäre. Ich hatte den Abend mit den Jungs verbracht. Um Max' Sticheleien auszuhalten, hatte ich versucht, so viel Alkohol wie möglich zu trinken. Jetzt hatte ich einen mörderischen Schädel und war spät dran.

Scott stand neben der Bühne, wo die anderen gerade diskutierten, wo wer in welcher Szene stehen musste. Kurz bevor ich ihn erreichte, drehte er sich um und ging davon.

»Was soll das?«, rief ich. »Was ist los?«

Scott fuhr herum. »Was los ist?«, zischte er. »Ich bin sauer, weil du verdammt noch mal abgehauen bist. Eine ganze Woche hast du bei mir übernachtet und dann gibt's nicht mal ein Auf Wiedersehen? Kurz nachdem …« Er sah sich um, zügelte seine Lautstärke. »Kurz nachdem wir Sex hatten. Zum ersten Mal.«

Ich kratzte mich am Kopf. »Ich hab dir doch eine Nachricht hinterlassen.«

»Ein verdammter Zettel, auf dem stand: ›Sorry, musste weg. Sehen uns im Theater‹. Hast du eine Vorstellung, wie scheiße ich mich gefühlt hab?«

»Nein«, gab ich ehrlich zu und seufzte. »Sorry.«

»Ging es dir nur um Sex?«

Ich schüttelte ungläubig den Kopf. »Was?«

Scott verschränkte die Arme. »So sah es nämlich aus.«

»Glaubst du, ich hätte mich zusammenschlagen lassen, deine Familie besucht, nur um Sex zu haben? Spinnst du?«

»Tu ich das? Warum musstest du dann unbedingt nach dieser Nacht abhauen?«

Ich fuhr mir verzweifelt durch die Haare. Wie sollte ich das erklären?

»Ich musste mit jemandem reden.«

Scott hob die Augenbrauen. »Ach ja?«, fragte er schnippisch. »Und dafür musstest du dich aus dem Haus schleichen?«

Ich hob hilflos die Arme. »In den letzten Tagen ist so viel passiert und ich musste einfach mit jemandem reden. Über die vergangenen Tage, Gefühle und so. Sorry, ich hab nicht daran gedacht, wie das auf dich wirken könnte.«

Scott starrte mich sekundenlang an. Da lag noch immer Wut in seinem Blick, doch sie begann langsam zu bröckeln.

»Es tut mir echt leid.«

Für einen Moment schloss er die Augen. »Manchmal denkst du einfach nicht nach, Tony. Auch andere haben Gefühle, nicht nur du.«

»Ich weiß.«

»Das wirst du wiedergutmachen müssen.«

Ich atmete erleichtert auf. »Das nächste Mal bleib ich die ganze Nacht, versprochen.« Auch wenn ich keine Ahnung hatte, wie ich das anstellen sollte …

Scott seufzte. Sein Blick wurde weicher. »Das will ich hoffen. Mit wem hast du gesprochen?«

Ich zögerte kurz. »Mit Molly. Einer Freundin. Ich hab dir schon von ihr erzählt.«

»Die, die vor dir wusste, dass du schwul bist?«

»Genau.«

»Was hat sie gesagt?«

»Sie freut sich für mich.«

Das war zumindest nicht ganz gelogen. Nur dass es in unserem Gespräch darum gar nicht gegangen war. Ich schob den Gedanken zur Seite.

Endlich erschien wieder ein Grinsen auf Scotts Gesicht. »Ja? Dann darf ich sie hoffentlich bald mal kennenlernen.«

»Das lässt sich sicher einrichten.«

Wenn sie mich nicht für meinen Abgang am vergangenen Morgen hasste …

»Super.« Endlich schloss er den Abstand zwischen uns, küsste mich sanft. Ich schlang die Arme um ihn, vertiefte unseren Kuss. Wie konnte ich ihn nur verlassen? Es war nicht möglich. Oh Gott, so langsam fand ich nicht mehr raus aus meinem Geflecht aus Lügen, verlief mich immer mehr in meinem eigenen Labyrinth.

Scott löste sich von mir. »Du stinkst nach Alkohol.«

»Sorry.«

»Ihr habt euch betrunken?«

Ich wich seinem Blick aus. »Ein bisschen. War nicht geplant.«

Scott schüttelte den Kopf. »Ich muss Molly echt mal kennenlernen.«

»Hm.«

Er gab mir noch einen kurzen Kuss, trat dann zurück. »Wir müssen weiter proben.«

»Geh noch nicht.« Ich hielt seine Hand fest.

»In zwei Wochen haben wir Premiere und ich hab noch immer Schwierigkeiten mit dem Schlussmonolog. Sehen wir uns später?«

Ich nickte. »Klar.«

Scott grinste. »See you later, alligator.«

Müde sah ich ihm hinterher. Ich befand mich hin- und hergerissen zwischen zwei Welten, die einfach nicht zusammenpassen wollten. Ich hatte es versucht. Bei dem Gedanken an die Szene auf dem Dach mit Skinner lief es mir kalt über den Rücken. Aber er hatte recht. Er hatte mich gerettet. Die Jungs waren für mich da gewesen, als es sonst niemand war. Es war unmöglich, einen Weg aus dem ganzen Schlamassel zu finden, ohne die Menschen zu verletzen, die ich liebte …

»Na, Ärger im Paradies?«

Ich zuckte zusammen. Zachery war hinter mir aufgetaucht, die Hände lässig in den Taschen seiner Leinenhose vergraben. Der schmale, dunkelrote Schal lag so eng um seinen Hals, dass es aussah, als würde er ihn strangulieren.

»Wie kommst du darauf?«

Er zuckte mit den Schultern. »Reine Intuition.«

Ich wandte mich ab. »Na dann.« Scott stand auf der anderen Seite des Saals, diskutierte mit Muhammad und Liza. Beide trugen superenge Strumpfhosen, besonders bei Muhammad wirkte das sehr irritierend. Aber das war wohl die Absicht, schließlich spielte er den Elfenkönig Oberon.

»So schlimm siehst du gar nicht aus.«

»Hm?«

Zachery hob die Augenbrauen. »Hab's mir schlimmer vorgestellt. Keine Ahnung, ein bisschen wie Vitali Klitschko nach dem Kampf gegen Lennox Lewis.«

»Dann hättest du mich am ersten Tag sehen sollen.«

»Ne danke. Genau genommen kann ich kein Blut sehen.«

»Weichei.«

»Ich würde mich eher als sensibel bezeichnen«, widersprach Zachery, worauf ich nur grinsend den Kopf schütteln konnte.

»Interessiert es dich gar nicht, was für ein großartiges Bühnenbild ich ohne dich erschaffen habe? Während du deine Wunden geleckt hast.«

»Ach ja? Ich hab gehört, du hast jeden Tag heulend in der Ecke gelegen und mich vermisst.«

»Tss, Lügen. Alles Lügen. Na los, Dalí, ich zeig dir das Kunstwerk.« Er zog mich mit sich. »Übrigens hast du dir einen guten Zeitpunkt ausgesucht, um krank zu spielen. Hier herrschte die ganzen letzten Wochen dicke Luft. Trotz Weihnachten – was ich übrigens nicht feiere, ich bin Jude. Wir feiern Chanukka.«

»Das interessiert mich einen Scheiß. Was war los?«

»Ignoranter Bastard. Na, hast du es nicht gehört? Fast unser gesamtes Geld wurde geklaut. Ich kann zwar immer noch nicht glauben, dass irgendein Depp die Kasse frei herumstehen lassen hat, aber trotzdem. Ein Desaster.«

»Oh.« Ich räusperte mich. »Weiß man schon, wer es war?«

Zachery schüttelte den Kopf. »Natürlich nicht. Das wird man vermutlich auch nie herausfinden.«

»Fuck«, murmelte ich. Vielleicht sollte ich die restlichen Scheine zurückbringen – auch wenn ich keine Ahnung hatte, wie ich das anstellen sollte. Dann würde ich das Geld für Skinner wieder auf andere Weise beschaffen müssen …

»Du sagst es. Immerhin hab ich das Geld für das Bühnenbild schon vorher abgezweigt, sonst hätten wir echt ein …«

»Tony!«

Ich fuhr herum. »Isla, was ist?«

»Da ist ein Kerl, der dich unbedingt sprechen will.«

»Hä? Was für ein Kerl?«

»Er macht grad ziemlich Radau und will das Theater nicht verlassen. Er schimpft die ganze Zeit auf Spanisch.«

»Fuck.« Mein Puls setzte für einen Moment aus. Das konnte nicht wahr sein. Ich fuhr herum und rannte zurück in den Saal. Isla und Zack waren mir auf den Fersen.

»Was ist denn da los?«, murmelte Zack.

Muhammad und Dan versuchten mit einem wild um sich fuchtelnden Nando fertigzuwerden.

»Suéltame, hijo de puta!« Er spuckte dem stämmigen Muhammad ins Gesicht.

»Scheiße.« Bevor das endgültig aus dem Ruder laufen konnte, stürmte ich zu ihnen, schob mich an den anderen vorbei und packte den jungen Spanier am Kragen.

»Was zum Teufel soll das?«, zischte ich.

Ich schubste ihn von mir. Nur knapp konnte er das Gleichgewicht halten.

»Das fragst du mich? Was soll das, eh? Was machst du hier?«

»Das geht dich einen feuchten Dreck an!«, knurrte ich. »Hau ab, Nando!«

»No! Erst wenn du mir erklärst, was das soll! Sind sie wichtiger als deine Familie, eh? Ich hab gesehen, wie du die fette Schwuchtel geküsst hast. Glaub ja nicht, dass ich sie nicht erkannt hab. Wir haben seinen Rucksack geklaut, uns über sein fettes Gesicht lustig gemacht. Was für ein Spiel spielst du hier, eh?«

Mein Körper fühlte sich an, als hätte ihn gerade ein Blitz erschlagen. Nur einen verzweifelten Blick nach hinten brauchte es, um zu sehen, dass Scott alles mit angehört hatte. Und nicht nur er. Die gesamte Theatergruppe. Das Herz sackte mir in die Hose. Es war vorbei …

Ohne länger zu zögern, packte ich Nando, zog und zerrte ihn mit mir, spürte die Blicke der anderen, hörte das Raunen und Geflüster.

»Ey, lass mich los. Ich komm ja schon.«

Doch ich dachte nicht daran, loszulassen. Am liebsten hätte ich dem Spanier links und rechts eine gescheuert. Unter den verwunderten Blicken der Café-Mitarbeiter warf ich Nando vor die Tür.

»Fuck. Was ist los mit dir, eh?«

»Hau ab.« Ich sagte das ruhig und beherrscht, obwohl es in mir brodelte.

»Tony, ich hab mir Sorgen gemacht! Du bist nicht mehr du selbst. Was willst du mit dieser fetten Schwuchtel, eh? Ich …«

»Ich sagte: Hau ab!« Meine Stimme war nur noch ein Knurren.

Abwehrend hob Nando die Hände. »Schon gut, schon gut! Ich will dir nur helfen, amigo.«

»Du hast keine Ahnung, was du gerade angerichtet hast.«

»Tony, ich …«

»Kümmere dich verfickt noch mal um dein eigenes Leben!«

Nando verzog flehend das Gesicht. »Tony, wir sind Familie. Was soll diese Theater-Scheiße? Wir …«

»Nein.« Ich schüttelte abfällig schnaubend den Kopf. »Wir sind keine Familie. Wir sind eine Gruppe armseliger Versager, die mit dem richtigen Leben nicht klarkommen.«

Der junge Spanier starrte mich einige Sekunden lang fassungslos an, dann spuckte er auf den Boden.

»Estás loco, idiota!«

»Hau endlich ab, Nando. Du hast hier erreicht, was du wolltest.« *Du hast alles zerstört*, wollte ich noch sagen, brachte die Worte allerdings nicht über die Lippen.

»Du hast dich verändert, Tony.« Der Spanier verzog verächtlich das Gesicht. »Fühlst dich als was Besseres, eh? Sieh zu, wie du allein klarkommst.«

»Verschwinde.« Erschöpft schloss ich die Augen. Mein Kopf machte das nicht mehr lange mit. Ein penetranter Kopfschmerz klopfte gegen meine rechte Schläfe. Als ich die Augen wieder öffnete, war Nando verschwunden, hinterließ ein nur für mich sichtbares Schlachtfeld. Ich musste dringend mit Scott reden!

Nach dem Intermezzo mit Nando herrschte ein Durcheinander im Theatersaal. Mit mulmigem Gefühl näherte ich mich den Darstellern, die in einer großen Gruppe zusammenstanden, Scott befand sich nicht unter ihnen. Ich tippte Isla an die Schulter. »Wo ist Scott?«

»Keine Ahnung. Er ist weggerannt. Wer war das, Tony? Kanntest du den Kerl?«

Die Antwort auf die Frage war wohl ziemlich ersichtlich.

»Er war nicht ganz bei Sinnen«, murmelte ich.

»Hmm.« Isla betrachtete mich mit gerunzelter Stirn.

Schnell ging ich weiter, kam mir vor wie das Ausstellungsstück einer Freakshow. Jeder starrte mich an. Jeder hatte gehört, was Nando gesagt hatte. Jeder sprach darüber. Nur nicht mit mir. Keiner konnte mir sagen, wo Scott war.

»Fuck«, stieß ich hervor, verließ den Theatersaal, rannte durch den Gang, warf einen Blick in jedes Zimmer. Kein Scott. Dan kam mir entgegen, zischte mich im Vorbeigehen an, ich sollte besser verschwinden. Das Theater kam mir auf einmal vor wie ein fremder Ort. Ich war nicht länger willkommen.

»Was hast du nur angestellt, Dalí?«

»Zack!« Ich fuhr herum, entdeckte Zachery, der gegen einen Türrahmen lehnte. »Weißt du, wo Scott ist?«

»Du hast ganz schön Mist gebaut.«

»Ich weiß. Ich muss mit ihm sprechen. Weißt du, wo er ist?«

»Vielleicht. Allerdings weiß ich nicht, ob ich es dir sagen sollte. Stimmt das, was dieser Spanier gesagt hat?«

Ich senkte den Kopf.

Eine Mischung aus Traurigkeit und Enttäuschung legte sich auf Zacherys Gesicht. »Also ja. Und vermutlich steckt noch mehr dahinter.«

»Bitte, Zack. Ich muss ihn sprechen. Ich liebe ihn.« Tränen begannen in meinen Augen zu brennen, wütend wischte ich sie weg. »Ich wollte das Ganze nicht.«

Zack seufzte. »Ich hab gesehen, wie er durch den Hinterausgang nach draußen in den kleinen Hof gerannt ist. Vermutlich wird er noch dort sein.«

Erleichtert atmete ich auf. »Danke.«

»Verbock es nicht.«

Draußen war es arschkalt. Der Atem gefror vor meinem Gesicht zu kleinen Eiswolken. Der Hinterhof war klein, ein paar Mülltonnen standen herum, aber hauptsächlich wurde dieses Fleckchen für die Raucherpause genutzt. Auch ich hatte bereits einige Mal dort bei der Tür gestanden, mit einer Kippe in der Hand.

Es war nicht besonders schwer, Scott zu finden. Ich entdeckte ihn hinter einem schwarzen Müllcontainer, auf dem nackten Steinboden sitzend. Er hatte die Beine angewinkelt, stützte auf ihnen seine Arme ab, in denen er das Gesicht verbarg. Es zerriss mir das Herz, zu sehen, wie sein Rücken von Schluchzern erbebte. Meinetwegen. Wie konnte ich das alles nur wieder geradebiegen?

»Es tut mir leid.« Noch nie in meinem Leben war es mir so schwergefallen zu sprechen.

»Was willst du?« Scotts Worte waren harsch, schnell ausgestoßen wie ein unangenehmer Geschmack, den man unbedingt loswerden wollte. Er sah mich nicht an.

Ich zögerte, wusste nicht, ob ich mich neben ihn setzen sollte. Ob ich es durfte … Und so blieb ich unschlüssig neben dem Müllcontainer stehen.

»Ich wollte das nicht … Ich … Das ist alles so blöd gelaufen …«

Zum ersten Mal hob Scott den Kopf, sein Blick traf mich wie ein Messer in der Brust. »Dann ist es also wahr? Und ich hab noch gehofft, dass alles nur eine Lüge wäre.«

Ich schluckte, wusste nicht, was ich sagen sollte. Es gab keine richtigen Worte, die mir bei der Erklärung helfen konnten.

Scott stand langsam auf. Der Staub des Bodens zeichnete sich auf seiner schwarzen Jeans ab, doch er machte sich nicht die Mühe, ihn abzuklopfen. Seine Miene war wie versteinert, kein Lächeln, keine Wärme. Die Augen waren gerötet, die Gesichtsfarbe fleckig. Ich verspürte den Drang, ihn in den Arm zu nehmen, aber ich war wie erstarrt. Wir befanden uns wieder auf Augenhöhe und doch könnten wir nicht weiter voneinander entfernt sein.

»Scott …«

»Ist das die Wahrheit? Hast du mir den Rucksack gestohlen? Damals auf dem Bahnsteig?« Er verschränkte zitternd die Arme.

»Ja.« Meine Stimme war nur ein Kratzen.

»Aber das macht doch überhaupt keinen Sinn. Warum hast du ihn dann zurückgebracht? Ging es dir nur um das Geld? Die fünfzig Pfund?«

»Die Casting-Einladung … Du solltest eine Chance haben … Ich wollte dich kennenlernen … Ich …« Das klang alles furchtbar falsch. Ich bekam keinen klaren Satz zustande.

»Ach so. Du klaust also meinen Rucksack, dir gefällt, was drin ist, und willst mich deshalb kennenlernen. So läuft das bei dir?«

»Nein, so war das nicht. Ich …«

Er schüttelte den Kopf. »Ich verstehe nichts mehr, wer du eigentlich bist, Tony. Bist du ein Dieb? Ein Krimineller? Wer zum Teufel bist du?«

»Ich weiß nicht. Das ist kompliziert …«

»Ist es das?« Scott schnaubte. »Mir war klar, dass du deine Geheimnisse hast. Dass du eine schwere Vergangenheit hattest. Aber ich hätte nie gedacht, dass du mich so verarschen würdest.« Tränen füllten die braunen Augen.

»Ich hab dich nicht verarscht. Du warst es, der mich damals überredet hat, mehr Zeit mit dir zu verbringen …«

Scott hob die Augenbrauen. »So? Dann ist das Ganze also meine Schuld?«

»Was? Nein, ich will nur damit sagen, dass das alles nicht geplant war. Was dich betrifft, hab ich nie gelogen. Ich hatte nicht vor, mich in dich zu verlieben.« Bei den letzten Worten brach mir die Stimme weg.

»Tja, dumm gelaufen.« Er schniefte, sah an mir vorbei, wischte sich mit dem Handrücken über die Nase.

»Bitte, hör mir zu. Ich kann das alles erklären.«

»Ach ja? Dann mach das bitte mal. Es will nämlich nicht in meinen Kopf rein. Warum beklaust du Menschen? Machst du das öfter?«

Ich schloss kurz die Augen und seufzte. »Ich bin in einer Gang.«

Scotts Augenbrauen schossen in die Höhe. »Einer Straßengang?«

»Ja, na ja, sie sind meine Freunde. Wir leben zusammen. Wir …«

»Haben sie dich so zusammengeschlagen?«

»Nein, das war eine andere Gang. Sie … Wir sind so etwas wie Konkurrenten.«

»Du bist in einer Straßengang.« Fassungslos schüttelte er den Kopf. »Erpresst ihr auch Leute? Nehmt ihr Schutzgeld? Seid ihr so eine Gang?«

»Nein, wir …«

Doch Scott ließ mich gar nicht ausreden. »Dann beschränkt ihr euch also auf Diebstahl – super! Und ihr führt diese sinnlosen Bandenkriege. Du trägst ein Messer bei dir, das hab ich gesehen. Ich dachte, das wäre wegen der alten Zeiten. Weil du in so einem schlimmen Viertel aufgewachsen bist. Hast du es schon mal benutzt?«

Ich rieb mir die Stirn. Diese Kopfschmerzen waren nicht hilfreich dabei, klare Gedanken zu fassen. »Nein. Nicht so, wie du denkst.«

»Du hast noch niemanden umgebracht?«

»Natürlich nicht!«, erwiderte ich energisch. »Hör zu, ich erwarte nicht von dir, dass du meine Welt verstehst …«

»Gut, denn das tu ich nicht!«

»Du hast keine Ahnung, wie es ist, dort aufzuwachsen! Du weißt nicht, wie es ist, nichts zu haben. Kein Geld. Niemanden, der dich liebt. Du hast keine Ahnung, wie es ist, verfickt noch mal einsam zu sein. Du gerätst in einen Strudel, aus dem es keinen Ausweg gibt.«

Scott schüttelte langsam den Kopf. »Es gibt immer Alternativen.«

»Meine Alternative war es, zu springen. Von einem Hochhaus«, sagte ich mit rauer Stimme. »Ich konnte nicht mehr, war am Ende. Die Jungs haben mir da wieder rausgeholfen, wurden zu meiner Familie. Sie gaben mir Halt, verstehst du? Ohne sie … ohne Skinner … wäre ich gar nicht mehr hier.«

»Wer ist Skinner?« Auch Scotts Stimme klang gepresst, als versuchte er krampfhaft, seine Gefühle in sich zu behalten.

»Er hat mich von diesem Dach gezogen. Mich gerettet, bevor ich springen konnte.«

Scott antwortete nicht, starrte an mir vorbei. Ich wünschte, ich wüsste, was hinter der in Furchen gelegten Stirn in seinem Kopf vorging.

»Scott, bitte. Du hast mein Leben komplett auf den Kopf gestellt. Du … du hast mich so akzeptiert, wie ich bin. Das hat noch nie jemand. Ich weiß, dass mein Leben ein Chaos ist. Aber bitte gib mir noch eine Chance.«

»Für was? Du übernimmst ja noch nicht mal die Verantwortung für dein Handeln. Du gibst mir die Schuld, deiner Gang, der Vergangenheit. Dabei waren es deine eigenen Entscheidungen, die dich hierher gebracht haben …«

Ich schluckte an dem fetten Kloß in meinem Hals. »Ich weiß.« Wenn er mir doch wenigstens in die Augen sehen würde.

»Ich weiß, ich hab falsche Entscheidungen getroffen. Aber ich schwör's dir, ich werde mein Leben umkrempeln. Ich werde …«

»Ich kann das nicht.« Scott schüttelte den Kopf.

Tränen brannten in meinen Augen. Die Brust zog sich mir zusammen. »Bitte, Scott. Ich liebe dich.«

Endlich sah er mich an. Dieser Schmerz in seinen Augen war meine Schuld. »Ich glaub dir nicht mehr.«

Jedes Wort war ein Dolchstoß. Ihn selbst schien diese Erkenntnis zu schockieren.

»Wie soll ich dir jemals wieder vertrauen?«

»Bitte …« Ich konnte nicht mehr sagen.

»Ich kann nicht fassen, wie sehr ich dich in mein Leben gelassen habe, ohne dich wirklich zu kennen.« Er sprach mehr zu sich selbst als zu mir. »Ich bin wirklich naiver, als ich dachte.« Die Bitterkeit in seiner Stimme machte mich fertig.

»Es ist nicht deine Schuld …«

»Oh doch, irgendwie schon. Anscheinend hab ich mich vom Äußerlichen blenden lassen. Ausgerechnet ich.«

Tränen strömten nun über meine Wangen. Die Worte taten so verdammt weh.

»Das stimmt nicht, Scott. Das zwischen uns ist echt. Das weißt du …«

»Und wenn schon …«

»Gib mir eine zweite Chance. Ich …«

»Ich kann nicht, Tony. Lass mir Luft zum Atmen. Ich kann gerade nicht mehr klar denken.«

»Dann ist es noch nicht vorbei?«, fragte ich hoffnungsvoll.

Scott raufte sich die Haare. »Ich weiß gerade gar nichts mehr. Ich …« Er verstummte.

Mir klopfte das Herz bis zum Hals. Was war los?

Er sah auf, blickte mir direkt in die Augen. »Ich hab noch eine Frage – und ich will, dass du die Wahrheit sagst. Warst du es, der das Geld aus unserer Theaterkasse gestohlen hat?«

Fuck. Das letzte bisschen Hoffnung starb, löste sich auf, hinterließ nichts als Leere, die sich schmerzhaft zusammenzog. Ich konnte ihn nicht ansehen, schloss die Augen. Er wusste die Antwort bereits, noch bevor ich sie aussprach.

»Ja.«

Ein Wort, ein leiser gehauchter Laut, der die Macht hatte, alles zu zerstören. Ich setzte zu keiner Erklärung an, versuchte nicht, es zu rechtfertigen. Denn es gab keine Entschuldigung dafür, das erkannte ich jetzt klar und deutlich. Ich hatte Mist gebaut. Ganz großen Mist. Ich allein. Ich schaffte es nicht, die Augen zu öffnen, fand weder den Mut noch die Kraft dazu, seinen Blick zu erwidern.

»Wie … Warum …? Ich versteh's nicht, Tony.«

»Scott …«

»Nein, ich will's nicht mal verstehen. Hau einfach ab und lass mich in Frieden. Für immer, verdammt. Ich will dich nicht wiedersehen!«

Ich hatte diese Worte erwartet, mich auf den Schmerz eingestellt, den sie auslösen würden. Doch es war weit schlimmer. Es fühlte sich an, als würde ich den Boden unter den Füßen verlieren, als würde mir jegliches Fundament entzogen werden. Ich hatte alles verloren. Und ich hatte es verdammt noch mal verdient.

Kapitel 19

Die Stille. Die Stille war das Schlimmste an diesem verdammten Hinterhof. Bis auf das entfernte Rauschen vorbeifahrender Autos war nichts zu hören. Scott war weg. Hatte die Tür hinter sich zugeschlagen, in gewissem Maße auch symbolisch. Zurück blieb nichts als Leere. Schmerzhafte Leere, mit der ich nicht umzugehen wusste.

»Fuck!« Ich trat mit voller Wucht gegen den Müllcontainer. Immerhin ließ sich der Schmerz so kurzzeitig in meinen Fuß transferieren. Wenn es nur helfen würde … Ich würde noch viel mehr Schmerz aushalten, wenn ich dadurch etwas ändern könnte. Doch Scott war weg.

Ich presste beide Handflächen gegen meine Schläfen. So hätte das nicht laufen sollen. Wenn Nando mir nicht gefolgt wäre … Verdammt, ich hätte nicht direkt von der Wohnung hierherkommen sollen. Ich hätte besser aufpassen müssen.

Keuchend atmete ich aus. Das änderte nichts daran, dass ich Scheiße gebaut hatte. Von Anfang an. Es war meine Schuld, ich hatte es verbockt. Ich allein.

Die Tür zum Theater war zu. Unmöglich konnte ich da wieder rein, die abschätzenden Blicke der anderen aushalten. Nicht nach dem, was gerade herausgekommen war. Ich dachte an Zack, Holly, Isla. Sie alle waren so nett zu mir gewesen, hatten mich in ihrer Gruppe aufgenommen, und ich hatte sie verraten. Fuck, ich konnte da wirklich nicht wieder rein.

Der Hinterhof war eingezäunt, aber kein unüberwindbares Hindernis. Alles war besser, als zurück ins Theater zu gehen. Mich der Enttäuschung und den Vorwürfen stellen zu müssen. Mit Anlauf sprang ich gegen den Zaun, krallte mich an den Metallstreben fest, hievte mich über das Gitter, ratschte mir dabei die Handfläche auf. Der Aufprall auf der anderen Seite zog mir schmerzhaft durch die Knie. Egal, ich musste weg von hier …

Zischend verzog ich das Gesicht. Das Wasser brannte in meiner Handfläche, aber ich musste die Wunde auswaschen, damit sie sich nicht entzündete, und ich brauchte den Schmerz.

»Was hast du da?« Dad tauchte hinter mir auf, packte meine Hand. »Ist doch nur 'n Kratzer.«

»Lass mich los«, knurrte ich.

»Mach es wenigstens richtig.« Ehe ich mich's versah, kippte er mir den Rest Wodka aus einer offenen Flasche, die neben der Spüle stand, über die Hand.

»Fuck, spinnst du?!« Ich fuchtelte mit der Hand herum, es brannte wie Feuer. »Gott!«

Mein Vater lachte dreckig. »Pussy.«

Er trat einen Schritt zurück, musterte mich aus seinen kleinen, verquollenen Augen. »Du siehst scheiße aus. Hast du was verbrochen?«

»Dito«, murmelte ich, starrte dabei abfällig auf das vergilbte Unterhemd und die tief sitzende Jogginghose mit undefinierbaren Flecken.

»Ich will nur rechtzeitig wissen, ob die Bullen heut noch auftauchen.« Er schniefte. »Und was ich denen sagen soll.«

»Niemand wird kommen!«, erwiderte ich energisch.

Dad zuckte mit den Schultern. »Kein Grund, gleich auszuticken.« Er holte ein Bier aus dem Kühlschrank, ging damit ins Wohnzimmer und ließ sich auf die Couch fallen.

»Du verbaust dir noch das ganze Leben, Junge. Wenn du so weitermachst.«

Ich glaubte mich verhört zu haben. Er würde es doch nicht wagen, über mich zu urteilen? Mein versoffener, nutzloser Vater? Hass stieg in mir auf. Wie er da saß, mit seinem Bier in der Hand und so verdammt selbstherrlich.

»Du meinst, so wie du dir das Leben verbaut hast?«

»Ich hab meinen Job und meine Frau verloren. Ich hatte nie eine Wahl.«

Ich schnaubte. »Natürlich hattest du die.«

»Was weißt du schon ...« Er nahm einen tiefen Schluck aus der Flasche, legte die Füße auf den Tisch und schaltete den Fernseher lauter. Es lief irgendein Fußballspiel.

Fassungslos schüttelte ich den Kopf. Der alte Frust kochte wieder in mir hoch. Es war wie immer, nie sah er bei sich die Schuld, die lag immer nur bei den anderen. Der Boss, der ihn gefeuert hatte. Die vom Arbeitsamt, die ihm die guten Jobs vorenthalten hatten. Seine Frau, die einen besseren Mann gefunden hatte. Er war einfach nur ein Opfer des Systems.

»Du widerst mich an«, zischte ich.

»Hmpf«, brummte Dad. Es schien ihn nicht zu berühren, er wandte den Blick nicht einmal vom Fernseher ab. Mit schnellen Schritten durchschritt ich das Wohnzimmer, knallte die Zimmertür hinter mir zu.

Es lag schon wieder ein Brief auf dem Schreibtisch. Anklagend weiß, keine Anschrift.

»Lasst mich doch alle einfach mal in Ruhe«, knurrte ich, schnappte das weiße Ungetüm und zerfetzte es – ich versuchte es zumindest. Doch mit der verletzten Hand ging das nicht, ich schmierte nur Blut auf das Weiß. Irgendwas Festes war darin. Eine verdammte Weihnachtskarte. Zusammen mit etwas Geld. Mit einem Schrei warf ich den halb aufgerissenen Umschlag in die Ecke. Ich wollte nichts von ihr. Kein Geld, keine Karten. Warum ließ sie mich nicht vergessen, was damals vorgefallen war? Warum verschwand sie nicht einfach aus meinem Leben?

Ich warf mich aufs Bett, rollte mich mit Blick zur Wand zusammen und fing an zu heulen. Ließ einfach alles raus, kümmerte mich nicht um die Tränen, den Rotz und das hicksende Schluchzen, das meinen Hals verließ. Ich fühlte mich verzweifelt, wütend, hilflos, am Ende. Jedes einzelne der Gefühle war so intensiv, nahm so viel Platz ein, es war einfach zu viel. Ich biss in mein Kissen, ließ es meinen Schrei ersticken. Danach ging es mir besser. Ich fühlte mich ruhiger, müder, leerer … Erschöpft schlief ich irgendwann ein.

Bereits früh am Morgen saß ich auf der Treppe vor unserem Haus, rauchte eine Zigarette nach der anderen und beobachtete, wie die Sonne am Horizont hervorgekrochen kam und den Tag in neues Licht kleidete. Ich hatte das Weinen, die brodelnde Wut hinter mir gelassen, sah jetzt alles mit einer gestochen scharfen Klarheit. Das mit Scott und mir hätte nie gut gehen können. Nicht solange ich zwischen zwei Welten hin und her gesprungen war. Unsere Beziehung war von Anfang an zum Scheitern verurteilt gewesen, nur hatte ich das nicht wahrhaben wollen. Nie hätte ich gedacht, dass es so schnell und so abrupt enden würde und dass es so wehtun würde. Warum ließen sich Gefühle nicht einfach abstellen? Ich vermisste Scott, vermisste ihn so sehr, dass das Loch in mir schmerzhaft schrie, nach seiner Nähe verlangte. Ich wollte sein Lachen hören, die Hände in seinen Locken vergraben und die wunderbaren Lippen berühren. Doch nichts davon gehörte mehr mir. *Fuck*. Ich zerdrückte die Reste der Zigarette auf der Treppenstufe, warf sie hinunter zu den anderen Stummeln.

Als ich meinem Dad an diesem Morgen schnarchend im Wohnzimmer vorgefunden hatte – die Bierflasche auf dem Tisch hatte noch ein paar Freunde dazugewonnen –, war mir ein Gedanke gekommen. Zum ersten Mal war mir aufgefallen, wie ähnlich der Vorwurf, den ich meinem Vater gestern gemacht hatte, dem war, den Scott mir an den Kopf geworfen hatte. Das gab mir zu denken. Übernahm ich tatsächlich zu wenig Verantwortung für mein Handeln? Beschuldigte ich zu viel die anderen in meinem Leben?

Ich hatte mich nie als jemanden gesehen, der viel jammerte. Aber vielleicht ließ ich mich tatsächlich zu sehr durch andere leiten, schwamm mit, ohne selbst eine eigene Richtung einzuschlagen. Als sich Molly damals für das Stipendium beworben hatte, tat ich es ebenfalls, weil sie es vorgeschlagen hatte. In Skinners Gang war ich auf ähnliche Weise gelandet. Er zog mich vom Dach, nahm mich mit, ich blieb. Hätte Scott mich nicht auf einen Kaffee eingeladen oder die Idee mit dem Portrait gehabt, womöglich wäre nie etwas zwischen uns passiert. Selbst unser erster Kuss war von ihm ausgegangen. Vielleicht hatte er wirklich recht. Nachdenklich zündete ich mir eine weitere Zigarette an.

»Tony!«

Die Wut war wieder da, kaum erkannte ich, wer nach mir rief. Ich sprang die letzten Treppenstufen hinunter, stürmte durch den halben Hof, nur um Nando abzupassen, bevor er das Grundstück des Wohnblocks betreten konnte.

»Was zum Teufel willst du hier?«

»Nur mit dir reden.«

»Was gibt es noch zu reden, hm?« Ich nahm einen tiefen Zug, blies Nando den Rauch ins Gesicht.

»Sorry, wie das gestern gelaufen ist. Das wollte ich nicht. En serio.« Er hob die Arme, als befürchtete er, ich würde auf ihn losgehen.

Ich trat einen Schritt zurück, lehnte mich gegen den Zaun. Es brachte nichts, sauer auf ihn zu sein. Letztendlich trug nicht er die Schuld an dem Schlamassel, sondern ich.

»Wir sind immer noch Freunde, oder?«

»Hm.« Zu früh, um darauf eine Antwort zu wissen.

»Ich wollte nur wissen, wohin du immer verschwindest. Nicht dich in Schwierigkeiten bringen. Das musst du mir glauben.«

»Schon gut, Nando.« Es fiel mir immer noch schwer, ihn ohne Wut anzuschauen. »Ist das alles, was du hier willst?«

Der Spanier legte den Kopf schief. »Ich verstehe es noch immer nicht.«

Ich seufzte, nahm einen letzten Zug von der Zigarette und warf sie auf die Straße. »Was?«

»Das Warum. Por qué … dieses Theater? Diese Menschen? Ich verstehe es nicht.«

Einen Moment lang schaute ich ihn an, fragte mich, ob er es überhaupt verstehen konnte. Nando war noch nicht lange bei uns, wusste nichts von meinem Leben vor der Gang. Aber er hatte Familie, Menschen, um die er sich kümmerte. Ich lief über den Hof zurück zum Haus, ließ mich dort wieder auf die Treppe fallen. Nando folgte mir, ich bot ihm eine Zigarette an.

»Es war nicht geplant. So viel ist sicher. Es ist einfach irgendwie passiert … Durch meine Begegnung mit Scott hat sich für mich auf einmal eine Tür geöffnet, von der ich dachte, sie wäre für immer verschlossen. Eine Tür in eine andere Welt.«

Nando schnaubte. »Die Welt der Reichen, der Spießer …« Sein Feuerzeug klickte, ohne dass es eine Flamme erzeugte, ich reichte ihm meins.

»Nein. Darum geht es nicht. Ich hab endlich wieder einen Sinn in dem gesehen, was ich getan habe, verstehst du?«

Nando warf mir einen irritierten Blick von der Seite zu. »No.«

»Ich hab ihnen dabei geholfen, das Bühnenbild zu bauen. Hab Plakate gemalt.«

»Por qué? Für Geld?«

Ich lachte leise. »Nein, einfach nur zum Spaß. Ich hab es vermisst, etwas zu schaffen, etwas zu kreieren.«

»Aha.«

Nando konnte das nicht verstehen. Niemand, der keine kreative Ader hatte, konnte das.

»Ich mochte es dort, weil mich niemand verurteilt hat. Sie kannten mich nicht, wussten nicht, wo ich herkam. Das war egal. Sie haben mich so akzeptiert, wie ich bin, waren freundlich und haben mir vertraut.« Ganz besonders Scott. Er hatte mir einfach so vertraut …

»Mal ehrlich. Das alles hattest du bei uns auch. Wir vertrauen, wir verteidigen. Wir sind familia.«

Ich schüttelte den Kopf. »Du verstehst es nicht. Das mit der Gang ist anders. Wir bewegen uns am Rand der Welt, immer mit der Möglichkeit, runterzufallen. Man muss nur einmal den Falschen bestehlen oder bedrohen.«

Nando runzelte die Stirn. »So ist das eben. Dafür sind wir frei!«

»Oh nein, wir sind viel mehr gefangen als alle anderen.«

»Tienes miedo. Du hast Angst«, stellte Nando fest.

Ich zog zitternd an der Kippe. »Ja, verdammt. Ich hab Angst. Ich hatte verdammt noch mal eine Scheißangst, als Ryan Akintoda mir auf einmal eine Knarre an den Kopf gedrückt hat. An jedem verdammten Tag kann hier jemand ein Messer ziehen und auf dich losgehen. Nur weil du in die falsche Straße eingebogen bist oder das falsche T-Shirt trägst. Fuck, es war mir lange Zeit egal, was mit mir passiert. Es hat mich nicht gekümmert. Ich hätte von heute auf morgen sterben können, es wäre okay gewesen. Aber jetzt ist es das nicht mehr! Weil es auf einmal etwas gibt, für das ich leben will.«

Nando legte den Kopf schief. »Wegen diesem Kerl, eh?«

»Ja. Nein, eigentlich nicht mal direkt wegen ihm.« Ich fuhr mir durchs Haar. »Ich will für *mich* leben, verstehst du? Ich hab das Gefühl, dass es da draußen noch mehr für mich gibt. Dass das hier, das Leben in diesen Vierteln, ob nun in Clerkenwell oder hier, nicht das Ende für mich ist. Ich will mehr.«

Ich war selbst überrascht von meinem Ausbruch. So hatte ich das noch gar nicht gesehen, doch es stimmte, fühlte sich richtig an. Das Loch in mir war mit diesen Worten ein klein wenig geschrumpft.

Nando schnippte den Rest seiner Kippe weg. »Heißt das, du gehst? Lässt uns einfach so im Stich?«

Ich ließ ein paar Sekunden schweigend verstreichen. »Ich weiß nicht. Ich brauch Zeit, denke ich, um mir klarzumachen, was ich wirklich will.«

Der Spanier stand auf. »Mach keinen Scheiß, Alter. Red mit Skinner. Du kannst immer noch mitkommen, weißt du? Ich hab niemandem was erzählt. Sie wissen nichts von deinem Theaterdings und auch nichts von diesem Kerl.«

»Erzähl's ihnen.«

»Qué?«

»Ich hab keine Lust mehr auf dieses elende Versteckspiel. Keine Geheimnisse mehr.«

Nando runzelte die Stirn. »Bist du sicher?«

Ich seufzte leise. »Ja, ich denke schon.«

Er nickte, wandte sich zum Gehen, fuhr dann aber noch mal herum. »Was findest du an dem? Diesem dicken Kerl?«

Ich zuckte mit den Schultern. »Ich liebe ihn.«

»Bastardo loco.« Kopfschüttelnd ging Nando. Nachdenklich sah ich ihm hinterher.

Kapitel 20

Eigentlich wollte ich den Umschlag nur einwerfen, kurz und schmerzlos, und dann wieder gehen. Stattdessen lungerte ich schon seit fast einer Stunde auf der anderen Straßenseite herum. Alles in mir sehnte sich danach, ihn zu sehen. Wenigstens kurz. Ich wollte ihm in die Augen schauen und sagen, dass ich verstanden hatte.

Aber ich hatte noch immer seine Stimme im Kopf, wie er sagte: *»Es ist aus, Tony. Ich will dich nie wiedersehen!«*. Nie wieder. Ein erschreckend langer Zeitraum.

Seufzend lehnte ich mich gegen den Eisenzaun. Vielleicht war er gar nicht zu Hause, schließlich war Silvester. Bestimmt feierte er mit Freunden ins neue Jahr.

Verdammt, ich verhielt mich schon wieder wie ein Feigling. Ich stieß mich vom Zaun ab, überquerte die Straße und sprang die Treppe hinauf. Wenn ich nicht zumindest versuchen würde, mit ihm zu reden, würde ich es später bereuen. Das Scheppern der Türklingel ging mir durch Mark und Bein, Schritte näherten sich. Er war da. Mein Hals wurde auf einmal ganz trocken.

Doch es war Hope, die mir die Tür öffnete. Ihr Gesichtsausdruck fror ein und ihr Blick fing Feuer. Sie schien alles andere als begeistert zu sein, mich zu sehen.

»Was willst du hier?«, zischte sie.

Ich leckte mir nervös über die Lippen. »Ist Scott da?«

»Nein! Meinst du nicht, du hast schon genug angerichtet?« Sie zog die Tür hinter sich zu, sodass nur noch ein kleiner Spalt offen war.

»Ich will nur mit ihm reden, das ist alles.«

Hope starrte mich an, als wäre ich der Antichrist persönlich. »Hast du eine Ahnung, wie fertig Scott wegen dir ist? Wie sehr du ihn verletzt hast?«

»Ich weiß«, gab ich kleinlaut zu.

»Dann kannst du dir ja wohl vorstellen, warum er dich nicht sehen will.«

Ich schluckte, nickte langsam. Er hatte jedes Recht dazu, trotzdem tat es weh. »Ich will ihm nur was geben.«

Hope sah den Umschlag in meiner Hand. »Wir haben einen Briefkasten«, erwiderte sie knapp und warf mir die Tür vor der Nase zu.

Ich atmete zischend aus. Das hatte ich wohl verdient. Dann gab es nur noch eine Möglichkeit. Nach kurzem Zögern warf ich den Brief durch den Schlitz aus Messing an der Tür. Kurz wartete ich, lauschte, ob etwas zu hören war, doch als sich nichts tat, ging ich langsam die Treppe hinunter, sah noch einmal hoch zu den Fenstern des Reihenhauses. Täuschte ich mich oder war da eine Bewegung hinter den Vorhängen im oberen Stockwerk? Vielleicht war Scott doch zu Hause. Seufzend drehte ich mich um. Es spielte keine Rolle, er wollte mich nicht sehen. Immerhin hatte ich es versucht.

»Was soll das?«

Ich fuhr herum. Scott kam die Treppe heruntergestürmt, hatte sich nur seinen schwarzen Mantel über Jogginghose und T-Shirt geworfen. In der Hand hielt er den Umschlag. Ich starrte ihn einfach nur an. Die Haare waren ganz durcheinander, die Augen verquollen, tiefe Schatten lagen unter ihnen. Er sah aus, als wäre er gerade erst aufgestanden – und das am späten Nachmittag. Trotzdem machte mein Herz einen kleinen Satz, als ich ihn sah, pochte aufgeregt. Wenn doch nur alles wie vorher sein könnte, dann würde ich ihm jetzt lächelnd entgegengehen, ihn zur Begrüßung küssen …

»Was zum Teufel soll ich damit?« Er blieb ungefähr fünf Meter von mir entfernt stehen, hielt den Umschlag hoch.

»Das ist das restliche Geld. Aus der Theaterkasse. Und alles, was ich sonst habe.« Ich räusperte mich. »Steht alles auf dem Zettel.«

Etwas mehr als hundert Pfund waren drin. Mein Puffer, um mehr Zeit mit Scott zu verbringen. Das Geld, das ich noch nicht an Skinner weitergegeben hatte. Jetzt fühlte sich das komplett falsch an. Was hatte ich mir nur dabei gedacht?

Scotts Augen funkelten. »Und was soll ich jetzt damit?«

Ich hob hilflos die Schultern. »Zurückgeben. Ich werde alles zurückzahlen, was ich gestohlen habe. Das verspreche ich. Wird vielleicht etwas dauern, aber ich mach es.«

»Wir wollen kein von anderen geklautes Geld!«

Die Worte trafen mich. Es fiel mir schwer, die Wut und Verletztheit in seinem Blick zu ertragen.

»Kein geklautes.« Die Stimme brach mir schon wieder weg. Ich sah ihm in die Augen, ertrug den Zorn. Er sollte wissen, dass ich es ernst meinte. »Ich such mir einen Job. Einen richtigen. Selbst wenn es nur bei der Müllabfuhr ist.« Ich versuchte ein Lächeln, wollte so gerne Scotts Mundwinkel nach oben zucken sehen.

Doch er runzelte nur die Stirn. »Woher kommt die plötzliche Einsicht?«

»Ich kann so nicht mehr weitermachen.«

Er nickte langsam. »Gut.«

Schweigen legte sich zwischen uns. Ich ging einen Schritt auf ihn zu, wollte diese grässliche Lücke zwischen uns wenigstens ein bisschen schließen. »Es tut mir wirklich leid, wie das gelaufen ist. Das musst du mir glauben.«

Jetzt war es Scott, der meinem Blick auswich. Ich nutzte es, um noch einen Schritt auf ihn zuzugehen. Jetzt bräuchte ich nur die Arme auszustrecken, dann könnte ich ihn berühren.

»Es war echt ein Schock, weißt du? Unsere ganze Begegnung fußt auf einer Lüge.«

»Aber alles andere war nicht gelogen. Nichts davon.«

Er ging nicht darauf ein. »Ich verstehe immer noch nicht, warum du den Rucksack zurückgebracht hast. Klaust du immer von Leuten, die du kennenlernen willst?«

»Oh nein.« Mir entwich ein absolut unpassendes Lachen. Scott sah mich scharf an.

»Ich hatte anfangs nicht vor, ihn zurückzugeben. Keine Ahnung, das, was ich in dem Rucksack gefunden habe, verbunden mit dem Eindruck, den ich von dir hatte, löste einfach etwas bei mir aus. Ich hab dich für deine Zielstrebigkeit bewundert, wie du deinen Weg gegangen bist. Dein Selbstbewusstsein.« Endlich sah er mich wieder an, unsere Blicke verhakten sich. War da etwas von dem alten Glitzern?

»Als ich dann diese Einladung zum Casting gelesen habe, wurde ich den Gedanken nicht los, dass ich dir deine Zukunft versaue.«

Scott schnaubte. »Das war doch nur ein Brief. Dadurch hätte sich nichts geändert.«

»Keine Ahnung, ich kenne mich damit nicht aus.« Ich zögerte. »Aber Tatsache war, du bist mir einfach nicht mehr aus dem Kopf gegangen. Ob ich wollte oder nicht. Also hab ich den Rucksack zurückgebracht.«

»Du hast so schüchtern gewirkt, auch ein bisschen abweisend – und nervös. Schrecklich nervös.« Er seufzte leise. »Jetzt verstehe ich besser, warum.«

»Du hast mich in deine Welt gezogen. Hast mir gezeigt, wie viel mehr es noch gibt. Selbst für jemanden wie mich.« Ich biss mir auf die Unterlippe, wollte nicht schon wieder anfangen zu heulen. »Ich hab das nicht für möglich gehalten. Weihnachten bei deiner Familie … Das war das schönste Weihnachten, das ich je hatte. Ohne Scheiß.«

Schweigend sahen wir uns an. Es lag so viel in unseren Blicken, so viel Unausgesprochenes.

Scott rieb sich über die Augen. »Du hättest ehrlich sein können, weißt du? Ich hätte dich nicht verurteilt, sondern dir zugehört.«

Ich hob die Schultern an. »Ich hatte Angst. Angst, dich zu verlieren. Angst, alles zu verlieren. Ich wusste nicht, was ich tun sollte.«

»Stattdessen hast du gar nichts getan. Du hast einfach weitergemacht.« Er presste die Lippen zusammen, ging einen Schritt zur Seite. Ein älteres Paar lief Händchen haltend an uns vorbei, Scott nickte ihnen grüßend zu.

Ich wartete, bis sie fort waren. »Ich weiß«, gab ich leise zu, sah auf den Boden. »Das war ein Fehler. Das weiß ich jetzt. Aber ich wusste echt nicht, was ich tun sollte. Ich konnte die Gang nicht einfach verlassen.«

Scott hob herausfordernd die Augenbrauen. »Warum nicht?«

»Lange Zeit waren sie alles, was ich hatte. Sie sind Freunde, Familie. Es ist nicht so leicht, zu gehen.« Ich war mir auch weiterhin nicht sicher, ob ich das wirklich konnte. Einfach gehen …

»Hast du kein schlechtes Gewissen, von anderen Menschen zu stehlen? Viele haben vielleicht nicht mehr als ihr.«

Ich verzog das Gesicht. »Das ist das Denken, das man sich schnell abgewöhnt. Man wird egoistisch. Jeder kümmert sich nur um sich selbst. Es geht nur um die Familie.«

»*Familie.*« Scott schnaubte.

Ich rieb mir die Stirn. »Hör zu, ich bin nicht stolz darauf. Es ist schnelles Geld. Je mehr Geld man hat, desto mehr kann man sich leisten. Wir haben eine eigene Wohnung, Schutz durch eine andere Gang. Man arbeitet sich hoch. Das ist die Art, wie man dem Getto entkommen kann.« Ich zögerte. »Man glaubt es zumindest.«

Scott schüttelte den Kopf. »Ich verstehe es nicht. Du bist so anders, wie ich mir Gang-Mitglieder immer vorgestellt habe. Mal davon abgesehen, wo du aufgewachsen bist. Du bist gebildet und schlau. Ich verstehe nicht, wie du zu so etwas dazugehören kannst.«

Wo sollte ich da anfangen? Das war kein Gespräch für die Straße. Ich seufzte leise und rieb mir über den Hinterkopf. »Müssen wir das hier besprechen?«

Erneut presste er die Lippen zusammen, schien unsicher zu sein, was er antworten sollte.

»Das heißt nicht, dass ich nicht darüber sprechen möchte«, fügte ich rasch hinzu. »Es könnte nur etwas länger werden.«

»Wir können uns auf die Treppe setzen?«

Ich nickte. Eigentlich hatte ich gehofft, er würde mich ins Haus lassen, aber da Hope uns sicher nicht in Ruhe lassen würde, war das wohl besser.

Wir setzten uns auf die unterste Stufe. Scott schien immer noch darauf bedacht zu sein, genügend Abstand zu mir zu wahren. Es schmerzte mich mehr als erwartet.

Nachdenklich knetete ich meine Hände. »Ich bin da reingerutscht, als es mir wirklich, wirklich scheiße ging. Meine Familie war kaputt, die Leute in der Schule verstanden mich nicht und ich habe viel getan …« Ich schluckte. »… auf das ich nicht stolz bin. Ich war fertig, sah keinen Sinn mehr. Und da tauchte Skinner in meinem Leben auf.«

Scotts Blick verfinsterte sich. »Wer ist dieser Skinner?«

Ich zuckte mit den Schultern. »Er hat mir das Leben gerettet. Ich wollte mich umbringen, ohne Scheiß, ich hätte es getan.«

Ich konnte sehen, wie sich seine Augen bei diesen Worten weiteten. Schnell redete ich weiter. »Ich hatte einfach alles so satt, hatte keinen Bock mehr. Ein Schritt und alles wäre vorbei gewesen. Ein winziger Schritt hat mir gefehlt. Doch Skinner zog mich von diesem Dach. Sah nach oben, wo alle anderen weggesehen haben. Ohne viel zu fragen, hat er mich bei sich aufgenommen. Ich durfte bei ihm wohnen, sein Essen essen, in seinem Bett schlafen. Einfach so. Ich weiß bis heute nicht warum. Aber er war da, als niemand sonst es war.«

Ein kühler Wind fegte durch die Straße. Der graue Himmel kündigte Regen an.

»Er stellte mich seinen Freunden vor, wir hingen immer öfters zusammen ab. Keiner von uns hat einen Schulabschluss, niemand einen Job. Irgendwie mussten wir ja Geld herkriegen. Und so fing alles an. Mir war alles egal, also machte ich mit.« Ich atmete tief durch. »Du musst wissen, wir sind nicht die Schlimmsten. Wir sind keine dieser Gangs, über die sie im Fernsehen berichten. Wir dealen nicht mit Drogen, sind in keine Straßenkämpfe verwickelt.« Ich zögerte. »Zumindest waren wir das bis vor Kurzem nicht.«

Ein Nachbar kam mit einer schwarzen Plastiktüte nach draußen gelaufen. Neugierig sah er zu uns, warf die Tüte neben die ohnehin schon überfüllte Mülltonne.

Scott war anzusehen, wie es in ihm arbeitete. So viel hatte ich vermutlich noch nie am Stück geredet. Doch jetzt, da ich angefangen hatte, konnte ich nicht mehr aufhören.

»Wenn du in der Gang bist, dann ist dir alles andere egal, verstehst du? Du hast kein Mitleid mit anderen, Empathie gibt es nicht. Das alles schaltest du ab. Du beginnst, das Haus nicht mehr ohne Messer zu verlassen, denn auch wenn wir in keine direkten Kämpfe verwickelt sind, wissen wir, was abgeht. Ich hab schon gesehen, wie Menschen auf der offenen Straße niedergestochen wurden. An einem blöden Tag kann es dich erwischen.«

Ich schluckte, rieb mir fröstelnd die Arme. »Skinner wickelt unsere Geschäfte ab. Ich weiß nicht, wie er das macht, aber er hat gute Kontakte. Nicht nur zu anderen Gangs, sondern zu Leuten von oben, die richtig wichtig sind. Er will mehr.«

Ich tastete nach der Zigarettenschachtel in meiner Hose, verspürte das dringende Gefühl, rauchen zu müssen. Doch ich hatte in den vergangenen Tagen all meine Vorräte aufgebraucht.

»Was heißt mehr?«

»Mehr Ansehen, mehr Respekt, natürlich auch mehr Geld. Aber darum ist es Skinner nie gegangen. Ich glaube, es geht ihm viel mehr um Macht, um Einfluss.« Ich seufzte. »Er ist schwer zu durchschauen.«

Scott sah mich schräg von der Seite her an. »Standest du auf ihn?«

Nachdenklich strich ich mir über die Lippen. »Ich dachte mal, ich wäre verliebt in ihn. Dachte es wirklich.«

»Und warst du es?«

Ich schüttelte langsam den Kopf. »Das war keine Liebe. Vielleicht etwas wie Bewunderung. Aber vor allem fühlte ich mich ihm zugehörig.«

Scott runzelte die Stirn. »Hm?«

»Das klingt jetzt vielleicht merkwürdig. Aber seit er mir das Leben gerettet hat, hatte ich das Gefühl, als würde ich nur noch für ihn leben. Als wäre mein Leben an seins gebunden, verstehst du?«

»Nicht so ganz.«

»Es ist kompliziert.« Ich sah auf meine Hände.

»Und was hast du jetzt vor? Willst du die Gang verlassen?«

Ich zögerte. »Ich weiß es ehrlich gesagt nicht. Alles, was ich momentan weiß, ist, dass es für mich nicht mehr so weitergeht wie bisher.«

Scott nickte. »Das ist …«

Wir zuckten beide zusammen, als hinter uns die Tür aufging.

»Ist alles okay, Scott?« Hope trat mit verschränkten Armen aus dem Haus. Sie sah wenig begeistert aus.

»Ja, alles gut, danke.« Scott schenkte ihr ein Lächeln. Ein Stich durchfuhr mein Herz. Wie sehr hatte ich sein Lächeln vermisst.

»Du solltest reinkommen, hier draußen holst du dir noch den Tod. Außerdem haben wir genug vorzubereiten.«

»Ist gut.« Er nickte ihr zu.

Etwas widerwillig, wie es mir schien, ging seine Mitbewohnerin zurück ins Haus.

»Feiert ihr hier Silvester?«

»Nichts Großes«, sagte Scott leise, als müsste er sich dafür entschuldigen. »Es kommen nur ein paar Freunde vorbei. Hope meinte, eine kleine Party würde mir guttun.«

Ich verzog das Gesicht. »Sie hasst mich, nicht wahr?«

Scott zuckte mit den Schultern. »Sagen wir mal, sie ist nicht dein größter Fan.«

»Das war sie nie.«

»Sie nennt es einen guten Instinkt.«

Ich presste die Lippen zusammen. Da konnte ich nicht widersprechen. Noch einer Frage musste ich mich stellen. »Und du? Hasst du mich auch?«

Mein Herz pochte, hatte Angst vor der Antwort.

Scott seufzte. »Als ob ich dich hassen könnte. Glaub, mir, ich hab's versucht.« Er lachte leise, wenn auch mit wenig Freude. »Aber das heißt nicht, dass ich dir verzeihe. Du hast mir sehr wehgetan.«

»Ich weiß.« Wagemutig legte ich meine Hand auf seine, ließ meinen Daumen über seine Haut streichen. Es tat so gut, ihn zu berühren, zu spüren. Am liebsten hätte ich meinen Arm um ihn gelegt, mich angelehnt. »Ich vermisse dich«, brachte ich mit leiser Stimme hervor.

In Scotts Augen glitzerten Tränen. »Ich dich auch.«

»Meinst du, es gibt noch eine Chance für uns?« Ich sah ihn flehend an. Meine Stimme war heiser, kratzte wie ein Pulli in kalten Winternächten.

Er wich meinem Blick aus, atmete zitternd aus. »Ich weiß es nicht. Es ist so viel passiert. Ich weiß nicht, ob ich dir noch mal vertrauen kann.«

Ich schluckte, nickte. »Ich hab's verbockt, ich weiß. Aber ich werde dich nie wieder anlügen, das verspreche ich.«

Für einen winzigen, viel zu kurzen Moment, verschränkten sich unsere Hände. Gefühle zuckten wie Stromstöße durch meinen Körper. Doch dann ließ Scott los und stand auf. »Bring erst einmal dein Leben in Ordnung.«

Er sprang die Treppe hinauf, schloss eilig auf. Ich sah dabei zu, hoffte auf einen letzten Blick, doch ohne sich noch einmal umzudrehen, verschwand er im Haus. Es gab kein Tschüss, kein auf Wiedersehen. Die Tür fiel hinter ihm ins Schloss.

Kapitel 21

Vielleicht war es nicht die beste Idee, Hausbesuche am Silvesternachmittag vorzunehmen. Ich klingelte noch einmal, endlich waren Schritte zu hören, begleitet von lautem Fluchen. Die Tür flog auf.

»Was?«, fauchte Molly.

Es war klar ersichtlich, dass ich gerade keinen guten Zeitpunkt erwischt hatte. Sie stand im rosa Bademantel vor mir, das Haar noch leicht nass und – was besonders irritierend wirkte – nur eins ihrer Augen war geschminkt. Voluminöse Wimpern klebten auf der rechten Seite, während die linke etwas spärlich befiedert aussah.

»Hi, hast du kurz Zeit?«

»Sehe ich so aus?«

»Ich brauch nicht lange.«

Molly verdrehte die Augen. »Komm rein, verdammt noch mal.« Sie schlug die Tür hinter mir zu, stampfte geradewegs ins Bad. Die Luft dort war feucht und dampfig. Ich stieg über ein nasses, zusammengeknülltes Handtuch und wollte etwas frische Luft reinlassen.

»Lass das Fenster zu, ich hab keine Lust, mir 'ne Erkältung einzufangen.«

In Ermangelung anderer Sitzgelegenheiten ließ ich mich auf dem Klodeckel nieder.

»Eigentlich sollte ich nach deinem letzten Abgang immer noch sauer sein.« Molly beugte sich über das Waschbecken, um sich das zweite Paar Wimpern anzukleben.

»Ich weiß, sorry. Seitdem ist viel passiert.«

»Na, dann leg mal los. In einer Stunde muss ich auf einer Party sein. So viel Zeit hab ich noch.«

In kurzen Sätzen erzählte ich ihr von Nando, von Scott und was im Theater vorgefallen war.

Sie hielt in ihrer Bewegung inne. »Du hast was?«

»Geld aus der Theaterkasse genommen«, wiederholte ich zerknirscht.

»Verdammt, Tony!«, fluchte sie und ließ die Hände sinken. »Oh Mann, das hast du ja echt gründlich verbockt.«

»Ich weiß.«

»Das war nur eine Frage der Zeit, bis das schiefgeht. Tja, ich will's dir nicht unter die Nase reiben, aber ich hab's dir ja gesagt. Du bist selbst schuld.«

»Ich weiß.«

Ihre Brauen schossen nach oben. »Du scheinst erstaunlich gefasst zu sein.« Sie begann ihre Augen mit einem Stift zu umranden.

Seufzend lehnte ich mich gegen die Fliesen der Wand. »Ich hatte viel Zeit zum Nachdenken.«

»Und was hat das gebracht?«

Ich fuhr die Fugen der Bodenfliesen mit meinem Zeh nach. »Ich muss mein Leben ändern.«

»Na halleluja! Das wird aber auch Zeit. Heißt das, du willst endlich die Gang verlassen?«

Kurz zögerte ich, atmete tief ein und sah Molly direkt an. »Ich glaube, ich möchte meine Mum treffen.«

»Oh Shit.« Sie riss die Augen auf. »Dein Ernst?«

Ich nickte langsam. »Ja, ich denke schon.«

»Na endlich. Dieser Scott hätte dir schon viel früher über den Weg laufen sollen.«

Ich lächelte gequält. Was wäre geschehen, wenn Scott und ich uns schon früher begegnet wären? Vielleicht wäre ich nie in die Gang-Szene abgedriftet. Vielleicht hätte er mich auch gehasst. Ich war früher ein ziemlicher Arsch gewesen. Gerade Molly konnte ein Lied davon singen.

»Wann?«

Ich rieb mir die Stirn. »Sobald wie möglich. Bevor ich mich wieder umentscheiden kann.«

»Und woher kommt die plötzliche Idee?«

Ich zuckte mit den Schultern. »Ich will mein Leben wieder in Ordnung bringen. Also muss ich dort anfangen, wo alles begann schiefzugehen.«

Molly spitzte den Mund, trug kirschroten Lippenstift auf. »Bist du deshalb hier? Um dich bei mir zu entschuldigen?«

»Auch. Aber …« Nervös knetete ich meine Hände. »Vor allem möchte ich dich fragen, ob du mich begleiten würdest?«

»Zu deiner Mum?«

»Ich kann das nicht allein.« Flehend sah ich sie an.

Einen Augenblick war ihr Blick nachdenklich, sie schien zu überlegen. Dann seufzte sie. »Natürlich komm ich mit. Ich hab Sarah ewig nicht gesehen. Hab sie immer gerne gemocht, deine Mum.«

Erleichtert atmete ich auf. »Danke.«

»Aber wir machen das gleich nächste Woche. Nicht, dass du dich da wieder rausredest.«

»Gut.«

»So, und wenn du mich jetzt entschuldigst, ich muss dringend in mein Kleid schlüpfen.« Molly zwinkerte mir zu und verließ das Badezimmer. Ich nutzte die Zeit, um endlich das Fenster aufzumachen. Augenblicklich kroch die kühle Luft herein. Der Himmel war bedeckt, doch noch schien sich das Wetter zu halten. Tief einatmend lehnte ich mich gegen das Fensterbrett. Tat ich das Richtige? Ich hatte meine Mutter schon seit über einem Jahr nicht mehr gesehen. Die Dinge, die ich zu ihr gesagt hatte, hatten sich für immer in mein Gedächtnis eingebrannt. Sie ließen sich nicht rückgängig machen. Ebenso wenig wie das, was ich getan hatte …

Hinter mir räusperte sich jemand, ich fuhr herum.

»Wow!« Molly sah atemberaubend aus. Sie trug ein schwarzes Kleid, das wie eine zweite Haut saß und ihre schlanke Figur betonte. Die Ärmel aus Spitze gaben ihm einen eleganten Look. Diese junge Frau hatte nichts mit dem Mädchen gemeinsam, mit dem ich früher zusammen gewesen war, das stets Jeans und T-Shirt getragen hatte. Wann waren wir eigentlich erwachsen geworden?

»Gefällt es dir?« Das Schönste an ihr war das selbstbewusste Lächeln.

Ich grinste. »Nicht schlecht.«

»Kannst du mir das Kleid zumachen?« Sie drehte mir ihren nackten Rücken zu.

»Klar. Früher hättest du so etwas nie getragen.«

Sie lachte. »Früher war ich fünfzehn und hab dir erklären müssen, dass du schwul bist.«

»Touché.« Ich zog den Reißverschluss hoch. »Keine Ahnung, was ich ohne dich gemacht hätte. Tut mir leid, dass ich mich manchmal wie ein Arsch verhalten habe.«

»Manchmal?« Sie hob spöttisch die Augenbrauen.

»Ehrlich, du hättest alles Recht der Welt gehabt, mir heute die Tür vor der Nase zuzuknallen.«

Molly seufzte, legte ihre Arme um meinen Hals. »Ach Tony. Du magst manchmal ein Arsch sein, aber dein Herz sitzt immer noch am rechten Fleck.«

»Ich schäme mich so sehr«, gab ich leise zu.

»Das ist gut. Das ist sogar sehr gut. Dann bist du endlich auf dem richtigen Weg.«

»Ich hab dir nie gesagt, wie stolz ich auf dich bin. Du hast es rausgeschafft, du hast ein Stipendium, eine eigene Wohnung und …«

»… einen Freund, der mich dann demnächst abholt. Ich muss dich leider langsam rausschmeißen. Du darfst mir gerne ein anderes Mal sagen, wie toll ich bin. Ehrlich, das holen wir gerne nach.«

Ich verdrehte die Augen. »Du bist unmöglich. Wo gehst es denn hin heute Abend?«

»Ein Kommilitone schmeißt eine Party bei sich zu Hause. Er hat eine fancy Penthousewohnung. Echt der Wahnsinn, dir würde es gefallen, sehr spartanisch und modern eingerichtet.« Sie zögerte. »Ich kann kaum glauben, dass ich das frage, aber hast du Lust mitzukommen? Es werden viele Leute da sein, vielleicht finden wir vor Mitternacht sogar einen Kerl für dich.«

Ich schüttelte lächelnd den Kopf. »Das ist nett, aber lieber nicht. Mir ist nicht so nach feiern.«

»Versteh ich. Dann ist es wirklich ernst mit dir und diesem Scott?«

Ich räusperte mich. »Das war es. Bevor ich's versaut hab.«

»Ach Mensch, ich hoffe, ihr kriegt das wieder hin.«

»Ich auch.«

»Ähm, könntest du dann bitte verschwinden, bevor mein Freund kommt? Ich will ihm ungerne erklären müssen, warum da ein Kerl in meinem Badezimmer steht.«

Ich grinste. »Und schon gar nicht so ein gut aussehender, hm?«

Sie warf ein Wattepad nach mir.

»Ich wusste gar nicht, dass du einen Freund hast.«

Molly schnaubte. »Ganz ehrlich? Du weißt so gut wie gar nichts mehr von meinem Leben. Meine Welt hat sich in den letzten zwei Jahren weitergedreht, auch wenn du entschieden hast, kein Teil mehr davon zu sein.«

Ich fasste mir an die Brust. »Autsch, das tat weh.«

»Gut so. Sorg einfach dafür, dass sich das nicht wiederholt.«

Ich nickte.

Molly scheuchte mich zur Tür. »Meld dich dann wegen dem Treffen mit deiner Mum.«

Ich lächelte gequält. »Falls sie mich überhaupt sehen will.«

»Das wird sie.« Sie gab mir einen Kuss auf die Wange. »Pass auf dich auf, ja?«

»Du auch. Bis dann.«

»Sag bloß, du hast vor, Silvester mit deinem alten Herrn zu verbringen?« Dad stand in der Küche und öffnete eine Dose Ravioli. »Willst du auch was?«

Auch wenn mein Magen knurrte, rümpfte ich die Nase.

»Ne, lass mal.« Ich schob mich an ihm vorbei, öffnete den Kühlschrank und griff mir eine Cola.

»Du bist momentan viel hier, hm? Hast Stress mit den anderen?«

»Seit wann kümmert dich das?«

Dad hob empört den Kochlöffel. »Ey, du bist mein Junge, natürlich kümmert es mich.«

»Nur solange du nüchtern bist.«

Im Vorratsschrank fand ich nichts weiter als Toast und eine Dose Baked Beans. »Wann warst du das letzte Mal einkaufen?«

»Wann warst *du* das letzte Mal einkaufen?«, schoss er zurück.

»Ich wohne hier nicht.«

»Erzähl keinen Scheiß. Du hast die ganze Woche hier gepennt. Bist wohl rausgeflogen, hm?«

Ich warf vier Toasts auf einen Teller, fand im Kühlschrank noch ein Glas Erdnussbutter. Auf der Schwelle zwischen Küche und Wohnzimmer blieb ich stehen.

»Ich geh übrigens Mum besuchen«, sagte ich aus dem Bauch heraus, wollte seine Reaktion sehen. Die war weit weniger spektakulär, als ich erwartet hatte. Er rührte einfach weiter seine Ravioli im Topf.

»Na dann«, brummte er. »Richt ihr Grüße aus.«

Aus irgendeinem Grund machte mich das wütend. Das war so ein großer Schritt für mich. Dad wusste, was damals los gewesen war, und wie ich mich Thomas und Mum gegenüber verhalten hatte. Kümmerte es ihn gar nicht?

»Wenn du wieder hier wohnst und mein Essen wegfrisst, solltest du auch 'nen Beitrag leisten. Ich bin hier nicht die Wohlfahrt.«

»Hast du eigentlich eine Ahnung, wie oft ich die Vorratsschränke aufgefüllt hab, wenn du auf deinem Sofa im Koma gelegen hast? Ich hab meinen *Beitrag* geleistet, obwohl ich gar nicht mehr hier gewohnt hab.«

»Ich sag's ja nur. Kein Grund, gleich auszuticken. Wir haben kein Geld mehr und kein Essen.«

»Dann gib es nicht immer für Alkohol aus.«

Ich verschwand in meinem Zimmer, ließ die Tür hinter mir zuknallen.

Wer hätte gedacht, dass ich Silvester ausgerechnet bei meinem Dad sein würde. Ich schlang das Toastbrot zusammen mit der klebrigen Erdnussbutter hinunter, warf ich mich aufs Bett und starrte einfach an die Decke.

Es war ein merkwürdiges Gefühl, allein zu sein, besonders heute. Die Jungs saßen bestimmt in der Wohnung und betranken sich, sicherlich waren auch ein paar Mädels da. Max würde die Reden halten, die er immer hielt, wenn er besoffen war, Nando würde ihm als Einziger wirklich zuhören. Und Skinner? Skinner würde in seinem Sessel sitzen, dann und wann einen Schluck aus seiner Flasche nehmen und die ganze Situation beobachten. Er war gut darin, sah tiefer als die meisten anderen, verstand schnell, was in einem vorging. Eine Gabe, die er nur allzu gerne nutzte, auch bei mir. Er wusste immer genau, was er sagen musste, um mich zu überzeugen, etwas für ihn zu tun …

Scheiße, ich wollte sie nicht vermissen, aber ich tat es trotzdem. Ich vermisste das sinnlose Herumsitzen in der Wohnung, die belanglosen Gespräche mit Nando, das gemeinsame Essen, das selten ohne Streit ablief.

Ich schloss die Augen. Das Problem war, dass ich es nicht mehr gewohnt war, allein zu sein. Mit der Gang hatte man immer jemanden um sich herum. Auch als ich Scott kennengelernt hatte, war ich ständig auf Achse gewesen. Was machten Menschen, wenn sie allein waren?

Durch die dünne Wand schallte das Geräusch des Fernsehers zu mir. Stöhnend hielt ich mir den Kopf. Was sollte ich den ganzen Abend in diesem Zimmer machen? Ich hielt es nicht mehr aus.

»Na, haust doch ab, hm? Erwartet dich jemand um Mitternacht?« Dad lachte leise.

Ohne darauf einzugehen, zog ich mir die Schuhe an. Ich wollte schon die Wohnung verlassen, doch spontan stellte ich ihm noch eine Frage: »Sag mal, weißt du eigentlich, dass ich schwul bin?«

Aus dem Wohnzimmer kam ein dreckiges Lachen. »Damit kommst du mir jetzt? Klar weiß ich's. Jeder weiß das.«

Diese Antwort überraschte mich. »Ach ja?«

»War das nicht der Grund, warum das Mädel aus der Nachbarschaft mit dir Schluss gemacht hat? Die hübsche Blonde?«

Mir war nicht klar, dass sich das herumgesprochen hatte. »Du hast es all die Jahre gewusst und hattest nichts dagegen?« Ich trat einen Schritt ins Zimmer. Im Fernsehen lief gerade eine wilde Verfolgungsjagd mit viel Geballer.

Dad schnaubte. »Ist mir doch scheißegal. Jeder, wie er will. *Love is love. Love wins.«* Er setzte die letzten Wörter in Anführungszeichen. »So heißt das doch jetzt, wenn sie mit ihren bunten Fahnen umherziehen, oder?« Er hustete. »Warum kommst du ausgerechnet jetzt damit? Hast du einen Kerl, der auf dich wartet? Oder hat man dich deshalb rausgeworfen, hm? Ich weiß, dass ihr es nicht einfach habt. Besonders nicht hier. Schwuchteln sind eben leichte Opfer.«

»Keine Sorge, ich bin kein leichtes Opfer.«

»Hmpf. Pass trotzdem auf dich auf.«

Zeigte mein Vater tatsächlich so etwas wie Besorgnis? Um mich? Ganz was Neues. Ich verließ die Wohnung.

Auch wenn noch nicht Mitternacht war, herrschte auf den Straßen schon ordentlich Trubel. Mein Puls stieg automatisch an. Junge Leute, die in Grüppchen zusammenstanden, lachten und redeten, machten mich nervös.

Besonders in diesem Viertel. Meine Schritte kamen mir zu laut vor, das Licht der Straßenlaternen zu grell, ich fühlte mich beobachtet. Wann immer ein Auto mit lauter Musik an mir vorbeirauschte, stockte mir der Atem. Seit wann war ich so schreckhaft geworden?

Ich stieg in den nächsten Bus, der durch die Kingsland Road bretterte. Stickige, mit dem Geruch von Alkohol geschwängerte Luft hing im Inneren des Busses. Ich musste stehen, eng an eine ältere Frau mit grellrotem Lippenstift gequetscht. Viele zog es um diese Uhrzeit in Richtung Themse. Ich ließ mich, wie der Großteil der anderen, an der St Paul's Cathedral ausspucken, lief dann die letzten Schritte zum Fluss, stürzte mich aber nicht mitten ins Gewimmel, blieb eher am Rand. Doch ich genoss es, zwischen all den unterschiedlichen Menschen zu stehen, den Touristen, den Einheimischen, den Alten, den Kindern. Es war schön, einfach mal den Kopf auszuschalten. Irgendjemand fing laut an zu zählen. Manche stimmten mit ein, andere richteten sich nach einer anderen Uhr. Am Himmel erstrahlten die ersten Feuerwerke. Schreiend und lachend fielen sich Menschen um den Hals, umarmten sich, küssten sich und überall ertönte der Ruf: *Happy New Year.*

»Frohes neues Jahr«, murmelte ich. Hoffentlich würde dieses besser werden als das letzte.

Ich ließ mich von einer Gruppe zur Seite drängen, die sich fröhlich feiernd und schon ordentlich angetrunken ihren Weg durch die Menschenmenge pflügte. Ich kletterte schließlich auf einen Mauervorsprung, an dem bereits mehrere Menschen standen, setzte mich und ließ die Beine baumeln. Vorsichtig zog ich den kleinen zerknitterten Block aus meiner Jackentasche hervor und begann im spärlichen Licht der Laternen zu zeichnen. Vielleicht etwas witzlos, bei einem Feuerwerk nur einen Bleistift zu verwenden. Doch ich arbeitete nicht gerne mit Farbe. Ich liebte Schattierungen, den starken Kontrast zwischen Schwarz und Weiß. Vielleicht würde ich den Himmel mit Farben nachbearbeiten, vielleicht würde ich es auch einfach so lassen. Mir ging es vor allem um die Menschen. Um das Paar, das seit Mitternacht immer noch nicht aufgehört hatte, sich zu küssen. Um den Großvater mit der kleinen Enkeltochter auf den Schultern, die Freundinnen, die nicht mehr aufhören konnten zu lachen. Jeder Einzelne von ihnen hatte eine Geschichte. Jeder von ihnen erlebte gerade etwas Schönes, das er vermutlich in Erinnerung behalten würde, und ich wollte diese Momente einfangen. Die Menschen hier waren keine graue Masse. Sie hatten Gesichter. Auf sie fokussierte sich meine Zeichnung.

»Das sieht sehr gut aus.« Ich sah hoch zu dem Mann, der neben mir stand. Er sprach mit hartem, vermutlich deutschem Akzent. Sein Lächeln war breit, auch wenn er schiefe Zähne hatte.

»Danke.«

Ich hatte gar nicht gemerkt, dass ich angefangen hatte zu grinsen. Beim Zeichnen schien für mich die Zeit still zu stehen, während sie für alle anderen weiterlief. Die Menschen kamen und gingen, nur auf dem Papier blieben sie für immer. Der Deutsche verabschiedete sich, wünschte mir ein frohes neues Jahr. Und während ich hier saß, die Leute vorbeilaufend, ohne mich zu beachten, fühlte ich mich endlich nicht mehr leer, sondern spürte tatsächlich so etwas wie Zufriedenheit. Das Bild war wirklich gut, vor allem, wenn ich es zu Hause nachbearbeiten würde. Scott würde es gefallen, er wäre vermutlich absolut begeistert von den Emotionen in den Gesichtern der Leute und würde von mir verlangen, es aufzuhängen. Ich vermisste ihn und seinen Enthusiasmus. Sein lautes Lachen fehlte hier in dieser Kulisse.

Ich schlug das Blatt um, fing wieder an zu zeichnen, dieses Mal aus dem Gedächtnis. Die Zeichnung floss einfach aus mir heraus, wie eine Erinnerung, gedruckt auf Papier. Ich musste nur die Augen schließen, dann sah ich seine Gesichtszüge genau vor mir. Sein Körper war schon schwieriger, doch es dauerte nicht lange, dann nahm auch er Formen an. Ich beugte mich etwas tiefer über das Bild. Das hier war nur für mich. Scott, wie er halb nackt im Bett lag und schlief. Hätte ich diesen Moment nur damals gezeichnet – jetzt wirkte er etwas unvollkommen.

Hastig blätterte ich wieder um. Ich war verrückt! Fast hätte ich ein Aktbild meines Freundes – Exfreundes – gezeichnet, mitten in einem Pulk Hunderter Menschen um mich herum. Wie verzweifelt konnte man sein?

Kapitel 22

Als ich mein Handy nach drei Tagen Funkstille anschaltete, befand es sich gefühlte zwei Minuten im Dauervibrationsmodus. Etliche Nachrichten trudelten ein, die meisten von der Gang.

Verräter. Feigling. Das waren nur ein paar der Bezeichnungen, mit denen Max mich bombardierte. Schnaubend fing ich an seine Nachrichten zu löschen, die schon teilweise wie Drohungen klangen. Was interessierte es ausgerechnet ihn? Er konnte mich ohnehin nicht leiden, warum lag ihm so viel daran, dass ich blieb? Oder ging es ihm viel mehr ums Prinzip, dass man der Gang nicht einfach den Rücken zukehrte, sich ein Leben außerhalb aufbaute? Das klang schon wahrscheinlicher.

Nando hörte sich in seinen Nachrichten besorgter, versöhnlicher, beinahe flehend an. Er wollte, dass ich zurück *nach Hause* kam. Der arme Kerl fühlte sich wohl wirklich schuldig …

Mein Puls setzte für einen Moment aus, als ich eine Nachricht von Skinner entdeckte. Sie war kurz.

Ganz oder gar nicht. Entscheide dich.

Zitternd atmete ich aus. Die Worte erinnerten mich an die Szene auf dem Dach. Die Angst, als Skinner mich in Richtung Abgrund gedrängt und damit die Erinnerung an die Nacht vor einem Jahr provoziert hatte. *»Du wärst tot ohne mich.«* Ein Schauer lief mir über den Rücken. Es war an der Zeit, mich dem zu stellen, was ich innerlich schon längst beschlossen hatte, es mir bisher nur nie eingestehen konnte. Wenn ich mein Leben ändern wollte, musste ich auch mit der Gang abschließen. Länger konnte ich es nicht mehr vor mir herschieben. Ich fing an auf meinen Nägeln herumzukauen. Mir graute es vor Skinners Reaktion. Würde er wütend sein? Enttäuscht? Angst und Nervosität fraßen sich wie Säure durch meinen Magen.

Ich wollte das Handy schon beiseitewerfen, da scrollte ich ganz nach unten und entdeckte hinter Max' letzten Drohungen drei Nachrichten von Scott. Mit klopfendem Herzen öffnete ich die erste.

Du bist ein Arschloch, weißt du? Hast mein Leben kaputt gmacht. Scheiße, und trptzdem liebe ich dich noch immer …

Frhes neues Jahr, Tony

Sorry für die Nachrichten. Ignorier sie einfach. Bitte!

Die ersten beiden waren kurz nach Mitternacht an Neujahr verschickt worden, die andere am frühen Morgen. Ein kurzes Schmunzeln wanderte über meine Lippen. War Scott betrunken gewesen? Die Rechtschreibfehler sprachen dafür. Er liebte mich noch … Er nannte mich zwar auch ein Arschloch, aber ich achtete mehr auf den zweiten Teil der Nachricht. Er liebte mich noch. In meiner Brust glomm ein kleiner Funke Hoffnung.

Seufzend warf ich das Handy weg. Ich hatte etwas zu erledigen.

Mein Magen grummelte unangenehm – und es war kein Zeichen für Hunger. Scheiße, ich hatte Angst. Angst, wie das Gespräch laufen würde, wie Skinner reagieren würde. Ich zog die Kapuze tief ins Gesicht, lief rasch durch die mir sehr vertrauten Straßen. An der Ecke, an der mir die Blackies aufgelauert hatten, zögerte ich kurz, doch natürlich war dieses Mal niemand zu sehen. Trotzdem hinterließ dieser Ort einen unangenehmen Geschmack in meinem Mund. Schnell überquerte ich die Straße. Zwei Mütter kamen mir mit Kinderwagen entgegen, ansonsten war nicht viel los. Vor der Pizzeria standen einige Männer, rauchten und unterhielten sich angeregt auf Italienisch. Ob sie zu Mario gehörten?

Ich schob mich an ihnen vorbei, betrat zwei Häuser weiter das Treppenhaus.

Skinner war nicht da. Das sah ich bereits auf den ersten Blick, denn Max lungerte in dessen Sessel herum, mit dem Rücken zu mir. Er und

Nando hatten nur Augen für den funkelnagelneuen Flachbildfernseher, der an der Wand prangte. Sie zockten irgendein Ballerspiel.

»Mierda«, fluchte der Spanier, warf seinen Controller weg. Auf dem Bildschirm leuchtete in grellgelber Schrift *Game Over* auf.

»Ey, pass auf den Controller auf. Der ist verdammt noch mal neu.«

»Noch 'ne Runde?«

»Wo habt ihr den her?«

Beide zuckten zusammen.

»Fuck, Tony, wo kommst du denn her?« Nando sprang auf, hielt mir die Hand hin. Ich schlug ein, wie immer. Er klopfte mir auf die Schulter. »Gut, dich zu sehen.«

»Ihr habt einen neuen Fernseher?«

Nando grinste breit. »Skinner hat ihn organisiert. Zusammen mit der Xbox. Geil, eh?«

»Wo hat er das alles her?«

»Ist doch egal, Mann. Vorschuss von Mario, schätz ich. Wir werden noch richtig fett Kohle machen.«

»Was willst du hier?« Max sah mich kaum an, hielt den Blick weiter auf den Bildschirm gerichtet, die Stirn verärgert zusammengezogen.

»Dir sagen, dass du verfickt noch mal aufhören sollst mir Nachrichten zu schreiben.«

»Ach ja?« Nun stand auch er auf, warf den Controller auf den Sessel. »Ich kann's dir gern auch noch mal ins Gesicht sagen. Verräter!«

»Halt dich einfach raus aus meinem Leben«, zischte ich.

»Das hättest du wohl gerne, hm? Bist jetzt wohl was Besseres?«

»Halt die Fresse!«

»Calma, calma, Jungs! Lasst uns ruhig bleiben, eh? Normal miteinander reden!«

Max schnaubte. »Familie wirft man nicht einfach weg! Du hast eine verfickte Verpflichtung! Wir waren für dich da, als dein Leben scheiße war.«

»Wie du immer von *wir* redest. Du hast nie was für mich getan!«

»*Wir* sind eine Familie«, zischte Max. »Die versetzt man nicht einfach, nur weil man jemanden zum Ficken gefunden hat! Das gilt auch für dich, Schwuchtel!«

Ich hatte genug. »Nenn mich noch einmal *Schwuchtel*!« Drohend ging ich einen Schritt auf ihn zu, die Fäuste geballt, den Blick wütend auf ihn fokussiert.

»Leute …« Nando versuchte mich an der Schulter zurückzuhalten.

»Ihr Schwanzlutscher geht mir so auf den Sack, denkt immer, die Welt dreht sich nur um euch!«

Das reichte! Wir gingen gleichzeitig aufeinander los. Nando versuchte sich noch zwischen uns zu werfen, doch keine Chance. Das hier war längst überfällig. Ineinander verkeilt gingen wir zu Boden. Mir gelang es, Max in die Seite zu treten. Er keuchte, drückte mir die Hand ins Gesicht, tastete nach meiner Kehle.

»Ich bring dich um!«, knurrte er.

So weit würde er nicht kommen. Mit der einen Hand stieß ich die seine zur Seite, versuchte sein Handgelenk zu packen, die andere vergrub sich in seine Schulter. Meine Fingernägel kratzten über seinen nackten Oberarm, hinterließen rote Spuren. Ein Stoß gegen den Brustkorb ließ mich schmerzhaft aufstöhnen. Die Prellungen waren zwar verheilt, doch meine Rippen waren noch immer empfindlich.

Ich versuchte ihn von mir zu stoßen, mir Freiraum zu verschaffen, doch ein Kinnhaken von ihm traf mich am Kiefer. Ich schmeckte Blut, spuckte es auf sein T-Shirt.

»Du Drecksau!«

Ein weiterer Schlag traf mich im Gesicht. Ich kniff die Augen zusammen. Als ich sie öffnete, blickte ich in die Mündung einer Knarre.

»Mach keinen Scheiß!«, schrie Nando.

Ich konnte nur fassungslos in Max' wutentbranntes Gesicht starren. Das würde er nicht tun – oder?

»Nimm die verdammte Knarre runter, Mann!« Der junge Spanier war außer sich, doch Max hielt die Pistole weiter auf mich gerichtet.

Mein Herz raste, Adrenalin schoss kribbelnd durch meine Adern, ließ eine kalte Gänsehaut auf meiner Haut entstehen.

»Lass das, Max!« Meine Stimme klang krächzender, als sie sollte.

»Jetzt hast du Schiss, hm?«

»Du wirst das nicht machen!«

»Sei dir da nicht so sicher.« Er lud tatsächlich die verdammte Knarre durch. Mir sackte das Herz in die Hose, trotzdem war ich mir meiner Sache sicher.

Ich schloss die Augen, schluckte. »Skinner würde dich dafür umbringen.«

»Skinner würde dankbar sein, wenn ich dich verlogenes Stück Scheiße aus der Welt schaffen würde. Du machst nur Probleme.«

»Hört auf darüber zu sprechen, was ich verfickt noch mal tun würde!«

Ich riss die Augen auf. Skinner stand im Türrahmen, in den hellen blauen Augen funkelte es gefährlich.

»Skinner …«

»Nimm die verdammte Waffe runter. Ich hab sie dir nicht gegeben, damit du sie auf deine eigenen Leute richtest.«

Endlich ließ Max die Pistole sinken. Ich robbte augenblicklich nach hinten, brachte Abstand zwischen uns.

»Er gehört nicht mehr zu uns«, knurrte Max.

Skinner sah zu mir. »Ist das so?«

Ich schluckte, wusste nicht, was ich sagen sollte. Es war unmöglich, in seinem Gesicht abzulesen, was er dachte.

»Claro que sí«, antwortete Nando schnell. »Er gehört zu uns. Deswegen ist er hier, verdad?«

Skinner hob die Brauen. »Ist das so?«

»Nein«, krächzte ich nach kurzem Zögern. »Ich kann das nicht mehr.« Ich zog schniefend die Nase hoch.

»Jetzt heult er auch noch«, stöhnte Max. »Dieser elende Arschficker.« Er kam bedrohlich auf mich zu. Ich robbte noch ein Stück zurück, bis ich ans Sofa stieß.

»Lass das, Rocket.« Der scharfe Ton ließ Max sich umdrehen und frustriert mit der Faust gegen die Wand schlagen.

»Du gehörst also nicht mehr dazu?« Skinners Stimme war erschreckend ruhig. »Du hast dich für *ihn* entschieden. Diesen Theaterdarsteller, von dem Nando erzählt hat?«

Ich sah kurz zu Nando, der beschämt zu Boden blickte.

»Ich hab mich für *mich* entschieden«, antwortete ich, schaffte es dabei immerhin, Skinner in die Augen zu schauen. »Mir wird das hier zu viel.« Ich schluckte. »Hör mal, ich bin dankbar für alles, was du für mich getan hast. Wir …«

»Geh«, unterbrach er mich.

Ich zögerte. »Aber …«

»Ich sagte *geh*! Wenn du nicht mehr dazugehören willst, dann war's das. Ich hab's dir gesagt. Ganz oder gar nicht. Also verschwinde! Und lass dich hier besser nicht mehr blicken!«

Vorsichtig rappelte ich mich auf, zögerte noch immer. Doch Skinner trat einen Schritt zur Seite, machte den Weg frei.

»Wenn er nicht mehr zu uns gehört, was sagt uns dann, dass er uns nicht an die Bullen verpfeift, he? Er weiß zu viel!«

»Er wird nichts sagen. Er weiß, was ihm blüht, wenn er es tut, nicht wahr?«

Ich nickte langsam.

»Tony …« Nando schien es nicht glauben zu können.

»Mach's gut«, murmelte ich ihm zu, ging an Skinner vorbei und zuckte fürchterlich zusammen, als der sich bewegte. Doch er streckte nur die Hand aus.

»Schlüssel.«

Ich kramte den Haustürschlüssel aus meiner Hosentasche, ließ ihn klirrend in die Handfläche fallen.

»Ich brauch dir wohl nicht zu sagen, wie sehr ich von dir enttäuscht bin. Ich hab echt mehr von dir erwartet!« Unterdrückte Wut glitzerte in seinen Augen.

»Tut mir leid«, flüsterte ich.

Er strich sich das strähnige Haar aus dem Gesicht und knurrte: »Hau ab, bevor ich es mir anders überlege.«

Ich ging.

»Ich sag euch, das ist ein Fehler«, hörte ich Max noch sagen.

»Halt die Schnauze, Rocket!«

Die Tür fiel hinter mir zu. Ich hatte keinen Schlüssel, mit dem ich sie wieder öffnen könnte. Es war vorbei. Ich gehörte nicht mehr dazu.

Es war ein komisches Gefühl, diese Straßen entlangzugehen mit dem Wissen, dass man keine Gang mehr im Rücken hatte, keinen Schutz von Skinner oder Mario. Die Wohnung war nicht mehr mein Zuhause. Das hieß, ich hatte keinen Grund, länger hierherzukommen, dieses Viertel zu besuchen. Das war wohl das letzte Mal, dass ich diese Straße entlanglief

– ich wusste nicht, was ich dabei fühlen sollte: Erleichterung? Reue? Wut? Der Schock steckte mir noch in allen Gliedern.

Das war's jetzt also? Ich war einfach raus?

Hieß das, ich sah Skinner nie wieder? Was war mit Nando? Würde ich den jungen, nervigen Spanier auch nicht mehr sehen? Wer sagte ihm dann, dass er verdammt noch mal zur Schule gehen sollte?

Ich blieb abrupt stehen. Fuck, hatte ich das Richtige getan? Seufzend rieb ich mir mit beiden Händen übers Gesicht, wünschte, ich könnte mir auf diese Weise Klarheit verschaffen.

Max hatte mit einer Pistole auf mich gezielt. Einer verdammten Knarre! Wir hatten bisher nie Schusswaffen gehabt. Wo hatte Skinner die her? Von der gleichen Person, von der er auch den Fernseher und die Spielekonsole hatte? Das alles ging mich jetzt nichts mehr an. Doch ich machte mir Sorgen. Hoffentlich stellten sie nichts Blödes an …

Ich rieb mir über den Kiefer, der zwar noch etwas schmerzte, doch ich hatte mir nur auf die Zunge gebissen, sonst schien alles in Ordnung zu sein. Hätte Max tatsächlich geschossen? Es gab Leute, denen sollte man einfach keine Waffe anvertrauen. Was hatte sich Skinner nur dabei gedacht?

Nachdenklich sah ich zurück in die Straße. War ich jetzt echt raus aus der ganzen Sache? War es tatsächlich so einfach? Mein Kopf war so durcheinander. Ich fuhr herum. Ich brauchte Ablenkung. Dringend.

Schaudernd schüttelte ich den Kopf, presste kurz die Augen zusammen. Der letzte Tequila-Shot hatte echt reingehauen.

»Noch einen.« Ich klopfte auf den Tisch.

Der Barkeeper zog besorgt die Augenbrauen zusammen. »Sicher, Kumpel? Lass dir etwas Zeit.«

»Mir hat grad jemand eine Knarre an den Kopf gehalten. Schon wieder. Wenn ich sage, noch einen, dann brauch ich noch einen. Klar so weit?«

»Wie du willst.«

Nachdem ich gezahlt hatte, schenkte er mir erneut ein. Für einen Moment kam mir der Gedanke, dass ich das bisschen Geld, das ich noch in Reserve hatte, vielleicht – ganz vielleicht – lieber sparen und für etwas

Sinnvolleres ausgeben sollte, Essen zum Beispiel. Doch genauso schnell wie dieser Gedanke verschwand auch das durchsichtige Wässerchen in meiner Kehle.

»Woa, fuck!«

Ich verzog das Gesicht, für einen Moment drehte sich alles. Das tat gut, mein Inneres brannte wie Feuer.

»Noch einen!«

»Junge, nein. Mach mal halblang.«

»Mir geht's gut.« Warum war der Barhocker auf einmal so wacklig? Der schwankte ja richtig. »Ehrlich.« Ich grinste den Barkeeper an. Doch der polierte weiter seine Gläser.

»Komm schon.«

Der Kerl drehte mir den Rücken zu, stellte kurz darauf ein volles Glas vor mir hin.

»Hier, trink das.«

»Was ist das?«

»Wenn du das ausgetrunken hast, kriegst du einen weiteren Shot.«

»Aber das ist riesig.«

Doch er hatte sich bereits abgewandt. Verdammt, es blieb mir nichts übrig, als auszutrinken. Ich sah mich in der Kneipe um. Sie war nicht sonderlich gut besucht, ich war mit Abstand der Jüngste. Was auch immer. Ich stürzte das Wasser auf einmal runter.

»Hey. Hey! Ich will jetzt noch einen … noch einen Shot!«

»Na, du hast es ja echt eilig, dich abzuschießen. Aber nicht in meiner Bar. Einen kriegst du noch, danach ist Schluss. Haben wir uns verstanden?« Endlich schenkte er nach, kassierte gleich ab. »Ich brauch hier keine Alkoholleichen«, brummte er und ließ mich in Ruhe.

»Arschloch«, murmelte ich, stürzte den nächsten Shot hinunter. Zeit zu gehen. Vom Barhocker springen war keine gute Idee, alles um mich herum schwankte.

»Die Jugend von heute. Hält nichts mehr aus«, murrte ein älterer Mann zwei Stühle weiter.

»Hey, pisshead! Ich wette, ich schaff mehr Shots in 'ner Minute als du.«

»Hau ab, Junge. Ich mein's ernst«, knurrte der Barkeeper.

Ich hielt ihm den Mittelfinger hin und torkelte aus der Bar. Ein eiskalter Wind wehte durch die Straßen. Es dauerte etwas, bis ich den Reißverschluss meiner Jacke zubekam. Ein paar Mal blinzelte ich, brauchte kurz, um mich zu orientieren. Wo war ich? Verdammt, ich war mit der U-Bahn am Leicester Square ausgestiegen, das hieß, ich war in Soho, unweit von Chinatown. Da war ich ja ganz schön von meinem Weg zu Molly abgekommen. Bei ihr wollte ich eigentlich übernachten.

Ich konnte die Nacht unmöglich bei Dad verbringen, wollte nirgendwo sein, wo Skinner und die Gang mich eventuell auffinden könnten. Außerdem würde ich ohnehin nicht ruhig schlafen können. Vielleicht sollte ich einfach durchmachen. Ich brauchte definitiv noch was zu trinken.

Chinatown hatte ich schon immer gemocht, besonders nachts. Die vielen roten Lampions, die in langen Reihen über die Straßen gespannt waren, leuchteten am Himmel wie schwebende Glühwürmchen. Rot und Gold. Magisch. Selbst um diese Uhrzeit herrschte hier Leben. Trotz der Kälte waren viele Menschen unterwegs, kamen gerade aus dem Theater oder vom Essen, manche wollten auch einfach nur feiern. Ich entdeckte eine riesige Regenbogenflagge über einem Lokal. Das sah vielversprechend aus. Drinnen empfing mich angenehme Wärme. Es war voll, die Menschen tummelten sich wie die Fische um die Bar. Ich ließ mich einfach treiben, fand mich schließlich an der Theke wieder, kramte meine letzten Münzen für einen weiteren Shot zusammen. Dieses Mal einen Schnaps – Abwechslung musste sein. Die muskulösen Barkeeper trugen hier nicht mehr als eine knappe Unterhose – und ehrlich, mehr sollten sie auch nicht tragen. Sie waren verdammt heiß. Ich schenkte dem hübschen Kerl, der mir mein Glas reichte, ein Lächeln, gab ihm ein ordentliches Trinkgeld. So viele Menschen waren hier. So viele gut aussehende Menschen. Kurz darauf befand ich mich im Keller auf der Tanzfläche. Ich wollte gar nicht tanzen, eigentlich musste ich aufs Klo.

Ich fragte den Kerl, der mich antanzte. Er nahm mich bei der Hand und zog mich mit. Oh, ich wollte doch nicht mit ihm gehen, ich wollte doch nur pinkeln. Aber zu spät, er steckte mir, kaum hatte sich die Tür hinter uns geschlossen, die Zunge in den Hals. Ich sah alles wie aus weiter Ferne, schob ihn schließlich von mir.

»Ich muss … pinkeln!«

Ich verschwand in einer der Kabinen, schloss die Tür hinter mir ab. Meine Blase verließ ein Wasserfall. Danach ließ ich mich auf den geschlossenen Klodeckel fallen und machte kurz die Augen zu, doch das war keine gute Idee. Alles begann sich zu drehen. War der Kerl mit der langen Zunge weg? Ich hatte keinen Bock auf ihn, hier drin hielt ich es aber auch nicht aus. Ich öffnete die Tür wieder. Ein blonder, junger Kerl stand am Waschbecken, sah mich mit hochgezogenen Brauen an.

Ich kniff die Augen zusammen. »Du … du bist aber nicht der Kerl, mit dem ich rumgemacht habe, oder?«

Er lachte. »Nicht, dass ich wüsste.«

»Gut!« Ich ließ kaltes Wasser über meine Hände laufen.

»Warum, war er so schlecht?«

»Grauenhaft!« Ich zögerte, irgendwie drehte sich meine Welt etwas. »Aber … weißt du? Das lag nicht mal an ihm. Er war einfach nicht Scott.«

»Dein Freund?«

Ich verzog das Gesicht. »Mehr Exfreund.«

»Oh.«

»Ich hab's verbockt. Hab ihm verschwiegen, dass ich zu 'ner Gang gehöre und dass ich ihn beklaut hab, bevor wir uns kannten. War echt beschissen von mir.«

»Du machst Witze!«

»Was? Nein, ehrlich! Ich versuch wegen ihm mein Leben in Griff zu kriegen. Wurd heut sogar mit 'ner Waffe bedroht. Aber ich bin raus aus der Gang.«

Der Kerl starrte mich mit offenem Mund an. »Mal der Reihe nach. Du wurdest mit 'ner Waffe bedroht?«

Ehe ich mich's versah, saß ich gemeinsam mit Fabian – so hieß der blonde Kerl – und Colin – seinem Freund – auf dem Boden in der Toilette und erzählte den beiden meine Lebensgeschichte. Wie schnell die Worte aus einem fließen konnten, wenn man nicht zu sehr über sie nachdachte!

Fabian schüttelte den Kopf. »Das denkst du dir doch aus!«

»Er ist viel zu besoffen, um sich irgendwas auszudenken«, widersprach Colin.

»Ich brauch noch einen Drink«, brummte ich.

»Ich auch.« Fabian seufzte.

Keine Ahnung, wie wir dort so schnell hingekommen waren, aber einen Augenblick später stand ich mit den beiden oben an der Bar.

»Das sind schon Sahneschnittchen«, murmelte Colin und betrachtete die Barkeeper in ihren knappen Unterhosen.

Ich zuckte mit den Schultern. »Ich will Tequila!«

Fabian klopfte mir auf die Schulter. »Sicher, dass du nicht schon genug hattest?«

»Tequila!«, forderte ich lautstark.

»Schon gut.« Colin übernahm das Bestellen.

»Also, was willst du wegen Scott unternehmen?«

»Hm?«

»Na, du wirst doch um ihn kämpfen, oder etwa nicht?«

»Hm, ich werd's zumindest versuchen …«

»Gut. Du musst ihm zeigen, dass du ihn liebst! Hartnäckig bleiben! So hat das Colin auch gemacht. Ich wollte nämlich gar nicht mit ihm ausgehen.«

»Du hast es jedoch nie bereut.« Colin gab seinem Freund einen Kuss und reichte mir meinen Drink.

Fabian grinste. »Nicht eine Sekunde.«

Ich exte den Tequila.

Kapitel 23

Durch meinen Kopf fuhr ein Rasenmäher. Nein, es war ein Müllauto. Jedes Geräusch glich einer Nadel in meinem Gehirn. Ich verzog das Gesicht. Deswegen sollte man nach einer durchzechten Nacht niemals bei offenem Fenster schlafen. Ich öffnete die Augen einen Spalt weit, sogleich fingen sie an zu tränen. Viel zu hell. Die Vorhänge waren nicht zugezogen. Ich kugelte mich zur Seite, versuchte den Kopf unter das Kissen zu stecken, die nervtötenden Geräusche auszuschließen, da hielt ich inne. Das war nicht mein Kissen, meins war niemals so flauschig. Erschrocken riss ich die Augen auf. Das war auch nicht mein Bett! Ich fuhr hoch, musste mir dabei an den Kopf fassen, der sofort gegen die abrupte Bewegung protestierte. Panik stieg in mir auf. Wo war ich? Ich kannte das Zimmer nicht! Immerhin lag niemand neben mir. Dieses Bett, dieses Zimmer, es wirkte so feminin. Weiche Kuschelkissen, ein Poster von einem Sonnenuntergang an der Wand … Wo zum Teufel war ich hier?

Ohne länger zu überlegen, sprang ich auf, stolperte über einen Eimer, der davorstand. Es machte einen Heidenlärm, aber wenigstens war nichts drin.

»Shit«, murmelte ich.

Nackt war ich nicht, das war ein gutes Zeichen – allerdings trug ich nur noch meine Boxershorts. Panisch suchte ich nach meiner Kleidung. Meine Hose fand ich fein säuberlich über einen Stuhl gehängt. Von meinem T-Shirt und meiner Jacke fehlte jede Spur. *Verdammt*! Vorsichtig öffnete ich die Tür, lugte hinaus – und stutzte. Diesen Flur kannte ich.

»Na, wieder unter den Lebenden?«

Scott stand da, gegen den Rahmen der Küchentür gelehnt, hielt eine Tasse mit dampfendem Tee in der Hand. Einen Moment lang starrte ich ihn nur an. Mein Gehirn war eindeutig zu lahm, um diese Situation hier zu begreifen.

»Wie … Wo …?«, fing ich an zu stottern.

Scott hob die Augenbrauen. »Filmriss?«

Ich runzelte die Stirn, durchkramte mein Gehirn in Windeseile nach Anhaltspunkten. Da war diese Bar, ich saß auf dem Boden mit zwei jungen Männern. Fabian und … Colin. Wir hatten zusammen was getrunken. Aber was war danach geschehen?

Ich verzog das Gesicht. »Irgendwie schon.«

»Tee?«

Merkwürdig, auf einmal wieder in dieser Küche zu sitzen, mit einem heißen Tee in der Hand, als wäre nie etwas passiert. Aber es war etwas passiert. Es war viel passiert. Vor allem musste ich dringend wissen, was in der vergangenen Nacht geschehen war. Scott beobachtete mich aufmerksam, ganz so, als würde er überlegen, ob ich mich tatsächlich an nichts erinnerte. Verlegen rieb ich mir die Stirn. Tat ich wirklich nicht.

Scott sah besser aus als bei unserem letzten Treffen. Erholter, wieder mehr wie er selbst. Aber immer noch ernster als sonst. Er sah jedenfalls definitiv besser aus, als ich mich fühlte.

»Ähm, was genau hab ich angestellt?«, fragte ich vorsichtig.

»Du weißt echt nichts mehr?«

»Will ich mich denn überhaupt daran erinnern?«

Es war schwer zu sagen, ob Scott eher amüsiert oder sauer war. Immer wieder zuckten seine Mundwinkel nach oben, ansonsten war sein Gesichtsausdruck eher neutral.

»Keine Ahnung, das musst du selbst entscheiden. Du bist jedenfalls gestern um drei Uhr nachts hier aufgetaucht, völlig besoffen, und hast uns alle aus dem Bett geklingelt.«

Stöhnend vergrub ich das Gesicht in den Händen. »Oh Gott.«

»Du kannst übrigens froh sein, dass Hope noch bei ihren Eltern ist. Die hätte dich vermutlich umgebracht.«

»Tut mir leid. Sie wird wohl auch nicht begeistert sein, dass ich ausgerechnet in ihrem Bett gepennt hab, hm?«

Scott verzog das Gesicht. »Das war die Notlösung, nachdem du dir im Bad fast die Seele aus dem Leib gekotzt hast und wir dich unmöglich die Treppe raufgekriegt hätten. Du hättest am liebsten auf dem kalten Boden geschlafen. Ehrlich, du bist schwer wie ein Stein, wenn du dich weigerst, dich zu bewegen. Wir haben dich dann in Hopes Bett gekarrt. Da bist du dann relativ schnell eingeschlafen.«

»Oh, wie peinlich. Ich erinnere mich an nichts davon.«

Scotts Blick wanderte zu meinem nackten Oberkörper. »Dein T-Shirt ist bereits in der Wäsche. Es hatte es nötig.«

»Danke«, murmelte ich.

Kurz schwiegen wir.

Scott rührte in seinem Tee. »Du kamst hier reingepoltert und hast verkündet, du willst jetzt um mich kämpfen. Du würdest nicht mehr gehen, ehe ich dir verziehen habe und wir wieder zusammen sind.«

Ich rieb mir die Stirn. »Das wird ja immer besser.«

»Das wird es noch, glaub mir.« Das sommersprossige Mädchen kam herein – Hannah – und grinste mich an. »Schön, dass du wieder wach bist. In Hopes Zimmer riecht es, als hättest du 'ne ganze Schnapsbrennerei leer gesoffen.«

»Tequila.«

»Daran erinnerst du dich also noch?« Um Scotts Mundwinkel lag ein spöttischer Zug.

»Mir fehlt nur das letzte Stück. Tut mir echt leid, dass ich dich auch geweckt hab, Hannah.«

Sie winkte ab. »Schon gut. Eigentlich war's ganz süß. Du hast ständig wiederholt, wie sehr du Scott liebst.«

Ich spürte, wie mir die Hitze ins Gesicht stieg. »Hab ich das?«

Auch Scott starrte etwas verlegen in seinen Tee. »Mehrmals«, murmelte er.

»Okay, ich lass euch dann mal besser allein.« Hannah zwinkerte, verschwand mit der gefüllten Müslischüssel in der Hand und hinterließ betretenes Schweigen.

»Scott, es tut mir leid, ich …«

Er sah auf. »Stimmt irgendetwas davon?«

Ich stutzte. »Was genau?«

»Du hast gestern viel geredet. Irgendwas von einer Knarre am Kopf und dass du die Gang verlassen hast. Stimmt das?«

Ich nickte langsam. »Ja. Das war der Hauptgrund, warum ich mich gestern betrunken hab. Es war alles ein bisschen viel …«

»Dann bist du raus?«

Jetzt war ich es, der in meinen Tee starrte. »Ja.«

»Endgültig?«

»Ja! Ich hab keinen Schlüssel mehr zur Wohnung, die Anweisung, mich von ihnen fernzuhalten, und zum Abschluss wurde ich von einem von ihnen mit ’ner verdammten Waffe bedroht. Also ja, ich bin raus. Endgültig.«

Scotts Augen wurden groß. »Einer Waffe?«

»Hör zu, ich will nicht darüber reden. Es ist alles geklärt. Ich bin raus, das ist das Wichtige.«

Er presste kurz die Lippen zusammen. »Aber wirklich glücklich bist du darüber nicht, hm?«

Ich stellte die Tasse ab, knetete meine Hände. »Es ist ungewohnt, das ist alles. Ich muss mich erst wieder daran gewöhnen, allein zu sein. Brauch einfach etwas Zeit.«

»Wo wohnst du?«

»Momentan noch bei meinem Dad.«

»In der Sozialwohnung in Hackney?«

»Ja. Wieder dort, wo ich angefangen habe. Nur dieses Mal wird es anders. Ich werde mir einen Job besorgen, meine Schulden begleichen. Das Versprechen werde ich einhalten, wirklich.« Ich räusperte mich. »Vielleicht hole ich auch meinen Schulabschluss nach.«

Zum ersten Mal tauchte ein Lächeln auf Scotts Gesicht auf. »Das finde ich gut.«

»Und morgen werde ich meine Mum wiedersehen. Zwischen uns gibt es auch einiges zu klären.« Ich rieb mir die Schläfen. In meinem Leben gab es so viele Baustellen.

»Wow, du nimmst es ja wirklich ernst, dein Leben umzukrempeln.«

»Sehr ernst.«

Für einige Augenblicke verhakten sich unsere Blicke. Ich spürte wieder diese Sehnsucht in mir. Die Sehnsucht nach Scotts Nähe. Ich wollte mit ihm lachen, die Augen verdrehen, wenn er zu theatralisch war. Ihn in stillen Momenten küssen und einfach seine Nähe spüren. So starke Gefühle hatte ich noch nie zuvor in meinem Leben erlebt.

»Ich liebe dich, Scott«, sagte ich leise.

Da brach etwas in seinem Blick. »Tony …«

»Nein, lass mich ausreden. Ich meine das ernst. Ich weiß nicht, was ich gestern Nacht alles gesagt hab und wie dumm ich mich dabei angestellt habe. Aber ich schätze, vieles davon war wahr. Ich will dich nicht aufgeben. Auch wenn ich nicht weiß, wie ich um dich *kämpfen* soll.« Ich sah ihn offen und ehrlich an. »Ich finde nicht mal, dass das Wort passt, denn ich will nicht kämpfen.« Ich räusperte mich. Warum war es so schwierig, das alles in Worte zu fassen? »Was ich will, ist, dass du weißt, ich hab noch nicht aufgegeben. Ich liebe dich und ich will mit dir zusammen sein. Und ich weiß, ich hab 'ne Menge verbockt. Hab richtig viel Scheiße gebaut! Aber ich glaube trotzdem, dass wir es schaffen können. Ich *will*, dass wir es schaffen! Das, was wir hatten, war gut.« Ich schluckte. So viel hatte ich noch nie über meine Gefühle geredet.

»Du musst dich nicht sofort entscheiden«, sagte ich schnell. »Ich weiß, du brauchst Zeit. Ich will nur, dass du es in Betracht ziehst. *Mich* in Betracht ziehst.«

Es war Scott anzusehen, wie sehr ihn meine Worte aufwühlten. Während meiner Rede hatte er mich nicht angesehen, sondern mit den Fingern kleine Kreise auf den Küchentisch gezeichnet. Jetzt atmete er tief ein und blickte endlich auf. »Okay.«

Ich stutzte. »Okay?«

»Okay, ich denke drüber nach«, sagte er leise.

Mein Herz fühlte sich auf einmal an, als wäre es um einige Gewichte leichter. »Okay.«

Wir tranken still unseren Tee weiter. Zum ersten Mal hatte ich wirklich das Gefühl, dass alles gut werden könnte. Oder zumindest in Ordnung. Das würde schon einmal reichen.

Scott räusperte sich. »Du hast übrigens dein Weihnachtsgeschenk hier liegen lassen.« Er stand auf, nahm zwei Karten ab, die an die Wand gepinnt waren. »Sie sollten nicht verfallen.«

Die Vorstellung war auf diesen Freitag datiert. Ich sah Scott an, ohne zu ergreifen, was er mir entgegenhielt.

»Du weißt schon, dass ich da nur mit dir hingehe?«

Scott sah zur Seite. »Tony …«

»Ich meine es ernst. Mit wem sollte ich sonst gehen?«

Er zögerte, seufzte schließlich. »Ich überleg es mir, okay?«

Ich nahm die Musicalkarten entgegen, drehte sie in der Hand. »Okay.« Wir verfielen in Schweigen. Wie sehr ich mich über dieses Geschenk gefreut hatte. Aber damals waren Scott und ich noch zusammen gewesen.

»Ich sollte dann wohl besser mal von hier verschwinden.«

Scott nickte. »Ich geb dir noch ein T-Shirt von mir.«

Er spurtete nach oben in den ersten Stock, ich wartete indes unschlüssig im Flur, trat von einem Fuß auf den anderen. Es fühlte sich so vertraut an in diesem Haus. Vor knapp zwei Wochen hatte ich hier quasi gewohnt. Bevor alles schiefgelaufen war und sich mein Leben um hundertachtzig Grad gewendet hatte.

»Danke.« Ich zog das schwarze T-Shirt über, das Scott mir reichte.

Er räusperte sich. »Deins kannst du dann irgendwann die Woche abholen oder so.«

»Wir sehen uns ja am Freitag.« Ich lächelte.

Er deutete ein Nicken an, seine Mundwinkel zuckten. »Okay.« Ein Anfang.

Ich nahm meine Jacke vom Garderobenständer, zog sie über.

»Da ist ein Zettel rausgefallen.« Scott hob ihn auf, seine Miene versteinerte sich. »Wer ist Fabian? Sorry, das geht mich nichts an. Ich wollte das nicht lesen.«

»Kein Ding. Das ist nicht so, wie du denkst.« Ich nahm ihm den Zettel ab. Eine Nummer stand unter dem Namen. Bei dem Gedanken an den blonden Kerl und seinen Freund musste ich grinsen. Es freute mich, dass ich mit den beiden vielleicht in Kontakt bleiben würde.

»Was ist?« Auf Scotts Stirn bildeten sich Furchen. Eigentlich war das ein gutes Zeichen, wenn er auf den Namen eines anderen Mannes eifersüchtig reagierte, oder?

»Fabian und Colin tragen gewissermaßen eine Mitschuld daran, dass ich heute Nacht hier bei dir gelandet bin.«

»Wer sind Fabian und Colin?«

»Ich glaube, du würdest sie mögen.« Ich kratzte mich am Kopf. »Allerdings war ich auch schon ziemlich besoffen … Sie haben jedenfalls gestern ein bisschen auf mich eingeredet, dass ich gefälligst für meine Liebe kämpfen soll und so. Sie haben mich ein Stück begleitet, glaube ich zumindest … Doch, wir sind durch irgendwelche Straßen gelaufen.«

»Aha.«

»Ich war in einer Schwulenbar in Soho. Die würde dir sicherlich auch gefallen.«

»Hm.«

»Du bist deswegen doch nicht sauer?«

»Weil du in einer Schwulenbar warst?«

»Wegen Fabian und Colin. Keine Ahnung warum, aber ich glaub, ich hab ihnen unsere ganze Geschichte erzählt. So ganz nüchtern waren sie wohl auch nicht mehr.«

»Und sie haben dir geraten, mich um drei Uhr nachts zu besuchen?«

»Ne, ich glaube, das war meine Schnapsidee. Wortwörtlich. Sie haben sich mehr darum gekümmert, dass ich den Weg auch finde.«

Scott lachte leise und schüttelte den Kopf. »Ich hab mich schon gefragt, wie du das in deinem Zustand geschafft hast.«

Es tat so gut, ihn lachen zu hören. Erleichtert grinste ich zurück.

»War wohl nicht schlecht, dass ich nicht allein unterwegs war.«

Er schüttelte den Kopf. »Du stellst immer Sachen an.«

»Mit mir wird es nie langweilig.« Ich verzog das Gesicht.

»Das stimmt.« Scott öffnete die Haustüre. Das Zeichen für mich zu gehen.

»Dann bis Freitag?«, fragte ich vorsichtig.

»Bis Freitag.«

Unschlüssig stand ich auf der Türschwelle. Ich wollte nicht gehen. Wie sollte ich mich von Scott verabschieden? Kurz entschlossen umarmte ich ihn. »Danke für alles.«

»Du stinkst immer noch nach Alkohol.« Scott schob mich weg, aber er lachte leise.

»Sorry.«

»Schon gut.«

Ich ging die Treppe hinunter, Scott stand an der Tür. »Ich bin stolz auf dich, Tony. Nicht unbedingt auf das heute Nacht.« Er zwinkerte. »Aber auf das, was du alles machst, um dein Leben umzukrempeln.«

Ein warmes Gefühl machte sich in meiner Brust breit. »Danke.«

Für einen kurzen Moment schauen wir uns nur an. Schließlich riss sich Scott als Erstes los.

»Bye.« Er schloss die Tür.

Seufzend wandte ich mich ab und ging die Straße entlang.

Kapitel 24

Entschieden schüttelte ich den Kopf. »Ich kann das nicht.«

»Jetzt stell dich nicht so an.« Molly verdrehte die Augen und schubste mich in Richtung Tür. Das frei stehende Haus in Bromley sah schick aus – und teuer. Das letzte Mal, als ich hier am Rand von London gewesen war, hatte es sich noch in der Bauphase befunden und war von Gerüsten umgeben gewesen. Nun strahlte es förmlich. Saubere Klinkersteine verzierten die untere Seite der Fassade, die obere Hälfte war mit weißer Farbe gestrichen. Neben dem Haus befand sich eine Garage, die so breit war, dass sogar zwei Autos darin Platz fanden. Alles hier war zu groß, zu perfekt, selbst der Vorgarten war hübsch angelegt. Ich erinnerte mich noch gut daran, dass Thomas viel Wert auf einen großen Garten gelegt hatte. Ob er ihn selbst pflegte? Bestimmt hatte er jemanden dafür engagiert, er konnte es sich ja leisten.

Es war ein merkwürdiges Gefühl, diesen gepflasterten Weg durch den selbst im Winter gepflegten Vorgarten zu gehen.

»Was ist, wenn sie gar nicht da ist?«, raunte ich Molly zu.

»Sag bloß, du hast vorher nicht Bescheid gesagt?«

»Natürlich nicht!«

»Oh, Tony! Jetzt klingle einfach, damit wir wissen, ob wir den ganzen Weg umsonst gekommen sind.«

Der ganze Weg war nicht länger als eine knappe Stunde gewesen. Doch ich biss mir auf die Zunge, statt was zu erwidern. Bevor ich zu viel nachdenken konnte, drückte ich schnell die Klingel.

Das Herz klopfte mir bis zum Hals und der Fluchtinstinkt in mir wurde immer stärker, am liebsten würde ich umdrehen und davonrennen.

Molly strich mir beruhigend über den Oberarm. »Du schaffst das schon«, murmelte sie.

Die Sprechanlage knisterte. »*Ja?*«

Der Hals war mir wie zugeschnürt, ich brachte keinen Ton heraus. Molly stupste mich an.

»*Hallo?*«

»Hi, hier ist Molly. Molly Evans«, übernahm sie für mich, warf mir einen bösen Blick zu.

»*Molly? Einen Moment bitte.*«

Kurz darauf waren Schritte zu hören. »Molly, das ist ja eine … Überraschung.« Die Frau, die uns öffnete, blieb auf der Türschwelle stehen, starrte mich an. Sie sah gut aus. Enge, schwarze Hosen und ein royalblauer Rollkragenpullover ließen sie noch schmaler erscheinen, als sie ohnehin schon war. Sie trug eine neue Frisur, deutlich kürzer und mit feschem, modernem Schnitt. Das Gesicht war noch genau dasselbe, seltsam vertraut und doch fremd.

»Hi … Mum.« Meine Stimme war nur ein Krächzen.

»Anthony …«

Einige Momente lang sahen wir uns nur an, Tränen und Erstaunen lagen in ihren Augen. Dann trat sie vor und zog mich einfach in ihre Arme. Eine Umarmung meiner Mutter … Vor ein paar Wochen wäre das noch undenkbar gewesen.

»Kommt rein, kommt rein.« Ihre sturmgrauen Augen glitzerten, schnell drehte sie mir den Rücken zu und betrat das große Haus.

Ich zögerte, ließ Molly vorangehen. »Das ist wirklich schön hier, Sarah.«

»Danke, wir haben einiges an Arbeit reingesteckt.«

Ich war dankbar, dass Molly mit dabei war. Ihr Small Talk mit meiner Mutter gab mir die Chance, erst einmal anzukommen, alles auf mich wirken zu lassen.

Alles in diesem Haus schien perfekt abgestimmt zu sein, wirkte teuer und nobel. Auf dem cremefarbenen Sofa im Wohnzimmer war nicht ein Fleck zu entdecken. Nur hier und da waren die Spuren eines kleinen Kindes zu erkennen. Auf dem Wohnzimmertisch lagen Malstifte, unter dem Sofa lugte ein großer Stoffhund hervor. Ich spürte, dass der Blick meiner Mutter auf mir lag, doch ich fand noch nicht die Kraft, mich ihm zu stellen.

Molly fragte sie über das Haus aus, erzählte von ihrem Studium.

Der schwarz-weiße Kachelofen war wirklich schick. Ich erinnerte mich, dass meine Mum sich immer einen richtigen Ofen gewünscht hatte.

»Was meinst du, wie schön es ist, in einem gemütlichen Ohrensessel vor dem prasselnden Feuer zu sitzen und ein Buch zu lesen.« Jetzt hatte sie beides.

Mein Blick fiel auf ein gerahmtes Bild – und ich blieb wie angewurzelt stehen. Es zeigte zwei ineinander verschlungene Hände. Ich erinnerte mich noch genau daran, wie ich sie gezeichnet hatte, damals mit dreizehn Jahren. Es war eine meiner ersten, bei denen ich Kohle verwendet hatte. Sie war nicht perfekt, hier und da stimmten die Proportionen der Finger nicht. Es war ein Geburtstagsgeschenk für meine Mutter gewesen, die eine abgebildete Hand sollte meine sein, die andere ihre.

»Ich hab alle deine Bilder aufgehängt. Jedes einzelne hat einen Platz gefunden.« Mum stand neben mir. Ich hatte vergessen, dass sie einen ganzen Kopf kleiner war als ich.

Tränen brannten mir in den Augen, ich schnappte nach Luft.

»Ist gut.« Sie nahm mich in den Arm, ihre Hände strichen sanft über meinen Rücken. »Alles ist gut.«

Wir saßen zu dritt am Küchentisch, Mum hatte uns Tee gekocht.

»Früher hast du Tee gehasst«, sagte sie mit einem Lächeln und stellte die Tasse vor mich ab.

»Ich bin in der letzten Zeit auf den Geschmack gekommen.«

Sie nickte. »Ich hol mal eben Sophia runter. Sie ist momentan in dem Alter, in dem man sie besser nicht lange unbeobachtet lässt. Außerdem will sie bestimmt ihren großen Bruder kennenlernen.« Sie verschwand die Treppe nach oben in den ersten Stock.

»Läuft doch gut.«

Ich atmete tief ein und wieder aus. »Danke, dass du hier bist.«

»Kein Ding. Du schaffst das.« Molly drückte mir aufmunternd die Hand. »Hey, na, wer ist denn da?« Augenblicklich verfiel sie in diese typische Babystimmlage. Mum setzte Sophia auf dem Boden ab, auf ihren feisten Beinchen kam sie sofort auf uns zugerannt.

»Hallo.« Molly lächelte sie an.

Sophia blieb stehen. »'allo.« Dann fing sie an zu kichern und steckte sich die Hand in den Mund.

»Wie alt ist sie jetzt?«, fragte Molly.

Mum lächelte stolz. »Beinahe zwei. Sophia, schau mal, wer da ist. Das ist dein Bruder.«

Sie kiekste und versteckte sich hinter den Beinen meiner Mutter. Das war also meine Halbschwester. Wie groß sie schon war. Ich sah eindeutig mehr von meiner Mum in ihr als von Thomas. Sie hatte ihre dunklen Haare, ihre Augen. Ich stutzte. Das bedeutete, dass sie auch meine Augen hatte.

»Hi Sophia.« Ich stand auf, ging zu ihr hin. Sie gab sich zwar schüchtern, doch in ihren Augen glitzerte eindeutig Schalk, ein kindliches Selbstbewusstsein.

»Sophia, das ist Anthony.«

»Du kannst mich auch Tony nennen, wie jeder andere außer Mum.«

Meine Mutter lachte. So viel daran erinnerte mich an früher, es war erschreckend schmerzhaft. Sie schien den Schatten auf meinem Gesicht gesehen zu haben, denn sie verstummte, nahm Sophia auf den Arm und setzte sie an den kleineren Tisch im Wohnzimmer und reichte ihr ein paar Stifte.

»Mit etwas Glück ist sie damit für eine Weile beschäftigt.«

Mum setzte sich mir gegenüber. »Nun erzähl, wie es dir ergangen ist.«

Die Hoffnung, die Freude in ihren Augen, ich ertrug sie nicht. Wie sollte ich ihr die Wahrheit sagen?

»Tony will seinen Schulabschluss nachholen«, sprang Molly mal wieder für mich ein.

»Das ist … großartig.« Mums Lächeln wirkte etwas gequält. Der Abbruch war schon damals ein großes Thema bei unserem Streit gewesen.

Der Streit … Ich biss mir auf die Unterlippe. »Hör zu, ich bereue vieles, was ich damals gesagt und getan habe. Ich bin nicht hier, um das schönzureden.«

»Weswegen bist du dann hier, Anthony? Bringen wir das endlich hinter uns. Bist du in Schwierigkeiten? Brauchst du Geld? Eine Bleibe? Einen Anwalt?«

Ich starrte sie geschockt an. »Nein! Ich brauche nichts davon!«

»Tut mir leid, ich dachte nur …« Sie brachte den Satz nicht zu Ende. Ich konnte es mir ohnehin denken. Sie hielt mich für einen Versager, dachte, ich kam nur heim, weil ich Hilfe brauchte.

Ich starrte sie an. Diese Ratlosigkeit in ihrem Blick. »Ich … ich kann das nicht!« Ich sprang auf, stürmte aus dem Zimmer.

»Tony!« Molly war mir auf den Fersen. »Tony, warte!«

Im Schnellschritt verließ ich das Haus, lief geradewegs durch diesen verdammten Vorgarten. An der Straße erreichte Molly mich, hielt mich am Arm fest. »Du bleibst jetzt sofort stehen. Du kannst das deiner Mum nicht schon wieder antun!«

»Schau doch verdammt noch mal hin, Molly! Ich pass da nicht rein. In dieses perfekte, scheißteure Bonzenhaus. In diese Bilderbuchfamilie. Ich werde immer der Böse sein, der verlorene Sohn!«

»Buhu, steig mal von deinem hohen Ross runter, Prinzessin.«

Fassungslos starrte ich sie an. »Was?«

»Deine Mum liebt dich. Das sieht doch jeder. Eure Funkstille tat ihr vermutlich noch mehr weh als dir.«

»Sie hält mich für einen Versager.«

»Kannst du's ihr verübeln? Wie kannst du sauer sein, weil sie sich Sorgen macht? Sie hat jedes Recht dazu! Du verurteilst sie, weil sie einen Mann gefunden hat, der ihr all das hier bieten kann und der sie zudem auch noch liebt. Fick dich, Tony, komm drüber hinweg und akzeptiere, dass sich nicht immer alles um dich dreht! Scheiße, das musste ich jetzt einfach mal loswerden!« Sie atmete zischend aus, stemmte die Hände in die Seite.

Ich konnte nicht anders, als sie erstaunt anzustarren.

Sie verdrehte die Augen. »Schau mich nicht an wie ein Auto. Geh da gefälligst wieder rein und tu das, wofür du hergekommen bist: Entschuldige dich, verdammt noch mal!«

Sophia saß an ihrem Maltisch und brabbelte zufrieden vor sich hin. Mum stand an der Terrassentür mit dem Gesicht zum Garten. Ihr Rücken bebte. Von hier sah sie so klein und zerbrechlich aus.

»Mum?«, fragte ich zaghaft.

Sie fuhr herum. »Anthony! Es tut mir leid. Alles, was ich sage, ist falsch.« Sie schniefte. »Ich will doch alles richtig machen. Ich will dich nicht schon wieder verlieren!«

Dieses Mal war ich es, der ihr entgegenkam und sie in den Arm nahm. »Mir tut es auch leid! Alles. Was ich gesagt hab bei unserem letzten Streit.

Dass ich Thomas' Porsche geknackt und versucht hab, ihn zu verschachern. Ich weiß, dass er Probleme hatte, das mit der Polizei zu klären. Er muss ziemlich sauer gewesen sein …«

»Anthony.« Sie nahm mein Gesicht in beide Hände und sah zu mir hoch. »Anthony, das ist alles egal.«

»Er muss mich wirklich hassen.«

»Er hasst dich nicht. Hast du denn keinen meiner Briefe gelesen?«

Betreten schüttelte ich den Kopf.

»Ich hab dir doch schon längst verziehen. Wir haben dir verziehen. Thomas war sauer, keine Frage. Aber er hat verstanden, dass du eine schwere Zeit durchmachst. Er hat doch sogar versucht, dir zu helfen.«

Und ich hatte nicht aufgehört, ihn zu beschimpfen. Öffentlich, mitten auf der Straße, wo er mich ausfindig gemacht hatte. Ich erinnerte mich noch gut an das berauschende Gefühl der Wut, erfüllt von Macht, ihn so bloßstellen zu können.

»Anthony, alles ist okay! Nun sag mir endlich, was los ist in deinem Leben. Ich will alles wissen. Erzähl es mir.«

Und ich fing an zu reden, sparte nichts aus. Beschrieb ihr die Gang und Skinner, wie er mich manipuliert hatte. Sagte auch, was wir getan hatten. Ich erzählte ihr von meiner Begegnung mit Scott. Als ich anfing, von ihm zu sprechen, konnte ich gar nicht mehr aufhören. Erst danach fiel mir auf, dass ich meiner Mutter gegenüber nie ein wirkliches Coming-out gehabt hatte. Aber anscheinend war das auch nicht notwendig gewesen, denn das Gesicht meiner Mum zierte ein zufriedenes Lächeln.

»Dieser Scott klingt nach einem Jungen, den ich gerne mal kennenlernen würde.«

Ich zögerte. »Vielleicht eines Tages mal.«

»Ich hoffe es für euch.« Sie drückte meine Schulter. In ihrem Blick war so viel Liebe zu lesen, von der ich noch immer das Gefühl hatte, sie nicht zu verdienen.

»Mommy?«

»Schatz, ich bin hier.«

Sophia zog sich am Tisch hoch, versuchte das Gleichgewicht auf ihren kleinen Füßchen zu finden, bevor sie lachend zu uns tapste, ein Bild in der Hand.

»Sie ist echt süß.«

»Das ist sie. Ich hoffe, du siehst sie von jetzt an aufwachsen. Sie wird einen großen Bruder brauchen, der sie ab und zu mal in ihre Schranken weist.«

»Du weißt schon, dass wir uns eher gegen dich verbünden würden. Ich bin dann ihr Alibi, wenn sie sich auf ihre erste Party schleicht.«

Mum seufzte. »Ich hab's geahnt. Schau, sie kommt schon jetzt sehr nach dir.«

Sophia präsentierte stolz ihr Kunstwerk, das hauptsächlich aus bunten Kreisen bestand.

»Mommy.« Sie deutete auf die Kreise.

»Was, das bin ich?«

Ich lächelte. »Sie ist eindeutig eine abstrakte Künstlerin.«

Molly saß auf der Stufe vor dem Haus und rauchte.

»Seit wann rauchst du?«

»Och, dann und wann. Wenn mir langweilig ist.«

»Sorry, dass du so lange warten musstest.«

Sie sprang auf, klopfte sich den Staub von der Hose. »Kein Ding, ich hab mir gedacht, dass ihr bestimmt ein bisschen Ruhe braucht, darum bin ich draußen geblieben – und um den Fluchtweg abzuschirmen.« Sie zwinkerte mir zu.

»Danke«, sagte ich und meinte es noch nie so ernst in meinem Leben. »Den Anschiss vorhin hab ich echt gebraucht.«

Sie zuckte mit den Schultern. »Den kannst du gerne öfter haben. Dann ist es also gut gelaufen?«

Ich atmete tief ein. »Ja, ich denke schon. Es ist zumindest ein Anfang.«

Molly nickte. »Anfang klingt gut.«

Kapitel 25

Nervös ging ich vor dem Queens Theater auf und ab, zog immer wieder das Handy hervor, um zu prüfen, wie spät es war – und ob Scott noch mal geschrieben hatte. Es war bereits nach 19 Uhr, die Zeit, die wir ausgemacht hatten. Er war spät dran. Unruhig trat ich von einem Fuß auf den anderen. Vielleicht hatte er es sich anders überlegt. Aber als ich noch einmal nachgehakt hatte, bekam ich von ihm nur zwei Emojis geschickt: einen gestreckten Daumen und eine französische Flagge. Er würde mich nicht einfach versetzen, das war nicht Scotts Stil.

Zischend atmete ich aus. Allein würde ich dieses protzige Theater sicher nicht betreten. Bereits jetzt hatte sich eine lange Schlange gebildet, die fröhlich schnatternd darauf wartete, eingelassen zu werden.

Die Hände in den Jackentaschen vergraben, drehte ich mich um, sah die Shaftesbury Avenue entlang und versuchte Scott irgendwo zu entdecken. Ich mochte die Straße, besonders bei Nacht. Riesige Schilder, die in grellen Farben blinkten, kündigten Musicals und Theaterstücke an, die in den jeweiligen Gebäuden liefen. Kurz vor dem Beginn der Vorstellungen war im Bereich des Piccadilly Circus die Hölle los. Ich erinnerte mich daran, wie ich diese Zeit gerne mit Nando ausgenutzt hatte. Das Gedränge war perfekt für lange Finger. Wie es wohl sein würde, wenn ich sie eines Tages spontan auf der Straße treffen würde? Nando oder Skinner …

»Sorry, ich bin spät dran.«

Ich fuhr herum. Das stand er auf einmal. Scott. In seinem langen schwarzen Mantel, den Hals umwickelt von einem dicken grauen Schal. Auf seinem Gesicht lag dieses Grinsen, das ansteckender war als jeder Virus.

»Bei uns herrscht das reinste Chaos. Du weißt ja, wir stehen kurz vor der Premiere und der Druck steigt. Muhammad hat uns heute fünf Minuten lang angeschrien und ist danach in Tränen ausgebrochen.«

»Oh, krass.«

»Alle sind mit den Nerven am Ende. Das ist einfach so wichtig für uns. Wenn es gut läuft, können wir in dem Theater vielleicht noch mal ein Arrangement kriegen.«

Scott hörte gar nicht auf zu reden. Nicht, als wir unsere Tickets vorzeigten, und auch nicht, als wir durch das Theater liefen, um unsere Plätze zu suchen. Mir war es recht, ich genoss es, wieder seine Stimme zu hören. Normal. Wie früher.

Die Atmosphäre nahm mich sofort gefangen. Zwar war ich schon einmal hier gewesen, doch das war viele, viele Jahre her. Die Gänge, selbst die Treppen waren ausgelegt mit Teppichen. Überall an den Wänden hingen gerahmte Plakate von vergangenen Vorführungen und Darstellern. Für mich fühlte sich das Theater an wie ein kleiner Palast. Es hatte etwas Erhabenes, die Treppen hochzuschreiten. Ich genoss das Gefühl der Aufregung, das sich in meinem Magen einnistete. Gleich würden wir auf unseren Plätzen sitzen und dann würde es losgehen. Eine Frau in rotem Kostüm wollte noch einmal unsere Karten sehen, wies uns mit einem breiten Lächeln den Weg zum Upper Circle.

»Das Bühnenbild sieht übrigens hammermäßig aus. Unseres, meine ich. Das hier mag ich natürlich auch sehr.« Wir betraten den Theaterraum. Eine weitere Dame in rotem Kostüm wies uns an, ganz nach vorne zu gehen.

»Wir haben Karten für die erste Reihe?« Ich grinste Scott begeistert an.

»Na ja, erste Reihe im Upper Circle. Also quasi in der ersten Reihe über allen anderen. Kann sein, dass wir uns etwas nach vorne lehnen müssen. Direkt unter uns sind die Scheinwerfer.«

»Das macht nichts. Die Plätze sind super.«

Von hier aus konnte man alles sehen: Die Leute, die unten in den Stalls saßen, und natürlich die Bühne – momentan noch von einer großen Leinwand verdeckt, die das typische Bild von dem kleinen Mädchen aus Les Misérables zeigte, vor den Farben der französischen Flagge.

»Du trägst ja sogar ein Hemd«, stellte Scott fest, als ich meine Jacke auszog.

»Natürlich. Ist ein altes von meinem Dad. Ich dachte, das gehört sich so.«

Scott zuckte mit den Schultern. »Nicht jeder hält sich noch an den Dresscode.«

Das war mir auch schon aufgefallen. Damals, als ich mit meiner Mum hier gewesen war, hatte ich den Eindruck, dass die Leute schicker angezogen waren. Vielleicht kam es mir auch nur so vor, weil ich mich für die Vorstellung damals zum ersten Mal in ein Hemd zwängen musste.

Die Sitze waren schmal, man hatte nicht viel Beinfreiheit. Nur wenige Zentimeter trennten Scott und mich. Er hatte die Hände in seinem Schoß verschränkt, den Blick geradeaus auf die Bühne gerichtet. Ich sah, wie sein Mund sich bewegte. Er schien auf der Innenseite seiner Lippe herumzukauen. Er war nervös. Deswegen redete er so viel.

»Scott, wir sollten …«

»Ich bin gespannt, wie viele kommen werden zur Premiere«, unterbrach er mich, bevor ich aussprechen konnte. Ich stutzte aufgrund des raschen Themenumschwungs. Er redete weiter, bis der Gong ertönte und das Musical begann. Das Licht ging aus und die Leinwand wurde hochgefahren. Mein Blick lag weiterhin auf Scott. Irgendetwas war anders, er wirkte auf seine Art abweisend, ohne dabei unhöflich zu sein. Obwohl er sehen musste, dass ich ihn beobachtete, war sein Blick stur geradeaus auf die Bühne gerichtet.

Er wollte das mit mir beenden. Endgültig. Das musste der Grund sein, warum er so viel über andere Themen sprach, nur nicht über uns. Er versuchte sich wie ein Freund zu verhalten – nicht wie mehr als das. Es war vorbei mit uns. Keine zweite Chance. Ich versuchte den Kloß, der sich in meinem Hals gebildet hatte, herunterzuschlucken. Vielleicht sah ich ihn heute das letzte Mal.

Bereits die ersten Töne des Musicals trafen mich bis ins Mark. Ich fühlte sie, spürte ihre Kraft und ihre Dramatik so sehr, dass sich die Haare auf meinen Armen aufrichteten. Kurz darauf nahm mich die Geschichte von Jean Valjean gefangen. Auch er war ein Verbrecher, hatte gestohlen, und wurde dafür sein Leben lang bestraft. War das eine Zukunft, die auch mir blühte? Er setzte sich für das Gute ein, nahm ein Waisenkind auf und zog es groß. Trotzdem befand er sich weiterhin auf der Flucht …

Nach dem letzten Lied des ersten Akts brach das Publikum in Jubelrufe aus. Die Lichter gingen wieder an, man wurde zurück in die Wirklichkeit geworfen.

»Und wie gefällt's dir?« Scott saß noch immer nach vorne gebeugt da, hatte die Unterarme auf das mit Samt bezogene Geländer gelegt.

»Der Wahnsinn.«

»Ja, nicht wahr? Der Jean Valjean ist echt klasse. Ich liebe den Darsteller. Letztes Jahr hab ich ihn schon in Kinky Boots gesehen. Er hat eine wahnsinnige Bühnenausstrahlung.«

»Hmm.« Ich nickte zustimmend. Mein Kopf war noch erfüllt von den letzten Melodien.

»Willst du lieber sitzen bleiben oder rausgehen?«

»Mir egal.«

Und so blieben wir einfach sitzen, während die Leute um uns herum aufstanden, schnatterten und den Saal verließen.

»Du willst Schluss machen, oder? Endgültig.« Ich strich mit den Fingern über den schon leicht abgenutzten Stoff des Geländers. Sah Scott nicht an.

»Wie kommst du darauf?«

Ich zuckte mit den Schultern. »Ein Gefühl.«

»Tony …« Er schien mit den Worten zu ringen.

»Es ist okay«, sagte ich leise. »Ich versteh es. Was ich getan habe, kann man nicht wiedergutmachen.«

»Ich will nicht mit dir Schluss machen.«

Überrascht starrte ich Scott an. »Was?«

»Ich will nicht mit dir Schluss machen. Ich weiß überhaupt nicht, was ich will. Deswegen bin ich heute so verdammt nervös, sorry. Ich ändere gefühlt alle fünf Minuten meine Meinung. Bevor ich gekommen bin, war ich fest davon überzeugt, das heute zu beenden. Einen Schlussstrich zu ziehen.«

Mein Herz klopfte laut. »Und jetzt?«

»Jetzt kann ich mir nicht vorstellen, später aufzustehen, das Theater zu verlassen und dich nie wiederzusehen.«

»Dann bleiben wir einfach hier.«

»Hier im Upper Circle?« Scott schmunzelte.

»Der letzte Vorhang darf einfach nie fallen.«

»Das klingt gut. Für immer gefangen in einem Musical.«

Wir schauten uns an. Ich liebte diese braunen Augen. Es brannte ein Feuer in ihnen, das aufloderte, wenn er von etwas erzählte, das ihn begeisterte, wenn er Witze machte. Und manchmal, wenn er mich anschaute.

Ich zögerte nicht länger. Ich lehnte mich vor und küsste ihn. Zärtlich, aber bestimmt. Strich mit der Hand sein Kinn entlang, bis sich meine

Finger in seinem Nackenhaar vergruben. In meinem ganzen Körper kribbelte es.

Ein Gong verkündete, dass es gleich weitergehen würde.

Scott löste sich von mir. »Gleich beginnt der zweite Akt.«

»Mir egal«, brummte ich, küsste ihn weiter, bis sich die Reihen um uns herum wieder füllten.

Der Vorhang hob sich und das Stück ging weiter. Während auf der Bühne die Charaktere dramatisch starben, schwoll in meiner Brust ein riesiger Glücksballon an. Scott und ich hatten die Finger ineinander verwoben, sein Daumen strich sanft über meinen Handrücken – eine Berührung, die leichte Stromschläge durch meinen Körper sandte.

Viel zu schnell war es vorbei. Am Ende hat man Jean Valjean verziehen. Er ist als guter Mensch gestorben. Der Moment, als der komplette Cast noch mal die Bühne betrat, das letzte Lied gemeinsam sang, trieb mir die Tränen in die Augen, wie damals, als ich das Stück mit acht Jahren das erste Mal an der Seite von meiner Mutter gesehen hatte. Es waren einfach zu viele Emotionen auf einmal.

Unsere Hände lösten sich voneinander, da wir von unseren Plätzen aufsprangen, um den Darstellern laut klatschend und jubelnd Respekt zu zollen.

Scott und ich warteten bis zum Schluss, bis der allerletzte Vorhang fiel, bis die meisten bereits den Raum verlassen hatten. Erst dann orientierten wir uns Richtung Ausgang.

»Ich will gar nicht gehen«, murmelte ich.

Scott drehte den Kopf, sah mich an, die Augen blitzten schelmisch. »Das Theater ist ein sicherer Ort für verlorene Seelen wie uns.«

Ich seufzte, verspürte ein gewisses Bedauern, als wir die Wärme des Gebäudes hinter uns ließen und uns in die eisige Kälte nach draußen wagten. Scott brauchte kurz, bis er sich wieder in seinen Schal eingewickelt hatte. Unruhig trat ich von einem Fuß auf den anderen. Die Leute schoben sich an uns vorbei, viele verabschiedeten sich, gingen in unterschiedlichen Richtungen davon. Ich wollte noch nicht auf Wiedersehen sagen. Wollte mich nie wieder von Scott verabschieden.

»Und jetzt?«, fragte ich vorsichtig.

Scott hob die Schultern. »Ein Bier trinken?«

Ich nickte erleichtert. »Klingt gut.«

Es musste kurz vorher geregnet haben, denn die Straßen waren nass, in den Abflussrinnen sammelte sich Wasser. Ich vergaß immer wieder, wie wunderschön London im Regen sein konnte, besonders bei Nacht. Die Lichter der Reklamewände und Straßenlaternen brachen sich im Wasser auf den Straßen, verliehen ihnen ein Leuchten.

Wir waren nicht wählerisch, fanden am Piccadilly eine kleine Bar, holten uns beide ein Bier.

Scott starrte aus dem Fenster, an dem Autos und Busse direkt an uns vorbeirauschten. Ich hielt die Stille nicht länger aus.

»Wie geht es jetzt weiter?«

»Wir trinken das Bier?«

Ich lachte auf. »Ich meine danach. Mit uns.«

Kurz lag Schweigen zwischen uns. Scott sah wieder aus dem Fenster, atmete tief ein und wieder aus, dann sah er mich an. »Wir versuchen es.«

Er sagte das ganz ernst, ohne Lächeln oder aufblitzendem Schalk. »Keine Lügen mehr, keine Geheimnisse.«

Das war alles? »Okay«, flüsterte ich.

»Ich habe immer noch Angst, dass du mir wieder so wehtun wirst.« Er rieb sich die Stirn. »Kann sein, dass es vielleicht etwas dauert, bis ich dir wieder vollkommen vertrauen kann.«

»Das ist okay.«

»Und stell dich darauf ein, dass du es vermutlich anfangs nicht ganz einfach mit meinen Freunden haben wirst.«

Ich nippte an meinem Bier. »Das hab ich verdient.«

Einige Augenblicke sah Scott mich nur an, schüttelte dann den Kopf. Ein Grinsen erschien auf seinem Gesicht. »Gott, du machst mich echt verrückt. Es ist unmöglich, von dir loszukommen.«

»Gewöhn dich dran. Ich bin eine richtige Klette.« Ich griff über den Tisch hinweg nach seiner Hand, verschränke unsere Finger ineinander. »Wir bekommen das hin.«

Scotts Miene wurde weich. »Das hoffe ich sehr.«

Kapitel 26

Nach seinem ersten Auftritt als Puck in dem Shakespeare-Wintermusical *Ein Sommernachtstraum* glühte Scott förmlich. Er war vollkommen in seinem Element, bekam das breite Grinsen gar nicht mehr aus seinem Gesicht. Umgeben von einer Schar Fans – hauptsächlich ein paar ältere Frauen – lehnte er an der Bar und hatte schon das zweite Glas Sekt in der Hand. Eine der Frauen sagte etwas, woraufhin Scotts Lachen durch den gesamten Raum schallte. Ich schmunzelte. Genauso hatte ich ihn das erste Mal erlebt, damals auf dem Bahnsteig.

Ich stand etwas abseits, lehnte mich gegen die Wand und beobachtete das Gewusel im Raum lieber aus der Ferne. Obwohl ich davon überzeugt war, dass mich niemand hier haben wollte, hatte Scott mich mitgeschleppt. Er und seine Theatergruppe hatten eine gelungene Premiere hinter sich, die sie nun im Foyer ordentlich feierten. Seufzend klammerte ich mich an meinem Sektglas fest und versuchte mich davon zu überzeugen, dass ich diesen Tag überstehen würde. Bis jetzt wurde ich hauptsächlich ignoriert. Nur Muhammad hatte mir vorhin einen bösen Blick zugeworfen.

»Ist es nicht erstaunlich, wie sie all die Winterlieder eingebaut haben?« Eine ältere Frau und ihre Begleiterin stellten sich in meine Nähe.

»Das *Driving Home for Christmas* am Ende war das beste. Ich hätte mich wegwerfen können vor Lachen. Herrlich, wie sie das umgedichtet haben.«

»Ich hab gehört, sie haben alles komplett selbst gemacht. Von den Kostümen bis zur Technik.«

»Bemerkenswert.«

Ich grinste in mich hinein. Die Aufführung war ein voller Erfolg. Von all dem Stress, der hinter den Kulissen geherrscht hatte, war auf der Bühne nichts zu merken gewesen. Aus dem klassischen Theaterstück hatten sie ein interaktives Musical gemacht, bei dem die Zuschauer miteinbezogen wurden.

Besonders Scott als Puck hatte einen Heidenspaß dabei, durch die Reihen zu laufen und mit den Zuschauern zu schäkern. Endlich hatte ich ihn einmal auf der Bühne erlebt, gesehen, wie er auf den Holzbrettern zu einem anderen Menschen wurde. Es war ihm anzumerken, wie sehr er es liebte, dort zu stehen. Wie sehr er für das brannte, was er tat. Vor Publikum sprühte er regelrecht vor Leben, Zufriedenheit und Glück. Er gehörte einfach dorthin.

»Soso. Ihr seid also wieder zusammen.« Zachery tauchte neben mir auf, im schicken schwarzen Blazer und mit obligatorischem rotem Schal um den Hals.

»Ja«, antwortete ich kurz angebunden.

Eine Weile standen wir schweigend nebeneinander.

»Keine armen Theatermenschen beraubt in der letzten Zeit?«

»Nein«, sagte ich nachdrücklich.

Zachery nickte. »Gut. Die meisten hier sind noch immer ziemlich sauer.«

»Kann ich mir vorstellen. Aber ich werde das Geld zurückzahlen. Alles davon. Ich …«

»Wenn du mich fragst, sollten sie sich mal besser um ihre eigenen Probleme kümmern.«

Ich starrte Zachery überrascht an. »Was?«

»Du hast einiges verpasst, als du weg warst. Liza hat sich aufgeführt, als wäre sie die nächste Meryl Streep, Muhammad hat ein ernsthaftes Aggressionsproblem – und ganz ehrlich, das ist nur die Spitze des Eisberges.« Er seufzte und trank sein Glas aus. »Es ist jedes Mal das Gleiche. Kurz vor der Premiere zerfleischen sich alle und danach haben sie sich plötzlich wieder lieb. Ich tu mir das nicht mehr an!«

Ich hob die Augenbrauen. »Du hörst auf?«

Er verzog das Gesicht. »Ne, vermutlich nicht. In zwei bis drei Tagen fängt das Verklären der Tatsachen auch bei mir an und ich hab alle wieder gern. Aber bis dahin rede ich mir ein, dass ich aufhöre und betrinke mich. Du könntest auch noch ein Glas Sekt gebrauchen, komm.«

Er stieß sich von der Wand ab.

»Ne, lass mal. Ich bleib besser hier.«

»Feigling.«

Zachery stolzierte zur Bar. Selbst von hier konnte ich sehen, wie Isla und Dan auf ihn einredeten, dabei immer wieder zu mir schauten. Ich seufzte leise. Ich hätte echt nicht mitkommen sollen. Ein Blick auf Scott zeigte mir, dass er im Mittelpunkt eines kleinen Kreises stand, der sich um ihn gebildet hatte. Ein kleiner Fanclub. Na ja, er sollte diesen Abend genießen.

Zachery hatte sich von Dan und Isla nicht beirren lassen und kam mit zwei gefüllten Gläsern zurück.

Ich grinste. »Du verbündest dich also mit dem Geächteten?«

Dan hatte sich umgedreht, starrte wütend zu uns rüber.

»Ich hab mich schon immer von der dunklen Seite der Macht angezogen gefühlt, oh großer Sith-Lord.« Zachery reichte mir ein Sektglas.

»Spinner.« Eigentlich hasste ich Sekt, trotzdem nahm ich einen weiteren Schluck. »Was machst du eigentlich, wenn du nicht hier bist? Ich meine, hierfür kriegst du ja kein Geld.«

»Ach, plötzlich interessierst du dich für mein Leben, hm?«

»Gezwungenermaßen. Sonst redet hier ja niemand mit mir.«

»Charmant wie immer. Wenn du es genau wissen willst, ich habe sehr reiche Eltern, die glauben, ich studiere Finanzwirtschaft an der City University of London.«

»Und in Wirklichkeit …?«

»Tingele ich als Drag Queen durch die Nachtclubs von Soho.«

»Du machst Witze!«

»Natürlich mach ich Witze. Was glaubst du denn?«

»Hey, alles gut bei euch?« Scott drängte sich durch eine Gruppe, die bereits dazu übergegangen war, Shots zu trinken. Erleichtert, ihn endlich mal wieder für mich zu haben, gab ich ihm einen kurzen Kuss.

Er legte grinsend den Arm um mich. »Siehst du, so fürchterlich läuft es doch gar nicht.«

Ich hob die Augenbrauen. »Findest du? Ich versuche, mir gerade Zack als Drag Queen vorzustellen.«

»Was?« Scott machte große Augen. »Zack, das hast du mir noch gar nicht erzählt!«

Zachery stöhnte. »Es war ein Witz, gottverdammt noch mal.«

»Also, ich könnte es mir gut vorstellen.« Scott feixte. »Du hättest sicher eine Chance bei RuPaul's Drag Race.«

»Gott, in der Kombination kann ich euch beide noch weniger ausstehen.« Er drehte uns den Rücken zu und schlenderte davon.

»Jetzt hab ich ihn vergrault.«

»Ach, der kommt wieder. So leicht wird man ihn nicht los.«

Ich zog Scott an mich, strich ihm die Haare aus dem Gesicht. »Hi.«

Er erwiderte mein Grinsen, näherte sich meinen Lippen. »Hi.« Sein Atem kitzelte. Ich überbrückte den Abstand und küsste ihn, biss ihm leicht in die Unterlippe.

»Da will aber jemand schnell von hier verschwinden, hm?«

»So schnell wie möglich«, raunte ich gegen seine Lippen.

»Ich kann noch nicht.« Er verzog entschuldigend das Gesicht.

»Schon gut. Genieße deinen Ruhm. Du hast ihn verdient.«

Der Stolz strahlte in seinen Augen. »Danke, dass du mitgekommen bist.«

»Ist doch selbstverständlich. Mit hasserfüllten Blicken kann ich schon umgehen.«

»Sie hassen dich nicht. Sie brauchen nur etwas mehr … Was ist los?«

Mit gerunzelter Stirn tastete ich nach dem Smartphone in meiner hinteren Hosentasche. »Mein Handy. Da ruft mich jemand an.« *Nando* stand auf dem Display. Warum versuchte der Kerl mich zu erreichen? Sofort nistete sich ein ungutes Gefühl in meiner Magengegend ein.

»Wer ist es?«

Zischend atmete ich aus. »Einer von der Gang.«

Ein Schatten huschte über Scotts Gesicht. »Gehst du dran?«

»Ich glaube, ich muss.« Entschuldigend verzog ich das Gesicht und hob ab. »Nando?«

»Tony …« Seiner Stimme war anzuhören, dass etwas nicht in Ordnung war. Er atmete zu hastig.

»Was ist los?«

»Sie haben Skinner erschossen.«

Kapitel 27

Für einen Moment glaubte ich das Gleichgewicht zu verlieren. Innerlich sackte etwas in mir herunter, fiel donnernd zu Boden.

Skinner. Erschossen. Unmöglich.

Scott musste mir angesehen haben, dass etwas nicht stimmte. Besorgt griff er nach meinem Arm.

»Was ist los?«, raunte er mir.

Ich schüttelte nur stumm den Kopf. Aus dem Handy drang ein Schwall Spanisch. »Was ist passiert?«

»Wir … Ich …«

Im Hintergrund waren Schüsse zu hören.

»Scheiße, Nando. Was geht da ab?«

Er klang völlig aufgelöst. »Fuck, sie haben Skinner abgeknallt. Einfach so. Así. Rocket …«

»Wer sind *sie*?«

»Blackies. Rocket hat einen von ihnen erwischt.«

»Wo seid ihr, verdammt noch mal?«

Nando nannte mir Straße und Hausnummer. »Tony, fuck, ich hab mich hinter einem Regal verschanzt. Ich hab Schiss. Ya no puedo más!«

Ich schluckte schwer. »Bleib da, Nando! Versteck dich und halt dich von den Schüssen fern. Was habt ihr dort überhaupt zu suchen?«

»Mario. Wir sollten was abholen … jemanden treffen …«

Ich rieb mir verzweifelt die Stirn. Das war er also. Skinners großer Deal mit Mario. Er hatte ihn sein verdammtes Leben gekostet. *Fuck*! Was sollte ich jetzt machen?

In der Leitung war ein Knacken zu hören. »Nando …? Nando! Fuck!«

Ich hatte so laut geflucht, dass sich einige in unserer Nähe zu uns umdrehten.

»Tony, was ist los?«

Ohne es gemerkt zu haben, hatte ich begonnen auf und ab zu gehen. In mir tobte ein Sturm. Ich konnte nicht glauben, was ich gerade gehört hatte. Rasch versuchte ich Nando zurückzurufen.

»*Der Teilnehmer ist momentan nicht zu erreichen.*«

»Fuck!« Beinahe hätte ich das Handy zu Boden geworfen, verspürte Lust, etwas zu zerstören. Doch Scott brachte mich in die Wirklichkeit zurück, packte mich an beiden Armen und bugsierte mich nach draußen, weg von der Party, wo uns die meisten schon neugierig anstarrten.

»Beruhig dich erst mal!«

Die frische Luft tat gut. Gierig inhalierte ich sie.

»Und jetzt erzähl mir, was los ist. Wer war das?«

Ich vergrub beide Hände in meinen Haaren. »Nando ... Sie stecken in Schwierigkeiten ...« Ich brachte kaum einen ganzen Satz zusammen. »Skinner wurde erschossen.«

Ich sah, wie die Farbe aus Scotts Gesicht wich. »Fuck.«

»Nando und die anderen sind immer noch da. Es gibt wohl einen Kampf ... Sie schießen ...«

»Ruf die Polizei!«

»Was? Nein, das kann ich nicht. Die Bullen ...«

»Die Bullen sind hier nicht die Bösen. Tony. Die sind die Einzigen, die schnell da sein können.«

Ich biss mir auf die Unterlippe. Kaltes Blut rauschte mir durch den Kopf. Das Gefühl, langsam durchzudrehen, wurde übermächtig. Ich musste was tun. Ich musste ...

»Das ist das Einzige, was du tun kannst.« Fest sah Scott mich an.

»Fuck!«, brüllte ich in die Nacht hinaus. Einige Passanten warfen mir pikierte Blicke zu. »Okay, okay, ich mach's.«

Ohne noch länger zu überlegen, wählte ich mit zitternden Fingern den Notruf.

Der Polizist an der Leitung wollte zunächst nicht recht verstehen. Ich stand kurz davor, ihn anzubrüllen. Scott nahm mir das Handy aus der Hand und übernahm das Gespräch. Alles, was ich tun musste, war noch einmal die Adresse zu nennen.

Scott legte auf. »Sie sind unterwegs.«

Ich schüttelte den Kopf. »Ich muss dahin.«

»Tony ...«

»Ich meine es ernst, Scott. Ich muss dahin und Nando finden. Ich muss wissen, was passiert ist. Die Bullen werden mir nichts verraten. Sie …«

»Hör auf, sie Bullen zu nennen, Tony. Das sind Polizisten und sie wollen nur helfen.«

Ich spürte, wie in mir Tränen aufstiegen.

»Ich muss dahin, Scott!«

Er nickte langsam. »Okay. Ich ruf ein Taxi. Aber ich komme mit.«

Das Taxi fuhr nicht schnell genug. Häuser und Lichter zogen an uns vorbei. Fliegende Lichter. Kurze Sternschnuppen. Ich krallte mich an Scotts Hand fest, versuchte irgendwie Halt zu finden. In meinem Kopf drehte sich alles. Skinner tot? Der Gedanke wollte sich einfach nicht festigen. Unmöglich. Skinner hatte immer einen Plan B, war anderen immer einen Schritt voraus. Er würde sich von den Blackies nicht so in die Ecke treiben lassen. Dafür war er viel zu schlau.

Und die anderen? Was war mit Olli und Max?

Olli würde bald Vater werden. Wenn er tot war, würde sein Kind genauso aufwachsen wie er. Vaterlos. Mit einer Mutter, die allein war und einen Job hatte, der nicht viel Geld einbrachte. Vielleicht würde es genau dieselbe Wut in sich spüren, die Olli auf die Straße getrieben hatte. Und so würde sich alles wiederholen. Fuck!

Max war ein Arschloch. War unabsichtlich dasselbe Arschloch geworden, das sein Vater gewesen war, der ihn verprügelt hatte, bis er für einen Autodiebstahl verknackt wurde. Freunde würden wir nie werden. Aber den Tod verdiente er nicht.

Nando. Gottverdammt, Nando! Er war noch viel zu jung, hatte Familie. Was sollte aus seinen kleinen Geschwistern werden, ohne ihn? Er sollte doch verdammt noch mal die Schule abschließen und etwas aus sich machen! Dieser verfluchte Bastard! Ich hätte mehr für ihn da sein müssen, ihn da rausholen …

Ich vergrub das Gesicht in den Händen.

»Alles wird gut«, murmelte mir Scott zu, strich beruhigend über meinen Oberschenkel. Ich war froh, dass er bei mir war. Er hielt mich am Boden fest, bewahrte mich davor, durchzudrehen. Stumm schüttelte ich den Kopf. Gar nichts würde wieder gut werden.

Die Blaulichter waren schon von Weitem zu erkennen. Die Adresse, die Nando mir gegeben hatte, führte zu einer verlassenen Lagerhalle. In dieser Gegend war nicht viel los, hinter den meisten Fenstern der Häuser brannte kein Licht.

Verdammt, was habt ihr hier getrieben?

»La Policía. Die Straße, äh, ist gesperrt.« Der Taxifahrer hielt an, drehte sich zu uns um, hob hilflos die Schultern.

»Verdammt noch mal, es fehlen doch nur noch ein paar Meter«, zischte ich. Flehend sah ich Scott an.

Er strich mir über den Oberarm. »Geh, ich kümmere mich um den Rest und komm dann nach.«

»Danke«, krächzte ich, sprang aus dem Wagen und rannte das letzte Stück. Vereinzelte Bewohner der Straße hatten ihre Häuser verlassen, standen in der Einfahrt und reckten die Hälse. Gaffer!

Ein blau-weißes Absperrband war über die gesamte Straße gespannt. Mehrere Polizisten in neongelben Jacken mit Leuchtstreifen standen herum, einer von ihnen hielt ein Funkgerät in der Hand. Überall waren Polizeiwagen, manche hatten noch immer das Blaulicht an. Auf dem Parkplatz vor der Fabrikhalle hatte man ein weißes, blickdichtes Zelt errichtet.

Ich hatte das Absperrband schon erreicht, da bemerkte mich einer der Polizisten.

»Hey, du kannst da nicht durch. Hey.« Kaum hatte ich mich unter dem Band hindurchgeduckt, packte er mich am Arm. »Was glaubst du, was du hier tust?«, schnauzte er mich an.

»Ich muss dahin. Ich kenne ihn.«

»Wen?«

»Den … den Kerl, den sie erschossen haben.« Mir wurde speiübel bei dem Gedanken.

Der Polizist sah mich misstrauisch an. »Woher weißt du davon?«

In meinen schicken Klamotten von der Premiere sah ich sicherlich nicht wie das Mitglied einer Gang aus. »Ich war es …« Ich schluckte. »Ich hab die Polizei gerufen.«

»Wie ist dein Name?«

»Bitte, ich muss zu den anderen. Ich muss wissen, ob sie okay sind.«

»Dein Name?«

»Anthony Hawkins.«

»Personalausweis.«

Ich reichte ihm den ganzen Geldbeutel. Er sprach in sein Funkgerät, doch ich hörte gar nicht zu. Gerade liefen Leute in hellblauen Ganzkörperanzügen aus der abgesperrten Halle. Sie trugen Mundschutz, die Kapuzen ihrer Anzüge verhüllten ihre Gesichter nahezu komplett. War das die Spurensicherung? Kurz darauf kamen mehrere Menschen aus dem Gebäude, sie trugen eine Bahre, über die ein Laken ausgebreitet war. Ein menschlicher Körper zeichnete sich darunter ab. Mir rutschte das Herz in die Hose.

»Ich muss ihn sehen!« Ich versuchte mich von dem Polizisten loszureißen. Wenn ich ihn nicht mit eigenen Augen sehen würde, dann würde ich es nicht glauben.

»Was ist hier los?«

Eine streng aussehende Frau kam auf uns zu.

»Ma'am, das ist der Junge. Er sagt, er kennt das Opfer.«

Die Frau musterte mich kritisch. »Sind Sie Mitglied einer der Gangs?«

»Nein … Nicht mehr.«

»Sie wissen, was hier passiert ist?«

Ich schüttelte den Kopf. »Nicht alles.«

»Kommen Sie mit.«

Sie nickte dem Polizisten zu, der mich noch immer am Arm festhielt. Ich schüttelte ihn ab, folgte ihr mit weichen Knien. Ich wollte zu diesem Zelt, wollte sehen, was da drin war, doch die Polizistin zog mich zur Seite.

»Gehe ich richtig in der Annahme, dass es sich hierbei um eine Gangangelegenheit handelt?«

»Ich schätze schon.«

»Einer der Schützen hat Sie angerufen?«

»Keiner der Schützen. Nando.« Ich räusperte mich. »Fernando Sanchez. Er hat … Die Blackies haben sie angegriffen. Sie haben Skinner … erschossen.«

»Die Blackies sind die andere Gang? Haben Sie eine Ahnung, was sie hier getan haben? War das eine Art Treffpunkt?«

»Keine Ahnung. Hören Sie, ich kann Ihnen nicht viel sagen. Ich gehöre nicht dazu …«

»Das klingt für mich aber anders.«

»Ich will nur wissen, wie es den anderen geht.«

»Welchen anderen? Ich brauche Namen.«

Ich zögerte. Was tat ich hier? Verriet ich gerade meine Freunde an die Bullen? »Ich will sie sehen.«

Die Frau hob die Augenbrauen. »Wen?«

»Olli. Max. Nando. Und Skinner.«

»Ich brauche ihre vollen Namen.«

Ich schüttelte den Kopf.

Die Frau seufzte. »Sie brauchen sie nicht zu schützen. Ich will nur sichergehen, dass die Angaben korrekt sind. Wir haben ihre Namen bereits. Und die der anderen.«

»Die anderen interessieren mich nicht.«

»Tony!«

Scott stand hinter dem Absperrungsband. In seinem Gesicht stand Sorge.

»Und wer ist das?«

»Mein Freund.«

Die Polizistin hob die Augenbrauen. »Soso. Er kann warten. Wie heißt dieser Skinner mit vollem Namen?«

Ich zögerte. Das war etwas, das nicht jeder wusste. Aber Skinner war tot, was spielte es also noch für eine Rolle? »Peter Shelby.«

Sie notierte sich den Namen. »Danke. Es wird Sie sicher beruhigen, dass Peter Shelby noch am Leben ist.«

Mein Herz machte ein Satz. »Was?«

»Er hat Glück gehabt. Die Ärzte haben ihn bereits ins Krankenhaus gebracht.«

»Er lebt?«, wiederholte ich tonlos. »Aber …« Ich hatte gesehen, wie sie eine Leiche herausgetragen hatten. »Aber wer …«

»Ich kann Ihnen leider nicht mehr dazu sagen, Mr Hawkins. Kommen Sie morgen aufs Revier. Wir brauchen noch Ihre Aussage.«

»Was ist mit den anderen? Was ist mit Nando?«

»Es geht ihnen gut. Sie sind sicher in Polizeigewahrsam.«

Ich atmete erleichtert auf. Sie lebten. Alle. Aber wer war dann der Tote? Einer der Blackies?

»Sie haben richtig gehandelt, indem Sie die Polizei informiert haben, Mr Hawkins. Auf diese Weise wurde vermutlich Schlimmeres verhindert.«

»Kann ich sie sehen?«

»Nein. Bitte gehen Sie nun wieder hinter die Absperrung. Ich sehe Sie dann morgen auf dem Revier.«

»Aber …«

»Mr Hawkins, ich bitte Sie, lassen Sie die Polizei ihre Arbeit erledigen. Sie haben bereits genug getan. Gehen Sie nach Hause.«

Sie legte mir die Hand auf die Schulter, bugsierte mich in Richtung Absperrband. Scott atmete erleichtert auf, als ich unter diesem hindurchgeschlüpft war.

»Bis morgen, Mr Hawkins.« Die Polizistin nickte mir zu. »Sorgen Sie dafür, dass er morgen für seine Aussage erscheint«, sagte sie an Scott gewandt.

Er versicherte es ihr. Die Frau ging zurück zum weißen Zelt.

Besorgt sah Scott mich an. »Was ist passiert?«

Doch ich schaffte es nicht mehr, zu reden. Stattdessen schlang ich die Arme um Scott, presste mein Gesicht an seine Schulter und fing an zu weinen. Erst leise, dann konnte ich nicht mehr aufhören, verlor all die Anspannung, all die Kraft in meinem Körper und schluchzte nur noch hemmungslos. Scott hielt mich fest. Hielt mich einfach fest, strich mir beruhigend über den Rücken.

Ohne Scott hätte ich den nächsten Tag nicht überstanden. Er blieb an meiner Seite so lange er konnte, meine Aussage musste ich natürlich allein machen. Die ganze Atmosphäre auf dem Revier schüchterte mich ein, weckte Abneigung in mir und ließ mich in Habachtstellung verharren. Scott versuchte mir einzureden, dass die Polizei nur die Wahrheit herausfinden wollte, doch ich war vorsichtig. Ich war mit einem zwiespältigen Verhältnis zu den Ordnungshütern aufgewachsen, das wurde ich nicht so schnell los. Zu oft hatten sie in meinem Viertel grundlos Leute verhaftet, manchmal sogar zusammengeschlagen.

Die Frau von gestern Nacht stellte sich mir als Detective Inspector Martha Miller vor. Ich vertraute ihr nicht, beantwortete ihre Fragen nur vage. Auf das meiste wusste ich ohnehin keine Antwort. Was hatten sie in dieser Lagerhalle gemacht? Warum war die andere Gang dorthin gekommen? Sie fragte mich, ob ich von den Drogen wüsste. Mit dieser Frage erwischte sie mich vollkommen auf dem falschen Fuß.

»Welche Drogen? Wir haben nichts mit Drogen zu tun!«

»Sie sprechen immer noch von *wir*, Mr Hawkins. Gehören Sie nun dazu oder nicht?«

Ich schloss die Augen, schüttelte den Kopf.

»Antworten Sie bitte für das Protokoll.«

»Nein, ich bin ausgestiegen.«

»Peter Shelby hat also nicht mit Drogen gehandelt?«

»Nicht, dass ich wüsste.«

»Wir haben in der Lagerhalle eine große Menge davon gefunden. Wissen Sie, wem die Drogen gehören?«

»Ich sagte doch, dass ich nichts weiß.«

Ich vergrub das Gesicht in den Händen. Für mich ergab sich noch immer kein komplettes Bild. Was genau war an diesem Abend vorgefallen? Sollte Skinner die Drogen für Mario abholen? Warum waren die Blackies aufgetaucht? Warum hatte Ryan Akintoda auf Skinner geschossen? Er würde sicherlich nicht so offen gegen Mario handeln. Oder arbeiteten die Blackies gar nicht mehr für Mario?

Alles, was ich wusste, war, dass Ryan Akintoda nun tot war, vermutlich von Max erschossen. Oder von Olli. Die beiden waren die Einzigen mit Waffen. So viele Informationen hat mir diese Martha Miller immerhin gegeben.

Nando hatte keine Pistole gehabt, nur ein Messer, wie wir es alle bei uns trugen. Ich versuchte Detective Miller klarzumachen, dass ihn keine Schuld traf. Er wusste nicht, was er tat, war nur Skinner blind gefolgt wie wir alle.

»Wir werden sehen.« Ihre Miene bewegte sich dabei kein bisschen, in ihren Augen konnte ich kein Mitgefühl lesen. Vermutlich hatte sie schon zu viel auf den Straßen gesehen, um überhaupt welches zu haben.

Ich beantwortete ihre Fragen so gut ich konnte, auch wenn ich bei den meisten keine große Hilfe war. Von Mario traute ich mich nicht zu erzählen. An ihn kam die Polizei ohnehin nicht ran.

Endlich, nachdem ich ihr mehrfach beteuert hatte, nicht mehr zu wissen, entließ sie mich mit einem Nicken.

»Wie ist es gelaufen?« Scott sprang auf, griff nach meiner Hand.

Ich zuckte mit den Schultern.

»Es kann sein, dass wir Sie noch für weitere Fragen konsultieren werden, Mr Hawkins. Bitte bleiben Sie in der Nähe.«

Müde nickte ich und Detective Miller verabschiedete sich.

»Ich möchte jetzt nur noch heim.«

Scott drückte meine Hand. »Daheim machen wir uns erst einmal einen Tee.«

Damit brachte er mich zum Lächeln. »Das klingt gut.«

»Verräter!«

Ich fuhr herum, spürte, wie mir die Farbe aus dem Gesicht wich. Auf der anderen Seite des Ganges wurde Max gerade in Handschellen aus einem Raum geführt.

»Du schwanzlutschender Bastard hast uns alle verraten!«

Scott sah mich besorgt an, wollte mich in die andere Richtung ziehen. »Lass uns gehen.«

Doch ich stand da wie angewurzelt und starrte Max an.

»Ich schwör, wenn ich hier rauskomme, mach ich dich fertig!«

»Reißen Sie sich am Riemen, Mr Buhari.« Detective Miller kam wieder angerauscht. »Und Sie gehen jetzt besser, Mr Hawkins.«

Kapitel 28

Die Milch bildete kleine Wolken, die sich ausbreiteten, bis der Tee eine gold-braune Farbe angenommen hatte.

»Du weißt, dass das nicht stimmt?«

Ich sah auf. »Hm?«

»Du hast sie nicht verraten. Wenn, dann gerettet.«

»Hmm.« Ich rührte weiter meinen Tee. »Ich hab die Polizei gerufen. Das ist in ihren Augen Verrat.«

»Aber …«

»Es spielt keine Rolle, ob es das Richtige war. Niemand ruft die Bullen.«

Scott beobachtete mich mit gerunzelter Stirn.

Ich seufzte. »Keine Sorge, ich weiß, dass ich das Richtige getan hab. Ich frag mich nur, was aus ihnen wird. Man wird ihnen doch keinen Mord anhängen, oder?«

»Na ja, kann man von anhängen reden? Einer der anderen ist tot. Ich kenn mich mit so etwas nicht aus.« Scott verzog den Mund. »So wie es aussieht, haben die anderen zuerst geschossen.«

»Aber einer von ihnen ist tot«, wiederholte ich Scotts Worte. Ich verspürte keine Trauer, wenn ich an Ryan Akintoda dachte. Bedauern vielleicht, aber keine Trauer. Ich sah immer noch die kalten Augen vor mir, als er mir die Knarre an den Kopf gehalten hatte. In gewissem Maße hatte er mir unbewusst geholfen, raus aus der ganzen Sache zu kommen. Im Nachhinein war diese Begegnung ein Wendepunkt für mich gewesen.

»Was jetzt?«

Ich drehte die Tasse in meinen Händen, ohne einen Schluck daraus zu nehmen. Dann sah ich auf.

»Ich muss mit Skinner sprechen.«

Scott riss die Augen auf. »Was?«

»Vorher kann ich nicht mit der Sache abschließen. Ich muss mit ihm reden.«

»Ich weiß nicht, ob das geht.«

»Ich muss es versuchen.«

»Tony, ich weiß nicht …«

»Nicht lange. Ich will nur ein paar Dinge klarstellen.«

Scott vergrub das Gesicht in den Händen. »Okay. Aber nur unter einer Bedingung.«

»Hm?«

Er sah mir ernst in die Augen. »Ich komm mit.«

Ein warmes Gefühl stieg in mir auf. »Okay.« Ich seufzte. »Danke, dass du das alles mitmachst. Ich weiß nicht, was ich ohne dich tun würde.«

Für einen kurzen Moment sahen wir uns nur an. Ich konnte mit Worten gar nicht ausdrücken, wie froh ich war, ihn in dieser Zeit an meiner Seite zu wissen.

Es war Scott, der den Blickkontakt schließlich mit einem Augenzwinkern unterbrach. »Definitiv verhungern. Ich mach uns gleich den Rest der Lasagne warm, hm?«

Er stand auf und ging zum Kühlschrank.

Noch bevor er ihn öffnen konnte, umarmte ich ihn von hinten, küsste seinen Nacken.

»Hm, ich hätte da noch auf was ganz anderes Hunger«, murmelte ich und konnte spüren, wie er erschauerte.

Langsam drehte Scott sich um, ließ die Hände zu meinen Hüften gleiten. In seinen Augen blitzte es. »Ist das so?«

»Hmm«, schnurrte ich, küsste mich langsam seine Kinnlinie entlang, drückte dabei mein Becken gegen seines. Die Atemluft entwich Scott in Form eines leisen Seufzens. Das Geräusch machte mich unheimlich scharf. Endlich fanden meine Lippen seine. Zärtlich knabberte ich an seiner Unterlippe, da ich genau wusste, wie sehr ihn das anmachte. Prompt wurde ich mit einem Stöhnen und einem hungriger werdenden Kuss belohnt.

Meine Finger wanderten nach unten, öffneten seine Gürtelschnalle.

»Nicht hier«, brummte Scott gegen meine Lippen. »Hannah und Hope können jeden Moment nach Hause kommen.«

»Hm, dann sollten wir wohl schnell nach oben verschwinden, oder was meinst du?«

Er grinste. »Guter Plan.«

Das Herz klopfte mir bis zum Hals. Ich war froh, dass sich Scott an meiner Seite befand, als wir nach einer gefühlten Odyssee mit der U-Bahn endlich das Krankenhaus erreichten, in dem Skinner lag.

Scott blickte an dem Gebäude hoch, dessen komplette Außenfassade verglast war. »Du bist sicher, dass er hier ist?«

»Das hat zumindest der Polizist gemeint, den ich belauscht habe. Er wurde gestern hierher verlegt, soll anscheinend auch schon vernehmungsfähig sein.«

Ich hasste Krankenhäuser, aber wer tat das nicht? Dieser aufdringliche Geruch nach Sauberkeit, das viele Weiß – und auch das Wissen, dass sich hier zum Großteil kranke Menschen aufhielten, trug nicht dazu bei, dass man sich wohlfühlte.

»Alles gut?«, fragte Scott besorgt.

Ich atmete tief ein und nickte. »Bringen wir es hinter uns.«

Herauszufinden, wo Peter Shelby lag, war einfacher als gedacht. Die junge Frau am Empfang brauchte nur einen Blick in den Computer werfen. »Er ist auf der Intensiv im vierten Stock. Zimmer 421.«

»Danke.«

In den Aufzug begleiteten uns einige Ärzte in langen, weißen Kitteln. Ihr Anblick machte mich nervös.

Scott hielt mich am Arm fest, kaum stiegen wir im vierten Stock aus. »Alles okay?«

Ich verzog das Gesicht. »Ich hasse Krankenhäuser.«

»Du musst das nicht machen, weißt du?«

»Doch, muss ich.«

Scott nickte langsam. »Dann schauen wir mal, dass wir Zimmer 421 finden.«

»Verdammt.« Die Intensivstation lag hinter einer geschlossenen Glastür.

»Das hätten wir uns denken können.« Scott stöhnte. »Ist irgendwie logisch, dass da nicht jeder einfach so reinspazieren kann.«

»Und jetzt?«

»Hier steht, man soll klingeln.« Scott deutete auf ein Schild.

»Die lassen mich doch sowieso nicht zu ihm.«

»Ach, das wollen wir mal sehen.« Er betätigte die Klingel, wenig später kam eine Schwester auf uns zu.

»Was kann ich für euch tun?«

»Wir möchten zu Sk– Peter Shelby.«

»Ein Moment, bitte.« Sie verschwand wieder.

»Ich sagte doch, das wird nichts.«

Scott hob die Augenbrauen und lächelte. »Abwarten.«

»Zu Mr Shelby dürfen momentan nur Familienmitglieder und auch nur einzeln.«

»Gut, ich bin der Bruder«, sagte ich schnell, sah entschuldigend zu Scott.

Er lächelte mir aufmunternd zu. »Ich warte hier.«

»Okay, dann folgen Sie mir, Mr Shelby.«

Mein Puls nahm wieder zu, kaum betrat ich die Intensivstation. Man merkte den Luftunterschied. Es war viel kälter und auch dieser typische Krankenhausgeruch war stärker. Der Tod war hier öfter zu Gast, schoss mir durch den Kopf und ein kalter Schauer lief mir über den Rücken.

»Mr Shelby ist noch sehr schwach von der Operation, aber wach und ansprechbar. Ich bitte Sie nur, ihn nicht zu überanstrengen, also bleiben Sie maximal eine halbe Stunde.«

»Okay.« Meine Stimme war kaum mehr als ein Flüstern.

Sie lächelte mir aufmunternd zu. »Sagen Sie Bescheid, wenn Sie was brauchen.«

Ich nickte. »Danke.«

Nun stand ich allein vor der Tür mit der Nummer 421 und hatte auf einmal Schiss. Wenn doch nur Scott bei mir wäre … Leise seufzte ich. Aber vielleicht war das gut so. Das war eine Sache zwischen mir und Skinner. Kurz schloss ich die Augen, atmete tief durch, dann öffnete ich die Tür.

Zuallererst fielen mir die ganzen Maschinen im Raum auf. Ich war noch nie auf einer Intensivstation gewesen, die Monitore und Schläuche überforderten mich. Viele der Kabel und Schläuche führten direkt zu Skinner, da lag er einfach in diesem Bett, in diesen Mengen aus Weiß. Sein Gesicht war schmerzhaft vertraut, doch es gehörte nicht hierher. Nicht in so einen Raum. Diese ganze Situation wirkte seltsam surreal.

Für einen kurzen Moment dachte ich, er würde schlafen. Mit geschlossenen Augen lag sein Kopf gebettet auf einem riesigen weißen Kissen. Er sah blass aus, noch blasser als sonst. Auch die Wangen wirkten eingefallen, ließen seine markanten Wangenknochen noch stärker hervorstechen. Doch kaum trat ich einen Schritt näher, öffneten sich die Lider und der Blick aus stahlblauen Augen durchbohrte mich.

»Ach, du bist es nur.«

Wen hatte er sonst erwartet? Mein Mund war zu trocken, um ihm die Frage zu stellen.

»Ganz schön eindrucksvoll, hm? All die Bildschirme, Schläuche und das künstliche Essen, das mich am Leben hält.« Er deutete auf den Tropf, dessen durchsichtiger Schlauch in seiner Hand endete. »Du solltest mal ihr größtes Kunstwerk sehen.«

Mit schmerzhaft verzogenem Gesicht zog er die Decke zur Seite, entblößte seinen schmalen Brustkorb. Über den gesamten oberen Teil war ein strammer Verband gespannt. Auch so etwas wie ein riesiges Pflaster konnte ich erkennen.

»Wette, das gibt 'ne krasse Narbe.« Skinner grinste. »Bin mal gespannt, was von meinem Tattoo übrig geblieben ist.«

Ich konnte nicht aufhören, ihn anzustarren. Das Haar klebte ihm fettig und ungewaschen seitlich am Kopf. Wie konnte er reden, als wäre nichts passiert? Als würde es ihm lediglich um sein dämliches Tattoo und eine neue Narbe gehen.

Er legte den Kopf schief. »Komm schon, Tony. Sprich mit mir. Du bist doch bestimmt nicht nur gekommen, um mich anklagend anzuschauen. Werd los, warum du hier bist. Schrei mich an!« Seine Augen verengten sich. »Wobei, du bist nicht der Typ, der schreit, hm?«

»Was hast du dir dabei gedacht?«, presste ich leise hervor.

»Na also.« Skinner lächelte zufrieden.

Der Anblick war Zündholz für die Wut, die in mir loderte. »Drogen? Echt, Skinner? Das alles, weil du ins Drogengeschäft einsteigen wolltest?«

»Du verstehst das nicht, Tony.«

»Nein, ich verstehe es nicht. Was habt ihr in dieser verdammten Lagerhalle gesucht?«

»Das geht dich nichts mehr an. Du bist ausgestiegen, schon vergessen?«

»Du hättest draufgehen können!«

»Und wenn schon. Ich hatte Glück.«

»Du hattest verdammt viel Glück. Wenn ich nicht die Polizei gerufen hätte, hätte dich der Krankenwagen niemals rechtzeitig erreicht. Dann wärst du draufgegangen!«

Skinner hob die Augenbrauen. »Ach, geht's dir darum? Dass wir jetzt quitt sind? Ein Leben gegen ein Leben.«

Ich rieb mir fröstelnd über die Oberarme. »Wir sind schon lange quitt, Skinner. Ich war dir nie etwas schuldig.«

Für einen kurzen Moment führten unsere Blicke ein Duell. Früher hätte ich schnell verlegen zur Seite geschaut, doch ich hatte keine Angst mehr vor ihm.

Skinner schnaubte. »Nein. Und trotzdem warst du dankbar für die Familie, die ich dir gegeben habe.«

»Mit der Aktion in der Lagerhalle hast du beinahe ihr Leben ruiniert!«

»Sie waren bereits verloren. Jeder Einzelne von ihnen.«

Ich schüttelte den Kopf. »Wir sind nicht verloren. Wir sind vielleicht gebrochen, aber nicht verloren. Selbst du nicht, Skinner.«

»Hat dir das dein neuer Freund eingeredet, hm? Süß.« Er schloss seufzend die Augen, rutschte tiefer ins Kissen. Ob er Schmerzen hatte? Oder hatten sie ihn mit Medikamenten vollgepumpt?

»Auch du kannst es noch schaffen«, sagte ich.

Skinner lachte leise. »Was? Ein guter Mitbürger werden? Vergiss es, Tony. Jeder wählt sich sein eigenes Schicksal. Ich hab mich für meins schon vor langer Zeit entschieden.«

»Ich kann nicht glauben, wie sehr ich dich mal bewundert habe.«

Er öffnete die Augen wieder einen Spalt weit. »Ach Tony, du hast schon immer jemanden gesucht, dem du treudumm hinterherlaufen kannst. Dafür kann ich nichts.«

Ich schüttelte den Kopf. Vielleicht war es dieses Zimmer, vielleicht diese Wunde in seiner Brust, vielleicht die Schläuche, an denen er hing – aber irgendwie hatte er seinen Glanz verloren. Zum ersten Mal hatte ich das Gefühl, dass ich mehr von Peter Shelby sah als von Skinner.

»Berührt es dich denn gar nicht, dass die anderen verhaftet worden sind? Vielleicht ins Gefängnis kommen wegen dir?«

Zum ersten Mal wich er meinem Blick aus.

»Einer von ihnen hat Ryan Akintoda erschossen.« Und würde vermutlich dafür büßen müssen.

»Ryan hat mit dem Feuer gespielt, wie wir alle, es hat ihn verbrannt«, sagte Skinner leise. »Tony, du weißt, dass ich das nicht gewollt habe. Ich hab versucht, uns was aufzubauen. Ich hatte Pläne und sie waren gut. Nur einige Komponenten hab ich nicht bedacht. Hat Mario nicht bedacht. Die Blackies haben sich von ihm abgewendet, sich von der Adams Family anheuern lassen. Da bin ich mir ganz sicher.« Er schüttelte den Kopf. »Das werden sie noch bereuen. Uns passiert so ein Fehler kein zweites Mal.«

»Zweites Mal?« Ich starrte ihn erschrocken an. »Du wirst dich doch von Mario fernhalten, oder?«

Skinners Blick war eisig. »Du weißt nichts, Tony. Kümmere dich um deinen eigenen Kram.«

Ich konnte es nicht fassen. Da lag er, mit einer verdammten Schusswunde in der Brust, und hatte noch immer nicht vor etwas zu ändern.

»Lass wenigstens die anderen aus dem Spiel. Halt dich fern von Nando. Er hat zumindest noch eine Chance.«

»Wenn er gehen will, kann er gehen. Ich werde ihn nicht aufhalten.« Skinner schnaubte. »Aber ebenso wenig kannst du ihn nicht aufhalten, wenn er einen anderen Weg geht als du. Wie schon gesagt, jeder wählt sich sein eigenes Schicksal.« Mit den Fingern strich er geistesabwesend über die Nadel, die in seinem Arm steckte und ihn mit der Infusion verband. »Wenn du einen Weg rausgefunden hast, gut, dann nimm ihn und schau nicht mehr zurück. Aber du kannst anderen ihre Entscheidung nicht abnehmen.«

Ich biss auf meiner Unterlippe herum. »Was passiert, wenn du hier rauskommst?«

Skinner zuckte so gut es ging mit den Schultern. »Das Leben geht weiter.«

»Du wirst nichts ändern?«

»Tony …«

»Hast du eigentlich gewusst, dass ich mal gedacht habe, ich würde dich lieben?«

Er lachte abgehackt, verzog schmerzhaft das Gesicht. »Das war ja wohl offensichtlich. Hab den Blowjob nicht vergessen. Hat dir gefallen, hm?«

»Ich glaube, ich hatte immer das Gefühl, dass wir einander retten müssten. Aber das stimmt gar nicht. Wir können nur uns selbst retten. Indem wir uns dazu entschließen, gerettet werden zu wollen.«

Mit einem Ruck entfernte Skinner die Nadel aus seinem Arm, warf sie achtlos zur Seite.

»Was machst du da?«, fragte ich erschrocken.

Er hob herausfordernd die Augenbrauen. »War's das jetzt?«

Ich nickte langsam. »Ich denke schon.«

»Dann hau endlich ab, Tony.«

Langsam ging ich ein paar Schritte rückwärts, speicherte das Bild von Skinner im Krankenbett in meinem Kopf ab. Ich hatte das Gefühl, dass ich es später zeichnen müsste.

»Leb wohl, Skinner.«

»Verschwinde, Tony!«

Ich schloss die Tür hinter mir und konnte auf einmal leichter atmen. Dieses Mal fühlte es sich wie ein wirklicher Abschied an, als hätte sich ein Kapitel in meinem Leben endlich geschlossen.

Ich nickte der Schwester dankbar zu, die mich auf die Intensivstation gelassen hatte, konnte es nicht erwarten, diesen Ort endlich zu verlassen.

Scott saß auf einem der Stühle im Wartebereich, wippte unruhig mit dem Fuß. Kaum erblickte er mich, leuchteten seine Augen auf und er sprang von seinem Sitz.

»Wie ist es gelaufen?«

»Es war …« Ich suchte nach Worten. »Merkwürdig, aber gut. Denke ich.«

»Du siehst deutlich besser aus. Befreiter.«

»Das bin ich auch.« Ich zuckte mit den Schultern. »Keine Ahnung, zum ersten Mal wirkte er auf mich tatsächlich menschlich, verstehst du? Normal. Sterblich. Fehlerhaft. Das war gut.«

»Dann können wir gehen?«

Ich lächelte. »Ja, wir können gehen. Ich glaub, mir wäre jetzt nach einem Tee.«

»Ich hab gleich meine Schicht im Café. Du könntest mitkommen?«

»Klingt gut. Es gibt da noch ein paar Szenen, die ich sobald wie möglich aufs Papier bringen will.«

»Ich bin schon gespannt.« Scott lächelte mich warm an. »Echt toll, dass du wieder mehr zeichnest.«

Wie selbstverständlich verschränkten sich unsere Hände, als wir zum Fahrstuhl liefen.

Ich grinste. »Die Kreativität juckt mir wieder in den Fingern.«

Epilog

Die Sonne prickelte warm in meinem Nacken. Viel zu warm. Es war eindeutig zu heiß, um mich auch nur im Geringsten konzentrieren zu können. Stöhnend vergrub ich das Gesicht in den Händen. Nie und nimmer würde ich mir das alles merken können. Vor allem nicht in der kurzen Zeit. Das hatte doch überhaupt keinen Sinn …

»Was ist los? Steckt da etwa jemand den Kopf in den Sand?«

Scott stupste mich an.

Ich sah auf, blickte ihm offen und ehrlich in die Augen. »Ich werde versagen. Hoffnungslos versagen. Du wirst sehen.«

Er lachte. »Ach, du kriegst das hin. Was meinst du, Sophia? Schafft dein Bruder die Abschlussprüfungen?«

Die Kleine kicherte begeistert, als Scott sie am Bauch kitzelte.

»Fang, fang!«, rief sie und rannte auf ihren kleinen Beinchen davon.

»Da muss ich wohl hinterher.« Scott zuckte mit den Schultern.

»Lass sie mal besser nicht warten.«

Zufrieden lehnte ich mich zurück, beobachtete meinen Freund und meine Halbschwester dabei, wie sie sich gegenseitig durch den großen Garten jagten. Scott war wirklich gut mit kleinen Kindern. Ich musste das erst noch lernen. Aber Sophia war ohnehin ein Sonnenschein, die jeden liebte – solange sie im Mittelpunkt stand. Ich grinste. Die Kleine hatte echt Temperament.

Wir verbrachten viel Zeit hier, besonders seitdem das Wetter besser geworden war. Meine Mum hatte mir sogar ein Gästezimmer eingerichtet, damit ich über Nacht bleiben konnte – was ich allerdings nicht gerne machte. Das hier war nicht mein Haus, war nicht mein Zuhause. Ich wohnte auch nicht mehr bei Dad. Dann und wann schaute ich zwar bei ihm vorbei – nur um zu sehen, ob er noch atmete, natürlich. Aber meine Besuche wurden seltener. Wir hatten uns einfach nicht viel zu sagen.

Die meiste Zeit verbrachte ich bei Scott, allerdings hatte ich auch mein eigenes Zimmer in einer WG mit – ich konnte es selbst kaum glauben – Zachery. Keine Ahnung, wie wir es miteinander aushielten, aber bis jetzt funktionierte es ganz gut. Solange ich den Kühlschrank regelmäßig mit Essen auffüllte, durfte ich umsonst bei ihm wohnen. Allerdings konnten er und Nando sich bis aufs Blut nicht ausstehen, was es schwierig machte, da der junge Spanier oft bei mir pennte.

Nando hatte Glück gehabt, war mit einem blauen Auge davongekommen, da er zum Zeitpunkt seiner Festnahme noch minderjährig gewesen war und keine Schusswaffe bei sich getragen hatte. Für Olli und Max lief es nicht ganz so glimpflich ab. Keine Ahnung, was aus Skinner geworden war. Er war von der Bildfläche verschwunden. Manchmal stellte ich mir vor, wie es wäre, ihm auf der Straße zu begegnen …

»Na, wie kommst du voran?«

Meine Mutter stellte lächelnd eine Kanne frische Limonade auf den Tisch, setzte sich auf den Stuhl mir gegenüber. Ihre Augen strahlten stärker als früher. Sie achtete mehr auf ihr Aussehen, schminkte sich sogar hin und wieder. Sie wirkte wirklich zufrieden mit ihrem Leben.

Ich verschränkte die Hände hinter dem Kopf und streckte mich. »Geht schon.« Seufzend ließ ich die Hände in den Schoß fallen. »Ich hab echt Schiss, dass ich durchfalle.«

»Du schaffst das. Du wirst sehen, in wenigen Wochen hast du deinen Abschluss endlich in der Tasche.«

»Und dann beginnt der Ernst des Lebens.«

»Hast du dich schon entschieden, was du danach machst?«

Ich verzog das Gesicht. »Vielleicht versuche ich einen Studienplatz zu kriegen. Am Camberwell College of Arts werden ziemlich coole Kurse angeboten. Zeichnen oder Grafik Design. Scott meint, ich soll Buchillustration studieren.« Ich schüttelte den Kopf. Eine verrückte Idee, dass ausgerechnet ich so einen Studienplatz bekommen könnte. Aber Spaß würde es sicherlich machen …

Mum runzelte die Stirn. »Hat das denn Zukunft?«

Ich zuckte mit den Schultern. »Auf jeden Fall möchte ich was Kreatives machen.«

»Noch hast du ja ein bisschen Zeit, dir was zu überlegen.«

»Erst mal muss ich sowieso diese verfickten Prüfungen schaffen.«

Meine Mutter hob tadelnd die Augenbrauen. »Kein Fluchen, wenn Sophia in der Nähe ist, das haben wir doch besprochen.«

»Sorry.«

»Ich kann nicht mehr.« Scott ließ sich auf einen der freien Stühle plumpsen.

»Fang!« Sophia zog ihn am T-Shirt. »Fang!«

»Wie wäre es, du fängst erst mal die Katze, Süße. Die freut sich bestimmt.« Er deutete auf Jessy, die sich auf dem Rasen unter einem Baum rekelte. Die langhaarige Tigerkatze machte einen Satz und flitzte davon, als Sophia auf sie zugerannt kam.

Lachend beobachteten wir die beiden. Scott schenkte sich ein Glas Limonade ein. »Das ist die beste Limo der Welt, Sarah. Das ist mein Ernst.«

Mum lächelte geschmeichelt und winkte ab. »Ach was. Oh, Scott, ich hab gehört, dir darf man gratulieren?«

Ein Strahlen ging über sein Gesicht. »Oh ja. Ich kann kaum glauben, dass sie mich genommen haben.«

»Und das ist eine Schule, die speziell Musicaldarsteller ausbildet?«

Mein Freund nickte eifrig. »Die London School of Musical Theatre bietet eine umfassende Ausbildung: Gesang, Tanz, Schauspiel. Alles wird uns in einem Jahr intensiv eingeprügelt.« Er lachte auf. »Ich freu mich drauf. Das wird so gut!«

»Und sie beginnt im Herbst?«

Er nickte.

»Ich bin echt froh, wenn es endlich angefangen hat. Er rennt täglich wie ein aufgescheuchtes Huhn durchs Haus und macht sich entweder Sorgen, dass er nicht gut genug ist, oder ist völlig überdreht. Es gibt keinen Normalzustand mehr.«

Scott zog eine Schnute. »So schlimm bin ich gar nicht.«

»Ach nein? Dann hast du mir gestern nicht den ganzen Abend vorgeheult, dass du niemals in deinem Leben eine Rolle in Hamilton bekommen wirst, weil du nicht tanzen kannst?«

»Ich kann tanzen, nur nicht so gut. Aber das kann ja vielleicht noch werden.«

Ich verdrehte die Augen.

Mum stand auf. »Bleibt ihr zum Essen? Komm, Sophia, wir gehen rein.«

»Danke, aber wir sind schon verabredet. Wann treffen wir uns eigentlich mit Colin und Fabian?«

»Ich glaube, um sechs.« Scott schaute auf sein Handy. »Dann sollten wir bald los.«

»Sie wollten dieses chinesische Restaurant ausprobieren, oder?«

Scott nickte. »Da brauchen wir locker ’ne halbe Stunde hin. Das nächste Mal bleiben wir gerne länger. Danke für das Angebot, Sarah.«

»Gerne.« Mum trug die quengelnde Sophia, die lieber draußen geblieben wäre, ins Haus.

Seufzend blätterte ich durch mein Algebrabuch. »Ich wollte mit dem Stoff noch viel weiterkommen.«

Scott stand auf, trat hinter mich und knetete meine verspannten Nackenmuskeln.

»Das wird schon alles.«

Ich nickte. Das versuchte ich mir auch zu sagen. Zum ersten Mal in meinem Leben bereitete es mir keine Magenschmerzen, an die Zukunft zu denken. Ich hatte keine Angst davor, was mich erwartete. Denn was auch immer geschehen würde, ich war nicht allein. Ich hatte Freunde und Familie an meiner Seite. Ich legte den Kopf in den Nacken, sah zu Scott auf und lächelte. Und ich hatte ihn. In seinen warmen braunen Augen blitzte die Sonne auf und er lehnte sich nach vorne, küsste sanft meine Lippen.

Oh ja, es würde schon alles gut werden. Vielleicht nicht perfekt, aber wer brauchte schon perfekt?

Danksagung

Dieses Buch entstand zum Großteil draußen auf der Terrasse, mitten im Jahrhundertsommer. Aber gibt es eine bessere Abkühlung, als einen Winterroman zu schreiben? Wohl kaum.

Bis heute gibt es keine Geschichte, die mir flüssiger von der Hand ging als diese. Das liegt zum einen daran, dass ich Tony und Scott von Anfang an sehr ins Herz geschlossen habe und es mir wahnsinnig Spaß gemacht hat, ihre Geschichte zu schreiben. Zum anderen liegt es auch an den wunderbaren Menschen, die in den Entstehungsprozess des fertigen Romans involviert waren. Diesen Menschen möchte ich von Herzen DANKE sagen.

Lena – manche Begegnungen sind schicksalhaft, und unsere war es. Ich bin mir sicher, ohne dich wäre ich heute nicht da, wo ich jetzt bin. Danke fürs Testlesen und einfach da sein.

Julia – fürs Testlesen, für die Skinner-Fähnchen, unsere Gespräche und dass ich dich immer mit Fragen löchern darf.

Marlene – dafür, dass du mein Spanischwissen um so einige Schimpfwörter erweitert hast.

Der Tizi-Flammkuchen-Stammtisch – für die inspirierenden Gespräche und weil ihr einfach toll seid.

Meine Familie – für die Unterstützung.

Danke auch an den Main-Verlag, an Wolfram für das Ja zu diesem Buch und an meine Lektorin Mimi für den Feinschliff. Ein schöneres Verlagszuhause hätten sich Tony und Scott kaum wünschen können.

MAIN Verlag

Jobst Mahrenholz
Tullio

ISBN: 978-3-95949-386-4

"Und zum ersten Mal in meinem Leben stelle ich fest, dass ich wirklich dringend etwas wissen möchte. Dass es mir wichtig ist, mehr darüber zu erfahren. Aber ich frage nicht. Aus demselben Grund, aus dem ich nicht bereit bin, ihm zu antworten. Es ist zu persönlich.
Aber eines ist passiert: Ich bin ihm nah, plötzlich. So fühlt es sich zumindest an."

»Mahrenholz verrät seine Helden an keiner Stelle. Er nimmt sie mit all ihren Schwächen und Stärken ernst und lässt zu, dass sich ihre Geschichte genau so erzählt, wie sie ist. Keine Schminke, kein Sicherheitsnetz und dennoch fühlt man sich während des Lesens geborgen und sicher genug, sein Herz zu verschenken.« S.B. Sasori, Autorin

Sabine Brandl
Sektflöte und Pommesgabel

ISBN: 978-3-95949-363-51

Alice' Liebesleben ist ein Chaos – nicht nur, dass sie nach acht Jahren ihrer großen Liebe Joanna wiederbegegnet, sondern auch die Anmeldung bei der Online-Partnerbörse Queer-Elite und ein unerwarteter Annäherungsversuch einer Mitbewohnerin aus der WG führen zu Turbulenzen.

Um sich vom Liebes-Trubel abzulenken, fährt Alice mit Jacky, der Neuen aus der WG, auf ein Metal-Festival, wo sich die beiden Frauen freundschaftlich näherkommen. Doch Alice bleibt weiterhin fixiert auf Joanna. Kann sie ihren Versprechungen trauen? Liegt das große Glück greifbar vor ihr? Oder wartet schon die nächste Enttäuschung auf sie?

Nadin Albrecht
Ein Date zum Anbeißen

ISBN: 978-3-95949-367-3

Gerade als sie glaubt, es könnte nicht mehr schlimmer kommen, wird Chloe auf dem Nachhauseweg von einem Vampir angefallen und gebissen – und das, ohne vorher gefragt zu werden! Allerdings handelt es sich dabei um eine äußerst attraktive und charmante Vampirin, die ein ausgesprochenes Faible für Schokolade und Ordnung hat und sich so überhaupt nicht an all die Klischees halten möchte, die es für Vampire gibt. Kein Wunder also, dass Chloe sich zu der Fremden hingezogen fühlt – aber kann man einen Vampir daten?